U0923553

水族馆之谜

水族館の殺人

〔日〕青崎有吾 著

李讴琳 译

上海文艺出版社
Shanghai Literature & Art Publishing House

图书在版编目(CIP)数据

水族馆之谜 /（日）青崎有吾著；李讴琳译. —上海：上海文艺出版社，2020
（里染天马系列）
ISBN 978-7-5321-7469-0

Ⅰ. ①水… Ⅱ. ①青… ②李… Ⅲ. ①长篇小说-日本-现代 Ⅳ. ①I313.45

中国版本图书馆 CIP 数据核字(2020)第 011803 号

责任编辑：崔　莉
特约策划：王皎娇
装帧设计：钱　珺

水族馆之谜
〔日〕青崎有吾　著
李讴琳　译
上海文艺出版社出版、发行
地址：上海绍兴路 74 号
电子信箱：cslcm@public1.sta.net.cn
网址：www.slcm.com
新华书店经销　上海利丰雅高印刷有限公司印刷
开本 890×1240　1/32　印张 11　字数 240,000
2020 年 6 月第 1 版　2020 年 6 月第 1 次印刷
ISBN 978-7-5321-7469-0/I·5942　定价：68.00 元

横滨丸美水族馆

B栋后院（一部分）

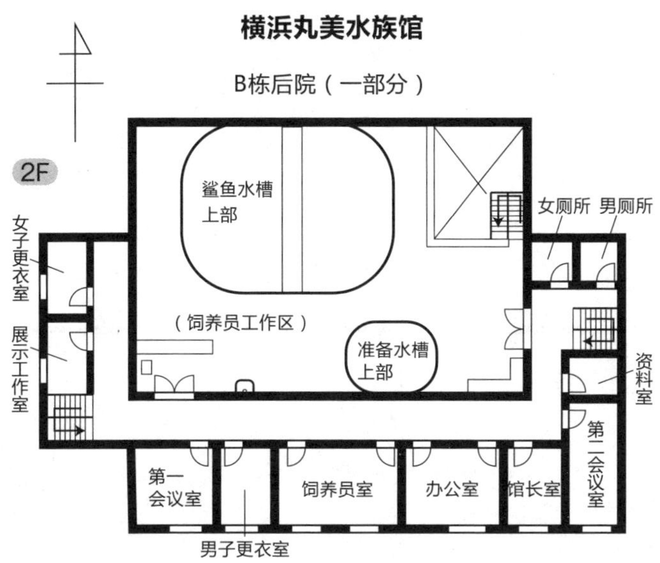

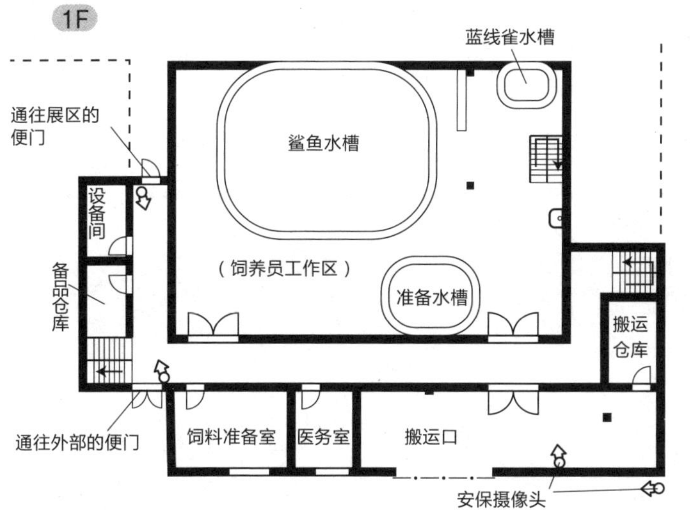

饲养员工作区2楼

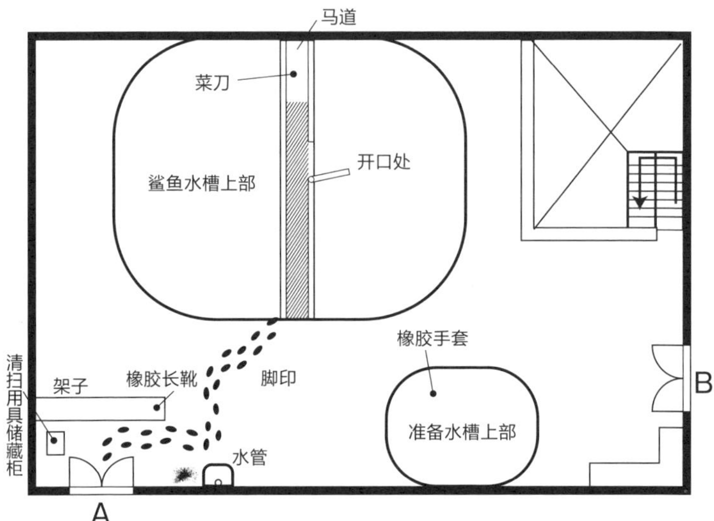

主要出场人物

（风之丘高中的各位）

袴田柚乃……高一，女子乒乓球队队员。文艺少女范儿的体育少女。

野南早苗……高一，女子乒乓球队队员。柚乃的朋友，这一次的出场机会较少。

佐川奈绪……高二，女子乒乓球队队长。在各种意义层面上都是柚乃的偶像。

向坂香织……高二，校报社社长。里染的发小，她的健康秘诀是早睡早起。

仓町剑人……高二，校报社副社长。凭借冷静沉着的头脑协助社长。

池宗也……高一，校报社成员。追求可爱风格的男生。

八桥千鹤……高二，前学生会副主席。上一次被里染揪住了小辫子。

里染天马……高二，不知为何安居于学校里的无用之人。

（绯天学院的各位）

忍切蝶子……高二，关东最强的女子乒乓球队队员。将佐川视为竞争对手。

里染镜华……初三，有其兄必有其妹。

（水族馆的各位）

西之洲雅彦……横滨丸美水族馆馆长。好事又孩子气的大男人。

绫濑唯子……副馆长，或者说是馆长助理，抑或是秘书。随便你怎么称呼她。

和泉崇子……饲养员主任。大嗓门。

代田桥干夫……饲养员，负责热带鱼。讨厌孩子的急性子男人。

芝浦德郎……饲养员，负责淡水鱼。连续工作四十年的经验丰富者。

雨宫茂……饲养员，负责海豚。喜欢开玩笑的文雅男子。

泷野智香……饲养员，负责海豚。雨宫的师妹，健康美女。

大矶快……饲养员，研修生。沉默寡言的短发青年。

船见隆弘……负责财务的办事员。做什么事都马马虎虎的男人。

津藤次郎……负责物品搬运的办事员。偷懒是他的美中不足之处，确切地说，这是大大的不足之处。

水原历……负责展览版面布局的办事员。于她，艺术就是烫发。

绿川光彦……兽医。一副对平凡的人类提不起兴趣的样子。

仁科穗波……打零工的学生。老实巴交的矮个子女生。

深元……饲养员，负责鲨鱼。

（警察们）

仙堂……县警搜查一科警部。眼光敏锐。

袴田优作……县警搜查一科警员，仙堂的年轻下属。柚乃的哥哥。

吾妻……矶子警署的刑警。对仙堂很敬重。

羽取……驾驶员。

目　录

热闹的序曲

袴田柚乃心里很清楚，这是日常生活中不值一提的事情，也知道这是可以不屑一顾、置之不理的无聊事。但是，即使心里明白，她也无法装作视而不见。不做点什么她就难受，这是性格使然。

女子乒乓球队活动室里发生了一点小小的异常变化。

她也按照自己的方式尝试推理，分析这种情况出现的原因。她万般烦忧，绞尽脑汁。但是，她总是在探索过程中钻进死胡同，束手无策。将方法逐个排除，最终，她自然而然地找到了唯一一个应该采取的方法——

去找那个男人帮忙。

位于神奈川县风之丘高级中学最北端的文化社团活动楼，这一房间又位于楼里最靠边的一层尽头。

蝉鸣大合唱一刻也不消停，与其说是热闹，不如用吵闹来形容更为贴切。气温超过了三十度。万里晴空之下，柚乃站在那扇门前。

到处是虫眼的木牌子上用毛笔写着“百人一首研究会”，字迹颜色已经浅淡。门旁的小窗户拉着厚厚的窗帘，看不见里面是什么样。房门当然上着锁。私底下有传言说这是间“打不开门的房间”。这个有来头的房间暑假中也和平时没有两样。

柚乃进屋之前敲了一下门，也算是尽了礼数。在等待回应的时候，她从包里掏出手机，确认了一下图片文件。图片里拍摄的景象，正是这回想要请他解决的问题。

等了一会儿，但是门的那一边并没有人应声。他肯定又在睡觉。柚乃对此并不理会，用配好的钥匙轻而易举地打开了这间“打不开门的房间”。

她首先感到的是：“……凉快！”

空调温度开得太低，凉气并没有带来舒适感，反倒让人直起鸡皮疙瘩。身后火辣辣的太阳就像假的一样。汗水一瞬间干掉，贴在手腕上的罩衫袖子也一下子恢复了蓬松。

尽管是白天，房间里却光线昏暗。没开灯，只有窗帘缝里照进来几缕阳光。房间深处一堆毯子底下，传来呜呜的低声呻吟。看来他果真在睡觉。

柚乃故意大声地关上房门，从里面拧上门锁，一个黑乎乎的影子这才从毯子里探出头来。

“……谁？是袴田妹子？”

“是我。早上好。天已经亮啦！”

“……早上好。”

他老老实实地应了一声。不管他脑瓜子多好用，刚睡醒的时候连讽刺的意味都听不出来。

“你找我有事？”

“是这样，我有件事想要麻烦你。”

“麻烦？多费事呀。你找别人吧。”

在夹杂着梦话似的嘟嘟囔囔之后，黑影又钻进了毯子里。还没说是什么事情，就被拒绝了，这一点就算是柚乃也没能料到。

“这是只有里染你才能解决的问题。至少听我说说这是怎么回事吧。”

“……什么事啊？”

“是这样。”

她张口想说，可昏暗的房间让人安不下心来。她没有办法在这种状态下好好说话。她在墙上摸索着打开了灯。

十张榻榻米大小的房间。书架、桌子、床。房间在灯光的笼罩下呈现出了它的全貌。与此同时，柚乃讲述了自己的请求：

“我希望你现在立刻把这个房间收拾干净。”

一如既往的惨不忍睹。

满地都是凌乱堆积的漫画、杂志、DVD 包装。大小不一的可爱人物模型、书店的纸袋、网店的瓦楞纸盒在各个缝隙中悄悄探头。右手边的铁架子上、铁架子两侧的小冰箱和微波炉，还有窗户边的桌子上、房间中央的白色短腿桌上……总之，凡是能够摆放东西的地方，都毫不客气、乱七八糟地摆放着众多二次元亚文化物品。揉成一团的脏衣服随处可见，给节庆般的状态添加了负面色彩。

墙上也毫不例外，在一连串的海报和日历上，今天也有大约二十名美少女冲柚乃绽放着笑容。她们的排列和以往有着细微的差异，原来是柚乃的正对面又添了个新人。那是一名少女的上半身，她身着比基尼，绯红的头发上别着骷髅发卡，正冲着这边架好了来复枪。真是不太平。

唯一一个灾情较轻的地方，就是摆在左侧墙边的床铺。自然而然的，只有这个地方保留了下来，作为房间主人的生活空间，现在他正裹在毯子里，懒洋洋地躺在上面。

“收拾？为什么？”

房间的主人——里染天马一动不动地用他漆黑的眼睛向柚乃望去。

“这还用问？当然是因为这里乱糟糟了。”

“这有什么关系呢？又没给别人添麻烦。”

“添麻烦了。”

“给谁添麻烦了？”

“我！”

柚乃好不容易找到落脚之处，凑到床边，把手机上的照片猛地展示在他眼前。里染见状，终于掀开毯子撑起上半身。

略长的刘海，瘦削的身材。他的双眼皮总是充满倦意，不仅是在刚起床的时候。自从放了暑假，不用再穿校服，他就一直套着皱巴巴的T恤，显得更加邋遢、不健康。

里染虽然坐起身来，却没有一点要起床的意思。他只是把脑袋从床边探出来，看看有问题的照片，说了一句话：

“这个储物柜可真脏呐。”

“这是我在球队活动室的储物柜。”

满满当当塞在架子上的训练日程表，挂在衣架上不管的运动衣、训练服，柜子底部堆积成山的毛巾和球拍套，还有冷却喷雾的空罐子。本来空间就很狭小的活动室储物柜，被放置在里面的东西搞得拥挤不堪。手机拍下的照片呈现的就是这样一派光景。

“你的柜子？呵，没想到你这么邋遢！哈哈哈。”

“这都怪你呀，里染同学！”

柚乃冲着嘿嘿大笑的元凶大吼一声。

“啊？为什么？”

“自从我出入你这间屋子，我的大脑就过于适应房间的脏乱差，就连我自己周围也开始脏起来了。这是里染同学的责任！”

她留意到异常，是前些天，也就是放假大概十天之后的事。

可怕的是，她本人竟然完全没有意识到这一点。直到有一天，在她身旁换衣服的朋友早苗不经意地说：“柚乃，你的储物柜变脏了哦！”她才终于发现。

虽然早苗等队友纷纷安慰她说“不用在意”“谁都这样”“还好啦”，但是骨子里喜爱干净的柚乃对此无法忍耐。为什么会发生这种悲剧呢？大概一个月之前还井井有条呢。一个月之前发生什么事了呢？一个月之前。

答案立刻就有了。

正好在一个月之前，柚乃遇到了那个男生。

她遇到了那个不知道因何缘故住在学校里的神秘男生。这个古怪的家伙——里染天马占领了没有社团成员的百人一首研究会，随心所欲地将家具、家电和自己的东西搬进房间，在这里饮食起居。

六月末，她因为老体育馆发生的案子求助于他。据说，当时他已经在学校里住了一年左右。里染现在上高二，也就是说他几乎是在入校的同时就住进了这个房间，居然到现在为止校方都没有发现。虽然生活看上去不是很方便，但是至少他本人表示，自己过得悠然自得、非常舒适。他使用社团活动楼的自来水和卫生间，还出入附近的公共浴室和投币洗衣房。

学生当中清楚“打不开的房间”秘密的人仅有几个，所以他暑假里也不回距离风之丘只有一站之遥的家，而是在学校里安稳地——有些过分安稳地享受一个人的生活。

他被漫画和动画片所包围，几乎从不外出，把空调开得马力十足地躺在床上固定的位置。

要说原因，除此之外柚乃想不出别的来。

为了美化储物柜，她费尽了苦心，最终还是得出了要根本解决问题必不可少的结论。这样一来，单凭柚乃的力量就无可奈何了。只能请求症结所在的无用之人本人，把他的房间整理干净。

就是因为这样的原因，她才造访里染天马。

“这样的原因是什么样的原因啊？”

即使她说明情况，无用之人还是眉头紧皱。

“你这是找茬。做得不对的是你呀！”

“不是，原因在于里染同学。既然你私自住在学校，至少应该把房间弄得干净点！”

“真烦人。这间屋子本来就收拾得不错，只是东西多了点而已。”

“那你就扔掉些东西！”

在柚乃猛跺双脚的攻势下，她脚边堆成一座塔的DVD垮塌了。

“哎呀！啊！你傻呢！你……你，傻瓜！居然碰我的《超兽机神断空我》[①]！这可是我刚买来的！”

里染虽然大声疾呼，却依然不想下床。他的意志也真够坚定的。

---

① 《超兽机神断空我》是一部机器人电视动画作品，1985年在日本TBS电视台播出。

“既然是刚买来的，就不要放在这种地方！”

“不是，你看，我六月不是有一笔临时收入吗，于是就各种各样买了一堆，还没来得及整理观看呢！哎呀，真是受不了！哈哈哈哈。”

“你高兴个头！”

借着大喝一声的势头，柚乃伸腿对准堆成山的书来了一记低扫。薄薄的大开本画册扬着灰从书堆顶上落下来。

“啊！我的画集！我花了三万日元大钞才收来的小圆画集！”

“总之，请你把这个房间收拾好！还有，冷气开得太大了。”

伴随着低低的驱动声，古老的空调不断地喷出强有力的冷气，吹得对面墙上张贴的海报边缘啪啦啪啦来回翻飞。

“你设置成几度了？”

“十六度。”

“你傻呢！二十六度就足够了！”

“你真烦人！不凉快还能算夏天吗？”

“你这是本末倒置！夏天热才是正理！这样才能依靠运动爽快地流汗！”

“你说的才是本末倒置呢。”

两个人无法相互理解。

“首先，这部空调是活动室安装的物品，不能把它当成自己的东西。”

“这有什么不行的？你听好了，学校的东西就是学生的东西。我是这所学校的学生，因此学校的东西就是我的东西。证明完毕。”

“你没有证明任何东西嘛！”

“你真啰嗦！”

正襟危坐的里染瞪着如哼哈二将般叉着双腿站在眼前的柚乃，说：

“说到底，你既然这么讨厌这间屋子，为什么还来呢？我又没邀请你。你不喜欢就别来！”

“这是因为……”

他一下子戳中了柚乃的弱点。她自己也不知道原因，所以里染这么问，她也答不出来。

“嗯，是因为这里有饮料，还有点心什么的。还可以消磨时间吧。”

“你要是闲得没事干，就到别处消磨时间去！”

“不是，那个……”

就在她穷于应对之时，身后忽然响起门铃声。还没等她问是谁，门锁就被打开，一名身穿校服的少女蹦了进来。

“哎呀哎呀，你俩都在呐。”

就像单口相声一般的轻松问候。红框眼镜和与它搭配的红色发卡。脖子上挂着的单反相机也安然无恙。

“啊，对，还因为香织同学！”

柚乃就差没高喊“天助我也”了。她拉过这名少女——向坂香织作为理由。

“香织同学总是请我来这里玩，所以我就恭敬不如从命了。对吧，香织同学？你还给我配了钥匙呢。”

“什么？哦，是配了钥匙。”

“你自作主张配什么钥匙啊！”

“对啦，对啦。”

房间主人的愤怒也好，散乱的东西也好，都没有让香织动摇。她动作流畅地挤进房间。

不愧是先于柚乃了解这个秘密的唯一学生，无论做什么都很顺手。

她在短腿桌前坐下后，朝这边说：

“柚乃，你想不想去水族馆？”

“SHUI、ZU、GUAN？”

——水族馆。

尽管话题突如其来，但这个词语听起来却格外迷人。直到刚才为止还在折磨柚乃的炎热也对此起到了作用。

被水槽环绕的通道；微光中一个接一个出现的生物；愉快戏水的海豚和海狮和鱼儿们。说不定还有企鹅，一定很可爱。不仅可爱，还能避暑，一箭双雕。在排满球队训练的这个夏天，偶尔去玩玩也是——

“想去！”

本能先于思考地作出了回答。

“真的？其实是这么一回事。我决定去水族馆采访，用来做增刊号的特辑。”

“增刊号？报社的？”

“嗯。暑假里要出。”

香织是报社社长。这份名为《风之丘时报》的报纸以每月两期的频率发行，因为报道各种话题而深受学生好评。

“暑假里做学校的报纸干什么呢？”

“你别小看我们。做好了要发给参加社团活动的学生。”

“……都放暑假了，还有谁回学校参加社团活动呀？难以置信。”

都放暑假了还住在学校社团活动室的家伙，还好意思说这话。

“于是呢，我预约了丸美水族馆，要去参观。但是有个记者去不了了。我觉得太可惜，所以想看看有没有其他人能去。”

横滨丸美水族馆。一个位于横滨近郊、位置隐蔽的休闲场所。柚乃记得自己小时候和年龄比自己大很多的哥哥去过。

“我会请你在采访时帮帮忙，柚乃，这样你愿意吧？”

“当然了！”

再一次立即回答。

“什么时候？”

“后天，八月四号。”

“啊？”

对于丸美水族馆的愉快期待，就像开始充盈的时候一样极速破灭。

后天乒乓球队有比赛。虽然是热身赛，但因是四校联赛，规模很大，不可能溜号。

“对不起，那天有场特别重要的比赛……”

“啊？这样呀……真让人为难呀。”

柚乃哭丧着脸回绝了香织。香织双臂交叉放在胸前，朝着躺在床上的另一个人说：“天马，那就你来！”

“不去。”

“别这么说嘛。很好玩的。还可以和馆长聊天呢。”

“我可不想和馆长聊天。这是什么宣传呀？”

看来香织来这里是为了邀人同行。不知是不是该说依然如故，里染面对发小的邀请也毫不动心。

“你去一趟不好吗？反正你也闲着。”

“别看我这样，我忙得很呐。录完还没看的东西都排成队了，还要整理刚买的东西。”

“我看你不打算整理呀。哦，对了，把房间收拾收拾！”

“我不是说了吗？不喜欢你就别来。”

话题绕了一圈又回来了。

“这么说话可不好哦。”

香织一边从冰箱里拿出杯装水羊羹，一边责备道。她来这个房间的时候，十有八九都会吃点什么。

里染黑着脸说：“……算了，算我让你，袴田妹子，你可以来。不过，问题在于……”

咚咚砰砰哐哐。

“有人吗？柚乃在吗？”

在气壮山河的噪声中，敲门开锁和房门开合的声音同时发出。又一名少女进入房间。她和室内派的柚乃形成鲜明对比，拥有晒得黝黑的皮肤和前后摇晃的马尾辫。身上穿的不是校服，而是乒乓球队的蓝色训练服。

“哦，你果然在这里。球队活动马上要开始了，我们赶紧去活动室吧。咦？这里可真凉快！”

“你，我说你！”

里染狠狠地用手指着第三位来访者——野南早苗。不了解情况的她不慌不忙地说：“啊？怎么了？”

“为什么你也出入我的房间？你和我又没什么关系！”

“哟，你别说得这么生分！我们不是朋友吗？哎呀，是《元气团仔》[1]的新刊呀，能借给我看看吗？”

“不借！而且我跟你不是朋友！我什么时候跟你成朋友了？”

“你真是的，里染同学。柚乃的朋友就是我的朋友。你是柚乃的朋友。因此，你就是我的朋友。证明完毕。”

“你什么都没有证明！”

里染在歇斯底里地尖叫之后，把矛头指向柚乃。

“袴田妹子！你为什么要把这地方告诉她？”

“每次到这里来都要搪塞早苗，我嫌麻烦。”

“你怎么能因为嫌麻烦就泄密呢？”

“而且我还请香织给早苗也配了钥匙。”

“我配了钥匙。”

“所以我叫你不要随便配钥匙嘛！还有，不许吃我的水羊羹！你是滑头鬼吗？”

看来香织吃的水羊羹是里染的。

“对了，早苗，你想去水族馆吗？”

“啊？想去！什么时候？后天？我去我去！”

“喂，明天有热身赛！”

“啊，对呀。抱歉了香织同学，我去不了。”

“你们也该听听别人说话！”

人们常说三个女人什么什么的，所以这样一来里染也就没有胜算了。他呼哧呼哧地喘完气，抱着脑袋再次钻进被窝。

“太糟糕了……我宝贵的夏天……”

“你不就是拿来睡个觉吗？”

---

① 《元气团仔》是由日本漫画家吉野五月创作的漫画。

反正事已至此，柚乃顺便干了一件最坏的事。她凑近枕边，把放在那里的遥控器拿起来，褪了色的显示屏上显示十六摄氏度。

“……你干吗？”

“我要关空调。”

“停下来！住手！哇！”

里染为了夺回遥控器跳起来。柚乃只是顶了一下他的额头，就让他翻了个筋斗。她最近发现，这个男生尽管脑瓜子聪明，运动能力却特别差。

一按开关，哔的一声，电波伴着这好听的声音传输出去，出风口关闭。

“里染同学，你不能这样。夏天电力不足，请节约用电！”

“你让我怎么办！”

“……总、总之，不能把冷气开得太大，对身体也不好。”

柚乃正想把遥控器放回原处，突然想到一件事。如果就这么还回去，自己一走，空调立刻就会恢复原状。里染现在保持着被她推倒时的姿势，趴在床上。空调室内机也有手动开关，但是好像只能开空调和关空调。既然这样——

柚乃瞅准一瞬间的空隙迅速把温度调到最高，接着又调成制热模式后，把手里的遥控器扔了出去。

遥控器在空中划出一个漂亮的半圆，消失在架子前面堆积如山的漫画当中。啊！——当里染抬头时已经来不及了。

“你……干了什么？”

“在你收拾房间找到遥控器之前，是开不了冷气的！”

她微微一笑。

“你就是魔鬼！”

柚乃个人认为她的微笑很可爱，可是里染眼里的她似乎并非如此。

“好了，早苗，我们去参加球队活动吧。”

“嗯。对了，里染同学，我把这个借走了哦。”

“那么天马，你要是想去水族馆就联系我吧。”

柚乃等人把里染的恶言恶语抛在身后，快速离开了房间。早苗拿着漫画新刊，香织带着吃了一半的水羊羹，柚乃解决了她的储物柜问题。

关闭的房门内传来的最后一句话是：“你们都给我记住！”就像古装剧里出现的台词。最后，他虽然嘴里嘟嘟囔囔，却依然一次也没有下床。他也是懒惰到了极点。

“那就再见了！”

柚乃二人在教学楼前告别了香织，朝着运动队活动楼的方向走去。适应了房间里凉爽感受的身体，很乐于接受室外灼热的空气，但是这仅限于刚开始的几十步。当女子乒乓球队活动室映入眼帘的时候，罩衫又再次贴在了身上。

“真热……”

尽管情况再明白不过，柚乃依然不由得叹息道。早苗“嗯”地应了一声，说道：“香织同学要去水族馆了。”

“真羡慕她呀。”

“她要去水族馆了。”

“你干吗说两遍？”

“因为我想去呀。”

“有企鹅什么的。”

“还有海豚什么的……可是……”

不能不去参加比赛呀。为此，前半个夏天都已经奉献给了球队活动。

两个人打开了活动室的房门。进入室内依然很热，由于人多，甚至比室外温度还高。挤在六张榻榻米大小的房间里换衣服的十四名队员，还有坏了一半、勉强能够运转的电风扇。

“袴田，你来得真晚。赶快做准备！”

佐川队长的命令从房间深处传来，声音和平时一样精神。无论什么时候，只要看见耿直的她，柚乃就觉得自己绝对不能向暑热低头。她还感到，能够在这样的队长带领下训练，夏天也自有它的乐趣。

“好的！抱歉啦！”

柚乃一边回答一边打开自己的储物柜——然后，沮丧地想，必须尽快收拾柜子——开始换训练服。去水族馆的渺茫愿望，已经被藏进了内心深处。

当时，她完全没有预料到，几天之后，她竟然不得不去这个曾经梦寐以求的地方，去得让她腻烦。

第一章　夏天和丸美和我和尸体

1 《风之丘时报》

“让你们久等啦！”

“哟，仓小町，你早！挺好的？”

“虽然没向坂同学你那么精神，也还好。你总是到得很早呀。”

“哎呀，我太兴奋了，四点钟就起床了，也没什么别的事，就来早了。”

“四点钟起来还能这么精神，我真是服你了。”

“仓小町依然踩着点呀。”

“算是吧……你能不叫我仓小町吗？我觉得自己就像自行车零部件。”

“啊？这样叫不是挺好的吗？仓町和仓小町也没多大差别。”

“差别太大了！就像是把向坂同学叫作墨鱼干一样。”

“哎哟哟，仓小町难得说点有意思的事情！墨鱼干！墨鱼！有关水族馆的玩笑？”

“不是这个意思。对了，小池呢？”

“他还没有来呢……看，是不是那个人？”

“啊？哪个？”

“就是那个，你看，刚出检票口的。背着笑脸背包的。”

“……不是。小池再孩子气，也不会背那种包包吧？”

“就是他！你看，还拿着数码相机呢！是小池。喂——！”

“让你们久等啦！早上好！”

“早上好！”

“早上好——小池，你今天的扮相也不错嘛。”

“真的？这个包包，是我在百货公司的儿童柜台买的。可爱吧？”

“为什么你是个男生却还追求可爱呢……”

“不适合我吗？”

“没有没有，适合倒是很适合。”

“那么我们差不多就出发吧。”

“就我们三个人吗？”

“对。最后谁也没抓来。”

“没关系，拍照的、做记录的、提问的，有三个人怎么都能办好。”

“没问题没问题，因为仓小町很优秀。”

“啊？你只夸仓町师哥一个人吗？”

“因为小池很可爱。”

“哦，是吗？”

“小池，你要信了可就糟糕了。向坂，你也不要信口胡诌。”

八月四号，早晨九点十五分。在熙来攘往的JR根岸车站出口，拱形的别致天井下，几名身穿校服的少男少女正在交谈。

一大早就兴致勃勃的她，是报社社长向坂香织。发卡、眼镜、校服上的纽扣，三件东西都是红色的。挂在胸口前乌黑发亮、硬邦邦的东西是一部单反相机，镜头盖格外耀眼，熠熠生辉。

香织嘴里叫唤的“仓小町、仓小町”，是本名为仓町剑人的一名少年。他面无表情，容貌酷酷的，看上去有点像西方人，也很引人注目。他和香织同样是高二学生，报社副社长，是社长能干的左膀右臂。

还有一名少年匆匆忙忙地跟在两人身后。天真无邪的娃娃脸和矮小的个子，再加上他本人孩子气的品位，一点也不像高一学生。他手里拿着数码相机，背着动漫形象的黄色背包，里面塞满采访用品，多得快要掉出来。这副走路的模样真的就像个相机小子。他名叫池宗也，姓池名宗也。

上述三位，就是风之丘高中校报的报社成员。

“是朝这个方向走吧？”

“嗯，总之要走到下一条马路。”

“哎呀哎呀，好期待哟。”

他们今天聚在一起，是有缘故的。

不用说，他们是为了编写《风之丘时报》增刊号的特辑，要前往横滨丸美水族馆采访。

横滨丸美水族馆，是位于横滨港一端的小规模水族馆。

它创建于1965年，在全国范围内也算历史悠久。它原本是市政府营运的设施，当时的名字是“横滨港水族馆”。在昭和年代结束之前，它一直保有一定客源。但是，后来水族馆建设掀起热潮，神奈川县内出现了和游乐场一体化经营的金泽区八景岛海洋天堂、翻修一新开张的新江之岛水族馆等。面对这些竞争对手，它立刻失去人气，陷入经营困境。就在它不得不关闭拆除的前一秒，无比喜爱鱼类的丸美饮料公司老板出于个人爱好买下了它的所有权，在那之后便作为半官方半民间的“横滨丸美水族馆”重新开张。

虽然改名之后水族馆规模依然很小，但是由于加建了新馆，引入了吸引游客的海豚表演等活动，它逐渐再次繁荣起来，最近几年还有了恢复全盛时期状态的趋势。尤为得天独厚的是它的地理位置。从横滨车站前往非常方便，坐电车十分钟就到了。尽管观光指南上连“丸美”的“丸”字都见不到一个，却激发起了本地人的兴趣，成为了普通人不知道的观光地点，作为深藏不露的名胜深受市民欢迎——

“据说是这样。”

在半道上，香织得意洋洋地向报社成员介绍了采访对象的概要，还不忘时不时地推推眼镜。

“我知道呀。”

仓町一句话就打断了难得的课程。

“不是写在丸美的官网上了吗？昨天我看了。”

“嗯，我也看了。”

“呵，全体人员都知道了？这就是网络社会的弊端呀。”

“你才是弊端哟，向坂。你不要马马虎虎拷贝粘贴嘛。”

“可是资料真的很少呀。”

向坂事先做的这番宣传是真的，观光指南上没有任何相关介绍。所以，这样恰好有直接采访的价值。

“那么，你看过‘丸美的偶像’那个页面了吗？据说白色海豚、小丑鱼和鲨鱼很受游客欢迎。”

“哦，看了看了。是柠檬鲨吧？长度超过两米的。”

“一口就能把小池吞下去。”

“你别说这么恐怖的事嘛……”

他们在横须贺街道上一边闲聊一边往前走，不一会儿，向左转了一个弯。尽管还是上午，柏油路面的热气已经让马路对面的景色不断摇曳。沿着行道树的树荫在人行道上前行的，基本都是带着孩子的父母、年轻的情侣和一群群中学生。他们看上去好像都要去某个地方享受闲暇时光，大家的目的地相同，香织他们也加入了队伍。

很快，一栋淡蓝色建筑物出现在眼前。天空在热气升腾中摇摇晃晃。建筑物的色调仿佛是从中溶解出来的一样。

这是一栋从整体上看来普普通通的建筑物，二楼的玻璃幕墙引人注目，尽显凉意。从入口延伸出来的房顶制造了一片阴凉。侧面的阳台划出一道圆弧，在它后面露出面孔的好像是新馆，也是圆形的，入口前的广场喷泉依然是圆形的，从这里看去，就像是按照个子高矮排队站立的三兄弟。正面竖着的招牌上，描绘着可爱的水母，还跳跃着和它的形象同样圆润的文字。或许是为了照顾幼儿，汉字上也周到仔细地标注了假名。

建筑物的对面紧挨着沿大海修建的首都高速高架桥，再往前就是填海造地建成的工业区了。让人玩性大发的水族馆就建立在城市与港口的交界处。

——“欢迎光临横滨丸美水族馆！”

“到了到了，仓小町！就是这里，这里就是丸美水族馆！”

“一看就知道了。”

她到达目的地的激动之情，完全感染不了冷静的副社长。

“好久没来了，也没什么变化嘛。”

池同学似乎受到了些感染，说：

“我自打小学毕业就再没来过。真是太怀念了！”

“我好像也是远足时来过。果然，所有人都来过呢。”

不愧是与本地人生活密切相关的水族馆，深深地扎根于市民的回忆之中。

来到广场的喷泉旁，香织心爱的照相机、尼康数码单反终于有了出场机会。盛夏的天空今天也是万里晴空，属于绝佳的摄影好天气。

先拍两张有喷泉的外观图，再靠近建筑物，近距离拍摄入口。父母和孩子手牵手进门的样子幸福万分，拍下的画面格外美好。在香织身后，池同学一边发牢骚抱怨“社长真滑头，就顾着自己拍”，一边也拿出数码相机拍下几张照片。

“时间来得及吧？”

“我看看，现在九点半……嗯，正好合适。我们现在就进去吧。Let’s go！”

香织嘴里叫喊着老套的台词，终于满意地奔入水族馆。池同学拼命移动他小巧的身体，追赶着香织，仓町则不紧不慢地跟在后面。

和学校的日常迥然不同的出差版社团活动。

看来这将是愉快的一天。

*

看来这将是严峻的一天。

同一时间，在县立风之丘高级中学的老体育馆里，袴田柚乃心里冒出了这样一个念头。

为了避免阳光和风的干扰，窗帘拉得严严实实，四方的大门也关得严严实实。在密闭的空间中，空气在安静地燃烧。这并不意味着热气聚集蒸腾闷热——不，实际上气温也相当高——但是，令人产生这种感觉的，是聚集在这一场所的少女们身上忽隐忽现的紧张感。

很容易就能分辨出聚集在墙边的三组少女。从队服的不同颜色就能看出来。对手分别身着黑与白，柚乃她们则是蓝色。虽然队服和她们平时穿的训练服在设计上几乎没有差异，只是在胸前添加了缩写字母，但是久未穿着，这一细微的差异都让她们觉得活动不便。

“还不开始吗？”

当时钟指针指向比赛开始时间的九点半时，早苗问佐川。

“说是还有一小会儿，要等绯天的人到场。”

“她们真的会来吗？不会放我们鸽子吧？”

“据说新体育馆男生那边已经准时来了，女生也不会有问题吧。”

“迟到……这就是王者的从容？”

“或许吧。要是这样，我们就得给她们来个完美逆袭！”

正在拉伸阿基里斯腱的佐川语气轻松。面对劲敌，唯有她和平时别无两样。

柚乃想插嘴问她，是不是有望获胜，但是犹豫了一下没开口。要是给她增加压力就过意不去了。于是，她对早苗低声说：

“佐川同学看来胸有成竹啊。”

“那是当然，我们可是王牌！”

好朋友得意地挺起胸脯说道。就像是在说自己。

四校联合的热身赛，是乒乓球队的例行活动，到今年已经是第七届了。也不知道是谁最早提出来的。据说，其理念在于，让私铁沿线附近位置接近的几所学校通过热身赛加深交流。眼下汇聚一堂的，就是距离风之丘最近的三所学校。

旁边是唐岸町的公立学校，市立唐岸高中。

位于车站对面的私立学校，横滨创明高中。

还有位于国大附近、拥有广阔的土地和上千名学生、关东地区首屈一指的知名私立学校绯天学院高中部。

再加上这里的风之丘，四所学校轮流担任东道主，每年夏天都举行一次联赛。

这一热身赛的特征在于，因四所参赛学校仅仅是以距离近作为标准，所以实力差距很大。要排序的话，首先是名声在全国范围内都如雷贯耳的绯天，实力出类拔萃。第二位是老练的唐岸，接着是中坚力量的风之丘，实力稍逊的则是创明。情况大概就是这样。

总之，四所学校当中，绯天学院格外强大，这样一来，相互切磋的初衷基本是无法贯彻了。剩下的唐岸、创明和风之丘，精力都集中在“如何出其不意地击垮绯天”这一点上。本来可以和全国水平的队伍一决胜负就是极其难得的机会，当然不能错过。

尤其今年又是个有望丰收的年头。即将在京都举行的全国高中综合体育大赛迫在眉睫，已经确定上场的绯天主力队员，包括候补队员全都远征关西。也就是说，今天不会来多少高手。虽然只是在形式上有望实现夙愿，三所学校也比往年显得活跃——不过，对于高一的柚乃来说，这是第一次参加联合热身赛，这些情况全都是从师姐们那里偷听来的。

至少，现场的紧张感是货真价实的。队员们有的在做热身操，有的在练习接球，都在静静地等待王者登场。柚乃她们当然也不例外，不如说击败绯天的热情比其他学校更胜一筹。

不管怎么说，今年的风之丘有佐川队长坐镇。

柚乃和早苗悄悄地看了一眼被称为“完美超人”的佐川队长。鲜明而魅力十足的双眼，健康匀称的身体。乌黑的短发和着伸展运动的呼吸摇摆。

为自己和外界所公认的中坚力量风之丘当中，有一名实力格外强劲的出色队员，她就是佐川奈绪。说她的实力不亚于绯天，绝对不是偏袒。在迄今为止的单打比赛中，每一次都咬住绯天的喉咙，连绯天的王牌选手也把她当作竞争对手。

这样的队长，这样的佐川同学，即使是王者也一定能够打败。而且对方是第二、第三梯队，应该能够轻而易举地拿下。

“状态如何？能够赢吗？”

顾问兼教练的增村老师走过来问佐川。柚乃想问却忍住没问的话，被他满不在乎地说出了口。

“状态还行，不过没见到对手无法判断啊。”

“没关系，来的是以高一队员为中心的第二和第三梯队，我们轻松上阵！”

“是啊，如果忍切同学不来的话，总有办法……”

“没错没错，能和忍切不相上下的人，怎么会输给小将呢？轻而易举就能赢，轻而易举！”

增村老师快活地笑着，拍拍佐川的肩膀。他满不在乎的鼓励方式看上去一点都不像个教练，不过这也算是他典型的表里如一吧。

“总之，这是今年最大的机会，拜托你们了！不过，对手还没来。”

“您知道她们迟到的原因吗？”

“不知道哟。她们只是联系说会晚到，其他的……”

“啊，来了！”

最早注意到的，还是目光敏锐的早苗。

紧闭的金属大门打开了，王者军团到达，恰好迟到五分钟。

在教练的率领下，少女们一个个点头致意“请多关照”，走进了体育馆。她们还没换队服，依然身穿校服，蓝得发黑的海军服和厚裙子，尽管现在是夏季。她们的举止和装束都显得有些笨重。

“我们来晚了，非常抱歉！”

戴着太阳镜、略上年纪的教练率先朝着今年的东道主、柚乃她们这边走过来打了声招呼。增村摇摇他的板寸头，连声说：

“没关系、没关系，又没迟到多久，不要紧。是遇到什么麻烦了吗？”

“有个队员，想要空降参加比赛，我们在等她，所以就来晚了。”

“空降？”

增村附近的柚乃等人被他吸引，朝体育馆入口望去。绯天的最后一名队员恰好在行礼。

就在她抬起头的那一瞬间，不知哪个学校的队伍里传来了惨叫声。不安一下子扩散开来。“是她本人？”“真厉害！”“她不是去京都了吗？”“为什么在这里？”

柚乃她们也在怀疑自己的眼睛。

高个子、美丽的盈盈笑脸。她们都认识。常常在大赛的表彰仪式和杂志上看见这张脸。她就是佐川队长刚刚提到的、作为绯天的主力队员活跃在比赛中的少女。今天原本不可能到来的人。

“忍切、蝶子……”

早苗目瞪口呆地低声呢喃。

确实，严峻的一天正要开始。

2 丸美的愉快伙伴们

丸美水族馆虽然规模小，但是仅就地图而言，其面积并非令人失望。

进入 A 馆，立刻就是入口大厅和餐饮区。它再现了横滨近海的水域。与它相连的四方形建筑物是 B 馆，里面有水母水槽和吸引人眼球的鲨鱼水槽。以海豚表演水池为中心建造的新馆，除了水池之外，还有热带鱼展示区。这样的面积，正好可以在两小时以内轻轻松松尽情享受。嗯，刚才这个表述就很不错。香织取出笔记本，写下宣传语：“两小时的轻松享受！”

“对了，向坂，你能说服他们接受采访，真有你的！”

“我顽强呗。”

“顽强……你给人添了不少麻烦吧？”

不过只是校报的暑假策划而已，《风之丘时报》却能如此认真对待。尽管丸美并未开放内部参观，但是香织提前给办公室打电话，竭尽全力进行了交涉，这才获得允许，可以直接采访内部工作人员和馆长。这样一来，不仅可以对水族馆现场进行报道，还可以对馆内的看点、展示的生物进行深入介绍。

在售票处报上姓名之后，工作人员立刻联系了办公室。现在，三个人正在水族馆地图前等待领路的人。人们在柜台前排队购票，通风良好的入口大厅人声鼎沸。大厅中央，放置着一块展示板，上面画着和招牌上一模一样的水母，看上去喜气洋洋的。顺便说一句，这个形象是丸美水族馆的官方吉祥物，名字叫做“小丸”。这词儿是不是可以再斟酌一下呢？

因为刚刚开门，所以游客络绎不绝地进入馆内，队伍眼看着就长了。尽管是暑假，这样的盛况依然出人意料。丸美水族馆，不容小视。哦，刚才这句也不错！

“不容小视，丸美远超预期。”

“……你在写诗？”

“标题，是标题！你觉得怎么样？”

“无可奉告……”

“哟，海豚表演！师哥师姐，有海豚表演！”

在表情痛苦的仓町身旁，池同学兴致勃勃地大声喊叫。

大厅里张贴着很多馆内展览和活动的海报，其中最为吸引人的一张，就是海豚表演的介绍。照片上是一头海豚，正从观众席环绕的水池中跃起。这一画面捕捉到了决定性的一刻，连飞溅的水花都一朵朵如此鲜明。在水池两端，两名貌似训练员的男女正在挥手。

“真可爱呀！虽然比不上我……啊，还有一头！”

在海报的角落里，还有一张小照片，上面是一头白色海豚。让人心痒痒地写着：“大受欢迎的路菲即将登场！”

“‘丸美的偶像’那里也有它的照片呢，好可爱呀！”

“小池，物种的障碍是无法逾越的，你就认输吧！”

“哼……海豚也是不容小视啊。”

“对呀小池！这正是‘不容小视，丸美远超预期’！”

“……什么？你在写诗？”

“标题！是标题！你觉得如何？”

“嗯，这个……啊。”

就在池同学目光游移之时，一名女性从柜台里出来，向他们走过来。

她身着凉爽的短袖开襟衬衫和黑色裤子。装束本身很随意，但是无框眼镜和整齐分开的头发，还有精神抖擞的走路方式，给人的感觉十分正式。

“你们好！是风之丘高中报社的同学吧？”

打电话联系的时候，香织听到的就是这个声音。“对，是的。初次见面请多关照！”香织也毕恭毕敬地问候道。她回忆在电话里听到的名字说：

“您是绫濑小姐对吧？”

“对，我是办事员绫濑。请多关照。”

她一边说，一边从口袋里取出三张名片，递给报社的同学们。上面印着：横滨丸美水族馆副馆长绫濑唯子。

“您是副馆长？”

池同学惊讶地问道。这也难怪，眼前这位叫做绫濑的女性怎么看都只有二十多岁，一点也不像职位那么高的人。而且她也自称“办事员”。

“就是个名头而已。实际上我只是馆长助理。嗯，算是个秘书吧。”

绫濑似乎已经习惯被人提问，她痛快地回答。香织连忙从小包里找出自己的名片，递给这位自称秘书的人。对方也坦然收下。

“你就是社长向坂香织同学，请多关照！”

“是。还请您多多关照！”

“那我这就带你们去馆长那儿。请跟我来。”

在绫濑的指引下，丸美水族馆的采访拉开了帷幕。他们经过售票处，直接穿过入口。免费进馆，而且还有副馆长当导游，池同学自不必说，连仓町也兴奋了起来。香织在他们身后，独自一人因为另一种感动而浑身颤抖。

“向坂，你怎么了？”

“名片……”

“什么？”

“我第一次成功交换名片……”

用黑体字印刷着“报社社长·向坂香织”的名片，到现在为止，总是她强行塞给别人，要不就是被人轻视。然而今天，在和已经踏入社会的成年人的交流中，她却实现了夙愿，成功交换了名片。

“高兴，高兴哟。”

“是很棒哦。虽然我难以理解这件事是否值得如此高兴。”

“今天是名片纪念日呀。”

“名片纪念日！”

池同学的一句话让向坂的文字触角产生了反应。确实如此，今天是纪念日。

“副馆长说，请多关照。因此，八月四日，成为名片纪念日……”

“……池同学，请说说你的感受。”

“你问我？嗯，嗯，无可奉告……”

报社的三个人没有注意到回过头的绫濑正在用不安的眼神凝视着他们，依然只顾自说自话。

馆内充盈着蓝色。

太阳光无法到达的，只有昏暗灯光照射的通道。或许是因为空调有效发挥作用，气温也不太高，脚步声被地毯吸收。谜一般的氛围和温柔安稳的色调无一例外地让进入水族馆的人都有同一种印象——

深海。

每前进一步，就感觉向深海又潜入了一步。亚克力对面的世界在蓝白光芒中浮现出来。这个世界，以及水中的居民，将香织深深吸引。

首先迎接他们的，是再现横滨近海的大水槽。在无法尽收于镜头里的画面中，泛着银光的笠子鱼、斑鲅鱼成群结队，赤魟如同在空中飞翔般掠过。绕到它的背后，就是圆柱形水槽。鲜艳的红色樱花鲷在里面游来游去。还有模仿海底岩礁的岩礁水槽，以及特设展览，可以从小窗观察生活于热水喷出孔的深海生物，在互动水池，还可以亲手触摸海星，等等。孩子们快活的喧闹声从池边传来。每一件东西都魅力十足，尽管他们知道一会儿还可以过来看，但还是忍不住对一步不停、麻利前行的绫濑产生了恨意。

时不时有貌似饲养员的人在通道的角落里来往，擦肩而过时与绫濑互相问候。他们也同样身着印有丸美水族馆标志的黄色 Polo 衫，手腕上的表带也是与此相搭配的黄色，腰间的皮带上别着白色毛巾。不少人手拿淡蓝色水桶，估计是打扫卫生和喂食的时候用的。

他们面对绫濑，一定会很有礼貌地说上一句“您辛苦了”。看来“副馆长”的头衔并不是摆设。

“对了，您能允许我们今天进行采访，真是非常感谢！”

香织这时候才想到自己光顾着为交换名片的事高兴，还没有道谢，于是向前一步对绫濑说道。

“我才该道谢呢。能够在学校的报纸上进行报道，很难得呢。也是针对高中生的有力宣传呢……不过，一开始我也是反对的。”

“我就说嘛……”

副部长又是一脸苦涩。

“不过，馆长说，这有什么不好呢？于是我就答应了。所以要感谢，你们就谢谢好事的馆长吧……啊，医生，您辛苦了。”

在通道的岔口，一个男子急匆匆地走了出来。和迄今为止遇到的工作人员相比，他有三个不同之处。首先，他的 Polo 衫不是黄色，而是深蓝色，没有丸美的标志。他手中既没有水桶也没有毛巾，而是拿着一本活页夹。第二，他对副馆长只是“哦”地简单回应了一声。还有第三点，绫濑叫他“医生”。

“C3 的小丑鱼，最好还是都转移到预备水槽里。”

“这样啊。这可真是不好办呀……最早的两条怎么办？”

“很危险，恐怕不行了。不过我会和代田桥先生再商量一下。对了，这些孩子是……”

结束了严肃的交谈，他看了一眼香织等人。男子年龄大概在四十五岁上下，大背头，戴着四方形的黑边眼镜。面颊到下颚的轮廓瘦削，相当帅气。

“这些孩子是高中报社的，晨会的时候我提过呀。”

“是吗？抱歉，我忘了。”

就说了这么多，男子转过视线去看文件夹里的资料。他加快步伐，走在香织等人前头。看来他相当忙碌，要不就是挂着照相机的高中生与他的好奇心不符。

“这位是绿川医生，我们的兽医。”

绫濑这么介绍道，然后耳语般地说：“……他对人类不太感兴趣。”

沿着路标走出通道，很快，蓬松的水母就一个接一个地出现在一行人面前。也就是说，他们进入B馆了。再往前去，聚集着很多人，传来小学生直截了当的喊声：“鲨鱼！鲨鱼！”

鲨鱼水槽？就在那里！

虽然他们心中充满期待，但是绿川和绫濑却在水槽前直接右转，转进通道的暗处。报社的记者们哭丧着脸跟在后面。在通道深处有一扇门。

“从这里开始，就是所谓的‘后院’了。馆长室和饲养员室等等都在里面。”

趁绿川打开密码锁的工夫，副馆长介绍道。

房门的另一面，是荧光灯照耀下、极为普通的走廊，神秘而浪漫的蓝色不知道消失到哪里去了。铺着亚麻地板的地面笔直向前延伸，眼前一片无聊景象。不过，也正因为如此，才让人强烈地感受到与展示区相差甚远的“后院”的氛围。

例如，香织注意到天花板上安装着圆形的机器，不知道是烟雾报警器还是摄像头。不管怎样，到底是后院，这件东西可以不加修饰地安装在这里。

右手排列着房间的标识：“设备间”“备品仓库”……最里面有一扇双开门，左侧是延伸出去的走廊，右侧是楼梯，通往地下和二楼。

就在那里，两位工作人员道了别。绿川转向左侧走廊，绫濑走向楼梯。医生在临别之际对副馆长说：“请转告代田桥先生到医务室来。”

她答应了，然后转过身对香织等人介绍道：

“地下是过滤池，馆长办公室在二楼。”

香织等人正打算跟着绫濑上楼时，就在他们身后的、写着“备品仓库”的门打开了。一名女孩子从里面走出来。

至少在香织看来，她是名副其实的“女孩子”。她的个子和香织几乎一样高，甚至还稍微矮一点，面容天真烂漫。如果她没有穿饲养员的黄色Polo衫，恐怕会被当作另一名前来采访的高中生。

丸子头加可爱的惺忪睡眼。虽然别在腰带上的毛巾和其他饲养员的一样，但是她的手上没有水桶，拿着的是黄色长柄的拖布和装着水的拖布桶。

“啊，绫濑姐……你们好！”

“穗波，你辛苦啦。打扫卫生？”

“对。”

被称作穗波的她也开始上楼。她与香织视线交汇，彼此点头致意。

“你们就是高中报社的……？”

“对，我们是风之丘报社的。对了，你是……工作人员？”

“这是打零工的仁科同学。海洋大学的学生，我们只在夏天请她来。”绫濑说道。

“原来是女大学生呀……嘿，看不出来。”

“小池，你不该这么说吧。”

香织训斥这名看上去只是个小学生的高中生。爬完一层楼，穗波有些尴尬地点头道别说：“我，我告辞了。”在这一瞬间，香织发现她纤细的手腕上戴着款式很孩子气的米老鼠手表。

短暂的会面之后，香织等人沿着面前的走廊继续向前走。经过房门上镶嵌有小窗的“第一会议室”、安装着密码锁的“男子更衣室”等，后院的寂静很快被喧闹打破。

“船见，麻烦你做一下财务记录。船见！”

“没错吧？所以呀，一有危险就应该立刻转移！”

“这一点我知道，不过你跟我说这些有什么用呢？你要先和医生商量。”

“我放在这里的U盘，有人看见了吗？”

“芝浦，日志我写完了，上周的报告也弄好了。”

“真想喝杯咖啡呀。水原，能帮我冲一杯吗？”

“别说傻话了，要先找到U盘……”

“船见！”

人们的交谈声从四扇大开的门里传来。据绫濑说，“面前是饲养员室，里面是办公室”。四个人在饲养员室的第一个入口停下了脚步。

在宽敞的空间里有二十张左右的桌子。靠墙摆放的是文件柜，柜子之间有一台复印机。每张桌子上都有一台电脑和小文件架、笔筒，以及乱糟糟堆积如山的文件。结合香织的经验来看，这和学校的“职员办公室”很相似。不对，这是水族馆职员的房间，当然得有职员办公室的样子了。

和学校不同的是，办公室里工作的人们都统一穿着黄色T恤衫，文件当中夹杂着毛巾、橡胶手套和水桶等东西。还有就是窗外静谧的横滨湾，差异就是这些。

室内有四名饲养员。有丰满的阿姨和威风凛凛的大叔。有脸上布满皱纹的老人和短发的青年。人数虽少，却都手口并用忙个不停，让人看花了眼睛。其中最引人注目的是那位丰满的阿姨。

“船见！财务记录！”

阿姨从另一个出口把脑袋伸到走廊上，用更大的声音对隔壁办公室吼道。一个没精打采的声音从隔壁回应道：“哦——”

“真是的……啊，绫濑小姐。”

注意到走廊上的一行人，她穿过饲养员室朝这边走过来。她的声音吵吵闹闹，可是表情却很柔和，看上去平易近人。香织在心里悄悄给她起了个绰号，叫做“大胆妈”。

“这些孩子是报社的？”

“对，他们是风之丘高中的。这是饲养员主任和泉姐。”

听了绫濑的介绍，阿姨——和泉向香织等人笑着说：

“请多关照。高中的报社到这种地方采访，真是少见呐。”

“对，这是因为我们别具一格……”

香织正想趁此机会好好宣传一下《风之丘时报》，可是她的话语却被和泉身后传来的厚重的声音所遮盖。那声音说：“我可不赞成把外部人员放进来。”一名大概五十岁的男性双臂交叉放在胸前，正皱着眉头朝这边看。他身材魁梧结实，Polo衫显得紧巴巴的。

“而且来的还是帮高中生小鬼。真不知道馆长在想些什么……”

他说这话时完全不顾及对方就在现场，香织不由得皱起眉头。池同学的外表也就罢了，连自己和仓町也被当成小鬼，真是出人意料。这个混蛋，居然这么说话！

和泉责备道：“你别这么说呀。”但是那个男人似乎不打算改变观点，依然面带不悦地对绫濑说：

“对了，绫濑小姐，你看见绿川医生了吗？”

“哦，刚才看见了。他应该在楼下医务室。”

“这样啊。正好，我必须跟他商量一下小丑鱼的事……”

“医生也让我请您去呢。”

看来，这个男人恐怕就是绿川医生口中的代田桥了。

这个猜测立刻得到了证实。房间深处一名短发青年对他说：“代田桥先生，麻烦您检查一下日志。”代田桥结束了与绫濑的对话，往青年的方向走去。在他回过头朝这边一瞥的瞬间，视线里依然流露出“一帮小鬼”的敌意。

同时，一名高个子男人从办公室走过来。

“啊，船见你终于来了。这是财务记录，给你。”

和泉把手里的一摞文件交给他。这名被叫做“船见”的男子没精打采地收下，说了声：“每次都麻烦你啦。”

“你不要再把咖啡打翻了哦。”

“没问题，我已经吸取教训啦……哦，这是来采访的孩子们？我是负责财务的船见，请多关照——”

他热情地介绍了自己，看来是支持小鬼的一方。他大约四十来岁，皱巴巴的衬衫，下巴上的胡须显得邋里邋遢，看上去不怎么靠得住。这个人是负责财务的。财务不是挺重要的吗？他能行吗？

对此香织当然不露声色，她也同样笑着拉长语尾打招呼说：“请多多关照——！”绫濑与和泉在他们身旁继续交谈。

“馆长还在房间里吧？”

“嗯，应该还在。哦，对了，深元先生说，鲨鱼水槽的水管需要修理，麻烦你告诉馆长。”

“好的，我会转达……那么向坂同学，你们能在这里等一等吗？我去趟馆长室。”

绫濑指了指比办公室还靠里的地方，可能那就是馆长室吧。香织正要顺从地答应，忽然想起一件重要的事来：

“那个……”

“抱歉！”

香织正要叫住绫濑，却被猛然扬起手来的仓町抢了先。他看上去一副走投无路的样子，于是香织住了口。只听无视女士优先原则的副社长说道：“能用一下卫生间吗……”

“啊？小仓，你在这种时候闹肚子？”

“这有什么关系呢？我有点紧张嘛……”

“该放出来的东西可不能憋着哦，少年！”

靠在饲养员室墙上确认文件的船见说道。和泉戳他一下说：“别说这么不文雅的话！”

绫濑微笑道：“走到尽头左转往里就是卫生间。”

“对不起，我借用一下。”

仓町问好地方，立刻一路小跑过去了，苍白的额头上渗满汗珠。香织这才想起来，自从绫濑开始领路，仓町就几乎一言未发。可能他早就因为肚子疼而痛苦不堪了。

“他状态不好，恐怕肚子疼是罪魁祸首。”

香织对身旁的池低语道。

“仓町师哥的状态和平时一样呀。不，是社长兴致太高了。”

“哼，小池不也为了‘海豚表演’而兴高采烈吗？”

“那向坂同学刚才想说的是什么呢？”

绫濑转过身来问香织，她注意到香织刚才叫过她。不愧是自称秘书的人呐。

“那个，如果可以的话，我想征得许可拍一下照片。”

“照片？拍这里？”

“对。我想用在报道当中。”

她这话亦真亦假。照片当然要用在报道里，不过更为紧要的是她的个人愿望。她想把宝贵的水族馆后院留在照片上。

绫濑纠结片刻，自言自语道“嗯，行吧”，然后说：

“这里倒也没什么不能拍的东西，拍个两三张是可以的。”

“真的？谢谢！”

“不用谢，没关系。”

或许是这过于精神饱满的感谢让她觉得有些滑稽，她呵呵笑着朝走廊深处走去。确认完文件的船见也从饲养员室出来，鼻子里哼着歌，返回办公室。和泉不知何时已回到自己的座位上。

好啦！

香织和池互相点点头。池同学也架好数码相机做好了一切准备。两人穿过饲养员室的入口，拍到什么算什么地按下了快门。绫濑交待的两三张的上限一眨眼工夫就超过了，不过，只要他们不说，绫濑也不可能知道。

以墙壁为中心拍摄一张整体照，以便清楚地看到房间里五花八门的东西。变一下角度，这次以窗外的大海为背景来一张。给坐在电脑前工作、主任风范十足的和泉拍一张。窗户对面的墙上有个贴着值勤表等文件的告示板，对准它调好焦距——

“喂，不许随便拍照!”

突如其来的怒吼，让她不由得手抖按下快门，尽管焦距还没有调好。她把脸蛋从取景框移开，正好与额头上青筋暴起的代田桥四目相对。

“啊？可是副馆长同意了……”

她故意强调了“副馆长”这个称谓，代田桥一时语塞：

“……不管有没有得到允许都不行！我们可没工夫陪你们玩……”

“行了行了，这有什么关系呢？又没什么损失。”

他们听到有人平静地说。

这次拦住他的不是和泉，而是一直伏案工作的一位满脸皱纹的老人。

“可是芝浦先生……”

“他们特地来看我们如何工作，这不是我们的光荣吗？……大矶，准备饲料的时间到了，我们走吧。”

被称为芝浦的老人看了一眼手表，招呼着短发青年，费劲儿地站起身来。青年连忙将手中的文件放在架子上，拿起脚边的水桶。看来他姓大矶。

“小姑娘，请你们让一下。”

芝浦笑着对站在房门口的香织和池说道。见他们立刻后退一步让出道，他又很绅士地点头道谢。他胳膊干瘦，能清晰地看见血管，额头上深深地刻着年轮，和身后筋骨强健的青年形成鲜明的对比。但是，他依然身板硬朗，显现出一辈子工作下去的斗志。

香织忽然想跟他说句话。是不是该对他的帮助道个谢呢？但是当着代田桥的面，这么说太讨人嫌。如果说上一句“您这么大年纪倒还很精神”，又对芝浦不礼貌。前思后想，最后说出口的是：“大家都很忙啊。”

“对对，我们职员少。我在这里工作了将近四十年，天天如此哟。”

芝浦一边快活地回答，一边和他表情严肃的搭档一起向楼梯走去，别在腰间的毛巾随着他的步伐摇摇晃晃。连续工作四十年。也就是说，从“海港水族馆”创建时他就在这里工作了。难怪代田桥不敢反驳他。

正当他们怀着对老将的崇敬之心目送芝浦二人离开的时候，另一个二人组合与芝浦他们相向而行上楼来。这一男一女都是年轻人，而且似乎在哪儿见过。他们俩好像都是饲养员，穿着统一的黄色 Polo 衫，腰间别着毛巾。身材很好，皮肤晒得黝黑，就像一对般配的情侣。

“哟，可爱的孩子们。迷路了？”

男的盯着香织等人这么问道。或许他把香织和池当成了姐弟俩。不过，他看见照相机，立刻笑着说：

“我是在开玩笑。你们是报社的孩子吧？回头你们来海豚表演处采访吧。我和这位美女姐姐都上场。”

“雨宫，你又瞎说……”

见女的那位一脸无奈，男的又反复解释说“我是在开玩笑”，说着走进饲养员室。香织这才想起来，他们是海豚表演的海报上，站在水池两端挥手的两位。

“哦，雨宫、泷野，你们辛苦啦。”

和泉把头从电脑上抬起来，声音洪亮地说道。两个人也回应说：“您辛苦了。”看来男的叫雨宫，女的叫泷野。

“路菲状态如何？”

“状态良好。怎么说也是从三代之前就在水族馆里成长，一点儿也不怕人。”

雨宫向和泉的办公桌走去，斜靠在架子上。

得知他是海豚表演的负责人之后，再次端详，发现他确实不是文弱的男子。他的胳膊集合了芝浦的纤细和大矶的肌肉力量，结实漂亮。在他说话的过程中，他的右手不时地碰碰轻微染色的短发、长出一截的表带。无论是交叉在一起的大长腿，还是嘴边的微笑，都有一种演员似的作态。香织悄悄地把他收进了镜头。

“它学跳水也很顺利，估计再有一个星期就什么都会了。就算不能满场表演，也可以让它半玩半游四五次，或者只让它参加互动环节。”

“我不是问这个，我是说它的身体状况，身体状况。没问题吧？”

“目前看来没问题。不过，对待路菲可不能掉以轻心呐。”

泷野在自己的办公桌旁答道。她没有雨宫的做作，是位带点南国风情的活泼美人。她的头发束在脑后，光滑饱满的额头显得很健康。后颈窝往下的部位没被晒黑，估计是因为她平时穿着海军衫。

“社长，路菲就是那只海豚吧。就是海报、网站上的那只白色海豚？”

池在一旁小声说道。

“嗯。果然要参加表演呀，虽然不是现在……”

按他们说的来看，现在正在进行协调，遗憾至极呀。不过，正因为如此，说不定可以配合它首演的时间来发行报纸，完成一篇时机恰到好处的报道呢——

“我不赞成。”

就在香织畅想她的报纸时，代田桥对其他饲养员又提出了忠告：

“不应该勉强活生生的动物配合我们的节奏吧？新馆的小丑鱼现在就得了传染病。”

“可是，需要把表演做得更精彩来吸引客流啊。”

“因为我们没什么特色嘛。”

泷野说完后，雨宫又强调了一遍。

“小丑鱼进行治疗的话，展览的生物中目前能吸引人的就只有小柠檬了。如果路菲能在表演中表现活跃，也会更加引人注目。”

“但是……哎呀，糟糕，都这个时间了。”

代田桥一看时钟指针已经过了九点四十，又露出恶狠狠的样子来。他拿起水桶，把搭在椅背上的毛巾塞进腰带，慌慌张张地离开饲养员室。从香织等人身旁经过的那一瞬间，他扔下一句：“不许拍照！”

香织心中又燃起怒火，她想要小小地报复一下，于是从房门口探出头去，试图把走向楼梯的代田桥背影拍下来，却以失败告终。还没等她架好相机，代田桥四四方方的身影就已经消失在楼梯这一侧的门里了，是右墙的那道对开门。

香织这才留意到门的存在。她三步并两步走过去一看，牌子上写着："B5·柠檬鲨"。

这就是刚才雨宫嘴里的"小柠檬"了。官网上"丸美的偶像"主推的就是它，目前丸美水族馆里最吸引人眼球的鲨鱼水槽。

水槽就在这扇门后面吗？

她在好奇心的驱使下正要往里看，又一个人的声音在身边响起："无关人员禁止入内哟。"

香织慌忙回头，只见身旁站着一个略微有点驼背的瘦削男子，脸上挂着别有意味的微笑。

"嗯，不过，平常整个后院都是不让人进来的，既然你们已经站在这里，让你们进去应该也是可以的吧。不行，水槽又是另一码事。嗯，你们要是进去，他们会生气的。"

"哦，好的，对不起……"

"没关系，没关系。你们就是高中报社的吧？两位好！要吃糖吗？"

男人从兜里掏出糖果，给了香织、池每人一粒。虽然这种行为就像大阪的阿姨，可他漆黑的头发长及肩膀，衬衫也是灰色长袖，给人一种阴森森的奇怪感觉。他的年龄在三十来岁，既没有穿带标志的T恤，也没有拿水桶和毛巾。也就是说，他是和绿川、船见一样负责事务性工作的人。

"我姓津。"

"JIN？"

"和三重县县政府所在地名字一样。津，好记吧？"

单个音节的姓氏，确实好记。

“你们是哪所高中的？”

“风之丘。”

“风之丘？FENGZHIQIU 啊。嗯，最近好像在哪儿听到过这个名字……”

津摸摸下巴沉思着。香织一见这模样，手心里渗出汗来。

香织他们高中，六月末的时候在体育馆里发生了一起命案，有个学生被刺死在了舞台上。全国的媒体争相报道这一令人震惊的消息，情报解禁后，“风之丘”这三个字好几天都没从综艺节目的反射式字幕上消失过。幸亏警察与某人竭尽全力，不到两天就破了案，才平息风波。尽管如此，恐怕人们依然记忆犹新。

“……嗯，想不起来了。总之，请多关照。”

幸亏津没想到那里去。不，或许想到了，只是没说出口而已。

她在心底里松了口气。他从香织身边经过，挥挥手向办公室走去。

还有其他办事员吗？香织没有充分燃烧就被扑灭的好奇心转移了目标。她跟在津的身后凑近办公室入口。在她的身后，还跟着迈着小碎步的池。

他们依旧从开着门的入口观察里面的情况。办公室比饲养员室略小一些，办公桌的数量也只有一半。或许是因为办事员不需要来往于办公室和水槽之间，所以每张桌子都收拾得当。这是个让人相当安心的房间，不见毛巾、水桶和橡胶手套的踪影。取代这些东西的，是书架和复印机之间的咖啡机，看上去就像某个写字楼办公室。

除了津，房间里只有两个人。继续懒洋洋检查文件的船见，和一位满头鬈发、戴着眼镜的三十岁女性。她穿着设计有艺术字体的T恤，正在专心致志地整理桌上的小东西。无论是服装还是行为都很积极。

“津，你不是在新馆商量搬东西的事吗？已经结束了？”

注意到津回来的船见问道。

“深元更清楚，所以我就交给他了。”

“啊？你溜号了？你总是偷懒，真让人为难。”

船见苦笑着说道，看上去却不怎么为难。正在桌子抽屉里翻找东西的女子抬起头，语速很快地问：“我说津啊，你知道我的U盘在哪儿吗？”

“U盘？”

“USB，红色的。我明明放在这里了，不知道跑哪儿去了。”

“是这个吗？”

津从口袋里掏出一个红色的U盘，抛给那位女子。

“哦，就是这个。怎么会在你哪儿呢？你别随便拿别人东西嘛！”

“不是，是雨宫说的，想要让喜欢的人注意到自己，就去偷点什么。”

“你这是什么道理呀，小学生似的……那我问你，你喜欢我吗？”

“我喜欢你？水原，这怎么可能呀。U盘是偶然夹在文件里了。”

“搞什么呀你！”

“水原，能帮我倒杯咖啡吗？”

“船见，你先别说话！”

这边也有这边的乱哄哄。香织悄悄进入房间，拍了几张办公室的照片。

“随便拍照，这样行吗？”

她身后传来冷静沉着的批评。这次可不会吓一跳，因为声音再熟悉不过。她缓缓转过身去，看见了从卫生间回来的仓町。

“行呀，已经得到允许了。小仓，你肚子没事了吧？”

“已经好了。”

她本想嘲笑一番，他却回答得很平常。真是个无趣的副社长。

“就算拍了这里的照片，报道里也用不上吧？”

“我个人想拍，就算用不上也没关系。”

“滥用职权……算了，不跟你计较。副馆长还没回来？”

“嗯。不过很快……啊，来了。”

办公室旁边的房门打开，绫濑走了出来。

“让你们久等了，抱歉啊。馆长的工作拖延了一下。”

“没关系没关系，我们等得挺开心的。”

香织的回答是事实。工作人员一个接一个地出现，这样的采访现场，光是在旁边看着也不会腻。

绫濑侧身靠向走廊墙壁，一位男性从她身后的门口走出来。

“我来介绍一下，这是丸美水族馆的负责人，西之洲馆长。”

男子看了一眼报社的各位同学，立刻微笑道：“大家好大家好！感谢你们今天到访！”

*

“感谢大家今天的到来。接下来，四校联赛正式开始！”

我们的顾问——增村的声音，响彻了整个体育馆。推迟十五分钟之后，小型开幕式终于开始。

“今年的比赛程序与往年一样。上午是个人淘汰赛，下午是正式队员参加的、学校之间的对抗联赛，拜托各位了！天气炎热，请大家注意补充水分。出门右转，食堂外面就有自动贩卖机。舞台后面、教学楼里都有卫生间……”

柚乃心不在焉地听着有关风之丘各种注意事项的介绍。自己学校哪里有自动贩卖机她再清楚不过，而且还有其他更让她担心的事呢。柚乃的意识，不，恐怕是其他所有人的意识，都集中在突然在赛场上现身的那个人身上。

“那么，淘汰赛会在十分钟之后开始。在此之前，请各校自行开会和热身。”

话音一落，列队的少女们就按学校解散了，让体育馆五彩缤纷的颜色又增加了第四种。蓝、白、黑，还有红。那是烈火般渐变的绯红色。

“不妙，不妙，这可不妙。”

不许聊天的禁令刚一撤销，早苗就开始像念咒语似的嘟囔：

“为什么绯天的王牌忍切同学会来呢……不妙，啊，不妙，这可不妙。”

“不用你说，早就知道不妙啦！”

柚乃虽然这么说，可是目光也同样离不开第四种颜色——绯红色的团体，尤其是她们的中心人物。她正被师妹们吵吵嚷嚷围在中间。

“忍切师姐，请喝饮料。”

“呀，谢谢！”

哇！

“师姐，我帮你拿手表。”

“不用，没关系的。又不是正式比赛。”

呀！

不管她说什么，周围的师妹们都积极回应，仿佛为她奉献就是极大的幸福。无论是她的待遇还是反应，都体现出她堪比偶像的人气。

大家如此对待她，不知道是因为她的实力，还是她的美貌和天才？总之，柚乃和早苗脸色苍白地呢喃着：

“这、这可真是不一样的世界啊……”

忍切蝶子。

绯天学院本来就是常胜将军。而她才二年级，就成为了其中被冠以王牌之名的选手。

她善用左手削球，打法柔韧如鞭，在全县范围内无疑也是最强的。在关东地区同样所向披靡，还能在全国排行榜上占据一席之地，她是无可挑剔的一流球手。

遥不可及的存在——尽管如此，她和风之丘还是有一点关系。确切地说，是她与风之丘的佐川队长之间有些渊源。

将佐川队长视为竞争对手的绯天王牌，正是这位忍切同学。两人在单打的半决赛、四分之一决赛中两次相遇，在去年的新人比赛、今年的关东预赛中，佐川距离获胜仅差一步之遥，几乎都是因为中途败给了忍切。

因此，按理说把对方看作必须打败之劲敌的，应该是佐川。可是，不知为何，实际上两人的关系完全相反。忍切在确定进入关东大赛后，接受了乒乓球杂志的采访。聊及干劲之时，她回答道："没什么问题。我在关东也一定会获胜。因为，在关东地区能够打败我的，恐怕只有风之丘高中的佐川奈绪同学了。"

她的语气极为傲慢。这也就罢了，让记者不解的是，尽管佐川奈绪在县内也称得上实力强劲，但是还远远没有达到和国家级水平的忍切蝶子较量的程度。记者追问原因，她回答：

"这属于感觉上的问题，不与她实际对峙是感受不到的。总之，我很佩服她。"

因此，在忍切蝶子个人心中，佐川队长因为"感觉上的问题"成为了她在关东地区最强大的敌人。尽管柚乃等人也完全搞不清原因，但是这篇报道还是让她们倍感自豪。

要这么说起来，佐川成为柚乃内心崇拜的偶像，或许就是从得知忍切这番发言时开始的——

"佐、川、奈、绪！"

刚刚还在摆布师妹的声音，一字一顿地呼唤着柚乃偶像队长的名字。忍切蝶子离开绯天的集体，直冲风之丘的方向而来。

早苗仿佛被她的气势压倒，躲在了柚乃的身后。她的行为举止确实有一种超越常人的气场。

漂亮的走路姿势，信心十足的微笑。制服下露出的两条腿没有一点赘肉，就像模特一样。富有光泽的黑发束在脑后，五官有一种中性美。柚乃觉得自己似乎可以理解她受师妹们崇拜的原因了。

队员们往后一退，让出一条道来。忍切沿着这条通道泰然自若地来到佐川面前。两人的个头、身材都很相似。加入了模仿风儿流动线条的蓝色，和模仿绯红天空的赤色。只有她们的制服不相称。

“我们有一阵没见了呀。”

“是啊，好久不见。你还好吧？”

佐川轻松地回答道，就像在和朋友交谈。

“当然好啦，好得不能再好啦！你怎么样呀？对了，我在新闻里看到这座体育馆发生了一起案子，不要紧吧？”

“不用担心，有个优秀的侦探迅速破了案。”

“……侦探？不是警察吗？”忍切疑惑地歪歪脑袋。

佐川耸耸肩换个话题说：“不过，你倒让我小惊讶了一下呢，我还以为你不来呢。你不是在京都吗？”

“哦，我是在京都，刚刚才坐新干线回来。所以才让师妹们等了半天。”

“……为什么回来呀？”

“这还用问吗？”

忍切又上前一步，靠近佐川说：

“为了和你比赛呀。”

嗬——

围在两人身边的风之丘各位队员不禁低呼。看来忍切把佐川当作竞争对手不是假话。

“你为了这个，从全国联赛的集训营跑出来？”

“没关系。今天上午本来就休息。也就是说，这是我的私事。是我个人想和你比赛，满意了我就赶回去。”

“上午是淘汰赛哦。”

“没关系，我不会输的。这种水平，你也一定能胜出吧？只要我们俩不输，总会有较量的机会。”

“……我觉得很荣幸，可是你为什么想和我比呀？”

“你也一定能胜出吧？”——佐川没有回答这个问题，又提了一个问题。

“打球也有合不合适的问题嘛。我认为咱俩是最最最不合适的，和难以应付的对手打球，可以看清自己的弱点，是一种很好的训练。”

不合适。的确，以切球为主的忍切和快攻型的佐川在战术上恰好完全相反。可是同样类型的选手数不胜数，应该还是感觉的问题吧。

“……而且，你和我的差距并不像你自己说的那么大。哎，你们也这么认为吧？”

忍切冷不丁向正在一旁惴惴不安听她们说话的柚乃抛出了问题。“这个嘛，嗯，嗯，”柚乃吞吞吐吐地答道，“是，是啊。我，觉得，佐川同学，挺强的。特别强。”

“你看，我就说嘛。”

“就算她这么说，我也比不上忍切同学呀。”

“那么，如果你跟我比，你会输吗？”

“……这个嘛。如果要跟你比试，我会抱着必胜的信念来比。”

哦——哦——哦——！

喧哗声更大了。佐川队长在气势上并不逊色。忍切也高兴地笑道：“那是必须的。那我就等你来咯。”

她优雅地挥挥手，回到了绯天的座位。师妹们再一次吵吵嚷嚷、声援呐喊着迎接她。

佐川目送她离去，然后对柚乃低声道：“忍切同学很了不起，但也是个奇怪的人。”

“了不起的是佐川同学。面对忍切同学这样的对手也毫不动摇……"

啊？是吗？——佐川似乎这才意识到。

"嗯，或许是因为那起案子锻炼了我？"

六月份体育馆发生命案的时候，佐川被误认为凶手，被县警察局的刑警讯问过。的确，与此相比，什么样的压力都不算个事了……

"啊，对了。袴田，谢谢你！"

"嗯？"

"因为刚才你夸我实力很强呀。"

"哦，这点事谢什么呀。我只是在陈述事实而已。"

她的回答再一次吞吞吐吐。佐川只是向自己道谢而已，为什么心情会如此不平静，脸颊也开始发热呢？正当她不知该如何是好的时候，拿着一沓纸走来的增村拯救了她。

"快来看看，这是上午的淘汰赛赛程表。"

队员们把A4的打印纸纷纷传到各人手中。上面是打乱年级和学校的单打比赛。大概五十名参赛者的姓名，分为左右两半印在上面。人数不太多，所以种子选手被协调安插在各处。

柚乃镇定下来，在很靠后的位置找到了自己的名字——"袴田柚乃（风一）"，是第十六场比赛。虽然要等一会儿才轮到她上场，不过比赛的组合看上去还不错。第一轮比赛的对手是唐岸的高一学生，第二轮的对手虽然要遭遇种子选手，但是这位选手的名字"迫春子（创二）"却用铅笔画上了线。可能是没有来。也就是说，第二轮不战而胜，只要打赢和自己同为高一的第一轮对手，就可以进入第三轮了。

"柚乃，怎么样？"

“不错，太棒了，有望进入第三轮。”

柚乃把种子选手缺席的这一栏指给早苗看。早苗的羡慕显而易见，看来她的组合不太理想。

“真好啊！赢了第三轮就能进前八啦，不会被淘汰的！”

“嗯，我努把力试试看……”

或许有希望和绯天、佐川同学平起平坐呢。就在她沉浸在妄想中时，增村像平常开会时那样扬起手来，招呼队员说：

“大家注意一下，我想你们也都知道了，绯天的忍切同学空降参赛。淘汰赛没有留备用的空位，但是正好有一个人缺席，所以我们会把忍切同学安排进去。请大家用笔标注一下。”

对呀，今天她突然来到，而淘汰赛的组合已经安排好，所以没有空位。这样的话，即使她特意从京都赶回来，也是无法和佐川队长一比高下的。正好少一个人，算她走运。

“嗯，缺席……一个人……？”

“哦，右下角，第十六场比赛的第二轮，迫同学。用铅笔画着线呢，看清了吗？请大家把忍切同学加入这一栏。那么，请大家加油！”

增村把事情交代完，便向设置在舞台前的组委会座位走去。柚乃捏着淘汰赛赛程表，僵住了。只有她的手指在微微颤动。

“什、什、什么……”

迫同学，是柚乃原本应该在第二轮比赛中遭遇的选手。也就是说——

“柚、柚乃，没关系……”

早苗的声音忽然间变得如此遥远。

就这样，袴田柚乃第二轮比赛将对战忍切蝶子。

3　横滨的鲨鱼·尸体引发的骚动

丸美水族馆馆长西之洲雅彦声音洪亮，笑容开朗，个子矮，宽度却很充足，是位体态文雅、兼具亲和力的人。

"是向坂香织同学吧？请多多关照！"

他接过香织的名片（这是她第二次成功交换名片），连连鞠躬。态度比绫濑和芝浦老人还要恭敬。

他的年龄大概在五十五岁到六十岁之间，被细纹包围的圆眼睛炯炯有神，胡须也打理得很漂亮。比起水族馆馆长，他看上去更像马戏团团长。他随意地穿着一件短袖T恤，没有系领带。不过，燕尾服和高筒帽子估计也很适合他。

如果事情就此顺利地发展下去，他无懈可击的馆长形象应该可以保持到最后，但是——

"馆长！操作室的打印机能换台新的吗？"

水原向走廊里探出她的鬈发脑袋，死乞白赖地问道。

"啊？这种事你去找船见呀。"

"船见活儿干得慢呀！"

"我动作就是慢，不好意思了。"

船见手拿纸杯，坐在办公室的桌边说道。看来最后他还是自己去冲的咖啡。

"拜托您啦！打印的字已经模模糊糊了。现在向商家订货还来得及哦。"

"好，知道了，知道了。我来安排。"

或许是听到了他的声音，和泉、泷野、雨宫等人也从饲养员室的入口探出头来说：“啊，馆长！深元说鲨鱼水槽的水管……”

“知道知道，绫濑跟我说了。”

“馆长，路菲呀，如果只留一个星期训练，有点……”

“哦，知道知道，这个回头再说吧。”

他连连点头，晃动着发际线后移的脑袋，回应职员们提出的意见。看来他也被工作逼得喘不过气呀。

“他呀，就是个‘老顽童’。”

有人在香织身后说道。她回头一看，原来是雨宫。他端庄的脸上浮现出调皮孩童般的微笑。

“呵呵，你们适度地陪他玩玩吧。”

“原来是个老顽童呀……”

西之洲馆长咳嗽两声，恢复了威严，微笑地招呼说：“那么，我们去馆长室吧”。

香织看在眼里，心想：“说得真妙！”

——向坂，准备好了吗？

——嗯，好啦——小池，你呢？行吗？

——没问题，没问题，刚才已经打开开关，正录着呢。

——好，再来一次……今天得到您的允许，到此采访，非常感谢！

——哪里哪里，应该说谢谢的是我。我们馆很朴素，难得有报社来采访呢。

——虽然我们是报社，但只是高中的课外活动……总之，今天就麻烦您了！我们会就水族馆的看点进行一个小型采访，现在开始吧。我是副社长仓町。

——我是西之洲，请多关照。哈哈，怎么还有点紧张啊。

——没关系，没关系，不会问特别严肃的内容……嗯，这位是社长向坂，负责摄影。然后，在那边准备记录和录音的是师弟……

——啊呀，日志怎么不见啦？真奇怪呀。

——这是师弟池同学。刚才说话的是和泉女士？

——好像是……哦，抱歉，声音录进去了？

——有可能……录上了。不过没关系。仓町师哥，请继续！

——嗯，那我就开始提问了。首先是个常见的问题：丸美水族馆的魅力何在？

——这个嘛。我刚才也说过，我们是一家朴素的水族馆，但正因如此，大家才能轻松地前来游玩，这里离横滨车站也近。尤其是暑假里……

——喂，津，你去哪儿？赶紧干活呀，你真是的！

——这就是它的魅力所在……刚才是水原吧。

——那个，西之洲先生，师哥，抱歉！刚才这一部分恐怕有问题，重新来一遍行吗？

——哦，好的，好的。抱歉啊，乱糟糟的。绫濑，你能提醒他们一下吗？

——啊，没事没事，不用在意，没关系的。那就请您再谈谈丸美的魅力……

——喂，泷野，你知道日志在哪儿吗？啊？犬笛在哪儿？我哪知道呀！

——池同学对吧？麻烦你停一下。

“哔——”的一声，录音笔停止了工作。这支录音笔性能优良，可以连续工作六个小时，而现在显示的录音时长只有两分钟。

“对不起啊，我们的工作人员都喜欢大叫大嚷。”

就在西之洲苦笑着道歉的过程中，和泉和其他工作人员洪亮的声音依然一字不漏地从门的另一侧传来。

馆长室不大，靠门这一边摆放着一套接待客人用的沙发、茶儿，里侧有两张办公桌，靠墙是一个文件柜。要说特别一点的东西，是角落里一台用来进行馆内广播的小型麦克风。香织和馆长面对面坐在黑色皮革沙发上，绫濑则坐在一张办公桌前，注视着他们。看来这里是副馆长的办公地点。

馆长恶狠狠地看了一眼薄薄的墙壁，说道：

“嗯，地方不好呀。要不我们换到其他房间？”

“哦，对呀。如果可以，我们就不客气了。”

这次连仓町也没再客气。录音环境自然是越理想越好。

“去哪儿好呢？隔壁的会议室……不行，估计在那儿还是能听见和泉的声音。”

“展示区或许反倒更安静。”

说话的是绫濑。虽然她有可能是在开玩笑，可是老顽童却被这主意深深吸引：“对啊。本来我们的目的就是介绍精彩看点，可以一边实地讲解一边回答问题。各位，就这么定了！”

“啊？啊……好吧。”

报社的各位也不由得顺势而为。

“嗯，现在是……九点五十分。我还有三十分钟空闲时间，你们想去哪儿我就带你们去哪儿。好，这就出发！”

一旦决定便迅速行动。西之洲立刻率领香织等人离开了馆长室。绫濑倚着办公桌说了句“你们走好”，便一动不动目送他们离开，看上去已经习惯如此。看来馆长向来“好事”。

“一边走一边采访？这样行吗？”

连池同学似乎也变得性急起来，再次按下了录音笔的开关。

就在他们即将经过饲养员室的时候，和泉和泷野又冲了出来。

“啊，馆长。上个月的饲养日志找不到了，您知道在哪儿吗？我明明打印出来放在文件夹里了，现在文件夹里却是空的。明明刚才还在呢！”

“您知道我的犬笛在哪儿吗？系着根红绳的。我刚才确确实实还带在身上呢……”

从更为靠里的男子更衣室又探出一个脑袋来，秃顶加上布满深深皱纹的额头。那是刚才本应去了一楼的芝浦。

“那个，有人看见我的笔记本了吗？我把储物柜翻了个遍也没找到。”

再加上刚才水原的USB，这真是个遗失物品众多的水族馆。西之洲自言自语道：“今天可真奇怪啊。”看来他们平常不是这样的。

“我一个也不知道。还有，和泉，你说话不要太大声哦。”

“啊？您说什么？我大声说话了吗？”

“你正在大声说话呀，现在进行时！”

说这话的是走出办公室的水原。

“真是个闹哄哄的工作单位！”

她眯着眼镜片后面的眼睛，既像在自言自语，也像在和香织说话。其实她本人也非常吵闹。

水原从香织等人面前经过，然后穿过走廊，在楼梯前面右转。泷野摇晃着束在脑后的长发，也从同样的路线走过。和泉与芝浦回了房间。

西之洲说道："我们走吧。"香织等人也迈开了步子。在楼梯前面朝右侧一看，打工的女大学生穗波正在走廊中央拖地。对方好像也注意到了他们，再一次点头致意。她抿得紧紧的嘴唇透露着"我正在执行任务"的意味，显得很可爱。

接着，就在香织以为要下楼了的时候，突然听见身后响起"咔"的一声。

所有的门都关上了，恢复寂静的走廊里只有雨宫一个人的身影。他正拉开鲨鱼水槽入口的门，打算进去。就在刚才，津提醒过香织等人，那里"禁止入内"。雨宫手里拿着一沓厚厚的文件。

海豚表演的负责人拿着文件在安放鲨鱼水槽的房间里做什么呢？虽然香织脑中闪过一个疑问，但是她的注意力集中在追赶不断前进的馆长这件事上，没有把这话问出口来。

穿过便门，蓝色的世界再一次迎接大家。西之洲馆长并没有按照参观顺序，而是朝着香织等人来的方向——A 馆走去。

从结果来看，一边参观展示区一边采访的设计获得了巨大成功。他们以水槽作为背景，拍摄了好几张可以用在报道里的照片，西之洲在生物和参观者的包围中似乎更能意识到自己的馆长身份，被职员们呼来唤去的样子消失无踪，显得很是快活。

他冲着池同学伸出的录音笔，一个接一个地聊起后台管理的故事。

“我们用的海水是从横滨湾引入的。地下有一个很大的过滤槽。我们旁边就是横滨市的水循环中心，我们和他们之间也有合作。有时候还会用拖车运送海水。

“我们的烦恼，是工作人员数量少。因为人手不足，所以日程安排争分夺秒，每天都像你们刚才看到的那样闹哄哄的。代替别人工作就是家常便饭，我也常常被使唤，在工作区帮忙擦地什么的。不过我也算是被雇来管理事务的馆长，也只能帮着擦擦地……啊？哦，工作区就是水槽后面，进行准备工作和喂食的区域。在饲养员室前面不是有一扇鲨鱼水槽的门吗？门后面就是工作区。

“没有人手也导致我们要在防盗工作上花费心思。你们注意到一楼走廊上的摄像机了吗？我们用它监控所有出入口。以前，曾经有特别迷恋水生动物的观众未经允许就跑进来，偷走饲养员穿的 Polo 衫，还给展览之前的鱼儿拍照。让人为难得很。

“水族馆里也有只在后台饲养的动物。目前正在调整中的蓝色七彩神仙鱼，就有很多在新馆里。一会儿带你们看看。哦，对了对了，我不是要介绍精彩看点吗？我们搞了很多规模小但是种类多的活动。现在 A 馆正在举行深海生物特展，有很多受欢迎的生物哦。你们知道海豚路菲吧？对，它正在练习表演，不在水槽里。在 B 馆这儿，首先要看的是这些小朋友……”

这时，老顽童连珠炮似的解说告一段落。一行人来到安放水母水槽的小展厅。这回能好好享受一番啦。

在比其他地方昏暗的光线中，水母们如同排列在画卷中一样。天草水母悠长的触手虚幻缥缈，成群结队的海月水母如同空中浮云。在它们身边的红水母，伞状体上名副其实地镶嵌着红色线条。形态娇小的可爱的蓝色水母，让香织一见钟情。它们悠然自得的姿态，令观赏者心旷神怡。

“美吧？我们从大约二十年前就开始饲养水母了。现在总共有十个品种。最靠边的是天草水母，它的触手有毒……”

西之洲细致地挨个介绍了水母。尽管他称自己只是个受雇于人的馆长，但确实知识丰富。

讲完排在最后的倒立水母，馆长将他们领向正常顺序的参观路线，说道：“这个展馆还有一个看点。”香织有些不解，这不是刚才的便门吗？为什么要走回头路呢？——但是，她转眼就明白了西之洲的目的。

穿过便门，来到隔壁的大厅，这里有一个从地面延伸到天花板的巨大水槽。水槽前眼下就聚集着人群，孩子们的欢声笑语接连不断。

亚克力的另一面，游弋着一条巨大的鲨鱼。参观过治愈人心的水母后立刻展示鲨鱼，让冲击效果倍增——估计这就是馆长的意图。这种配置起到了效果，尽管知道接下来出现的会是鲨鱼，可是一旦亲眼看到，还是非常震撼。

圆睁的冷冰冰的眼珠，光滑的灰色纺锤形身体。每当它改变方向，呈锐角的尾部和鱼鳍就将水体切割开来。水槽中没有礁石一类的装饰，唯有这巨大的鲨鱼，以君临天下的气势，游动在这片深蓝中。

“这是从去年开始饲养在此的柠檬鲨。向坂同学，你感觉如何？”

“……太壮观了。”

在这压倒性的气势之下，她能说出口的只剩这一句话。仓町也“哇——”地轻声欢呼，池同学则入迷得连嘴都合不拢了。

“它现在体长二米七，最长会到三米以上，所以它可能还会长大。”

比现在还要大——那就更可怕啦。

“水槽也是按照它的大小特制的。水质是二十四小时管理，如果出现异常情况，感应器就会通知我们。对了，你们知道柠檬鲨名字的由来吗？它是铅灰真鲨的一种，在大自然中的个体，身体呈柠檬色。人工饲养的话，就像你们看见的一样，多数会变成黑色……”

香织留下仓町等人做观众继续听馆长解说，自己则奔向水槽。她夹杂在举着手机、数码相机拍照的游客当中，架好了单反相机。通透性很高的亚克力即使离得很近也不会反光，里面的景象十分清晰。

香织着迷地接连拍摄这气势雄伟的巨大身躯。她真希望柠檬鲨能够就在眼前游弋，可是这位任性的模特总是在水槽上部盘旋。不过，从下方朝上拍摄，也有其独特的精妙构图。她偶然看了一眼手腕上的数码手表，十点零六分。没想到采访和水母解说花了这么长时间。

“哇——”在她身后，传来了池同学慢半拍的感叹声。

“好大啊……”

“小池，你真的一口就能被它吞掉哦！”

“仓、仓町师哥，你别说那么可怕的事哦！”

“哈哈，不用担心。”

“柠檬鲨确实很凶猛，但是几乎没有袭击过人。尤其是人工饲养的鲨鱼，每次都按时喂食。即使潜水员跳进去，它也像没看见似的，除非出了大事。”

“哦，原来如此。小池你看，太好啦。”

“这下总算放心了。”

一个转身，柠檬鲨又盘旋回水槽上部。香织用广角镜追寻着它的身影。

“不过，我经常听说有鲨鱼袭击冲浪的人。”

“事故当然是有的，不过全世界也就是一年几起而已，造成死亡的事故屈指可数。所以说，在任何水族馆都不用过度害怕鲨鱼。”

鲨鱼又一个转身。一位看上去是水族馆常客的老人嘟囔了一句：“样子有点怪啊。”数码手表的显示跳到了十点零七分。

“鲨鱼吃人是电影制造的想象而已，只要不浑身是血地跳进它的控制范围之内，是不会发生……”

几乎就在馆长说到这里的时候，突然，一名男子，跳进了水槽。

落水，卷起细腻的水花，和浮力达成平衡的那一瞬间，停下。因为亚克力很厚，所以听不见声音。

一切都发生在亚克力另一面的静寂中，缺乏现实感。香织在无意识中按下快门，她手中的相机发出轻微的咔嗒声。

男子身穿弄脏了的黄色 Polo 衫。略微染色的短发。纤细的手腕虽然肌肉发达，但是手脚都没有力量，完全漂浮在水中。

然后，一片红雾从他的脖颈渗出，化于水中。

男子是饲养员雨宫。

“……啊！”

有人尖叫起来。

鲨鱼再一次深潜，在香织等人的眼前快速掠过。接着突然爬升，张开大嘴，尖锐的牙齿散发着光芒，直逼雨宫。

“……呀！”

刺耳的惨叫声响起，紧跟着的是一片混乱。

小孩子哭叫着。恋人们依然手拉手，只是年轻的女性已经倒下。有人想要沿着参观道路逆向逃走，有的则一动不动地呆立着。香织就是后者。她甚至忘记闭上眼睛，隔着亚克力，用如同被麻痹一般的视觉凝视着惨剧的发生。

“向坂！”

听见仓町在呼唤自己，她这才得以活动。回头一看，副社长脸色苍白，池同学眼看着就要掉眼泪了。

“这……这究竟……这……”

“西之洲先生，快到后面去！必须救他！”

茫然呆立的西之洲也被仓町的喊叫声惊醒，朝便门冲去。香织等人互相看了看，也跟着他跑过去。

在一楼的设备间前，站着手拿拖布的穗波，看来她是打扫到这个位置了。她似乎听见了尖叫声，不安地询问道：“馆、馆长，发生什么事了？”

“不好了！鲨鱼水槽……不好了！”

西之洲连连喊叫着这句话，从走廊前面的楼梯往上跑。穗波手里还拿着拖布，和香织等人一起跟在后面。馆长没有立刻跑进有鲨鱼水槽的房间，而是奔向饲养员室和办公室。

“不好了！雨宫，雨宫被鲨鱼……赶快报警！叫救护车！还有，馆内广播！赶紧叫深元！”

紧迫的声音响彻了走廊。听到他的声音，水原和泷野出现在拐角："怎么了？"

香织犹豫了一瞬，先于馆长冲到鲨鱼水槽的房间门口。

一进门，她立刻注意到了地板上的异样之处。亚麻地板上残留着数个红色的脚印。她避开脚印往里走，鲨鱼水槽的上部映入眼帘。鲨鱼吞噬着它的食物，在水面激起巨大的波澜。

"呜哇……"穗波在她身后发出不知是呻吟还是惨叫的声音。

但是更令人恐惧的，是横跨在水槽中央的那座桥。

香织一眼望去，不由得倒吸了一口凉气。啊，她有过这样的感觉。就在她身边，一个人被夺走了生命。令人痛心的案件。主动跳进旋涡中心，她这已经是第二次了。

她觉得自己站不稳了，就快摔倒了……但是，仓町扶住了她。

"向坂，拍照！"

"啊？"

"拍照啊！快点！大家不要直接过来，从右边绕过来！"

他对僵立在入口处的水原、泷野和穗波发出了指示。船见、津、绫濑、和泉，还有芝浦、大矶，绿川医生与代田桥，一个接一个地飞奔而来。仓町对他们也提出了同样的要求。

水槽上面如此情形，不可能仅仅是一起事故。

必须保护现场。

终于搞清楚事态的香织重新拿起照相机，开始拍摄地面上的脚印和桥上的情况。池同学也按照仓町的要求，一边拭泪一边取出了数码相机。

体感时间似乎已经变成了永恒，而数码手表上的数字才刚刚跳到十点零八分。

西之洲提到过的水槽感应器似乎觉察到了水质的异常变化，开始哔哔哔地报警。展示区更为混乱，惨叫声在这里都能听到。西之洲正在用比和泉还要高亢的声音给警察打电话。仓町为了维持现场秩序而拼命地喊叫，工作人员们惊愕、焦躁与疑惑的声音重叠交织，全都在头部反复回响，脑子变得像一锅粥，连自己的呼吸都令人害怕。

只有手里的相机还像平常一样冰冷，一旦把它放下，真的会晕过去。

为了尽可能摆脱恐惧，香织一心一意地、不断地按下快门。

第二章　哥哥的搜查和妹妹的比赛

1　仙堂警部和袴田刑警归来

停车场空荡荡的。

这也难怪。开门才一个小时出头，就全馆封闭了。一定会有很多不明情况的游客在封闭后依然前来游玩，却只能哭着回家。这真是一起灾难，不管是对于游客，还是对于工作人员。

只有停车场的一边，集中停放着几辆汽车。熟悉的黑白设计，车身上粗笔文字写着“神奈川县警察”。袴田优作在夏日的阳光下眯缝着眼睛，打方向盘朝那边开去。迎风玻璃前方的薄云和淡蓝色建筑物，沿着左侧车窗缓缓掠过。

“八年没来了。”

副驾驶座上的仙堂喃喃道。

“女儿们上小学的时候我带她们来过。那时候她们还没到青春期，可爱着呢。”

“我最后一次来，也是在大约八年前呢。是和妹妹一起来的。”

“可是万万没想到啊……”

就在警车开进巡逻车旁边的车位时，仙堂闭上了嘴。虽然袴田和上司之间还没达到心有灵犀一点通的程度，但是也能猜测到他接下来要说什么。

——万万没想到居然会以这种形式再次来访。

一打开门，热气就笼罩了身体。腋下的夹克看来没有用武之地了。

“B 馆是哪边？”

“可能是里侧那个吧……还是这边？”

两个人依靠八年前的记忆往前走去。正面入口处现在依然人群聚集。警察和身穿黄色 T 恤衫的水族馆工作人员正在向不满的家长和孩子、情侣们说明情况。在他们上方，是紫色的水母形象。

“欢迎来到横滨丸美水族馆”的招牌，正在徒劳地欢迎刑警们的到来。

绕过淡蓝色建筑物，接下来出现的是一座窗户众多、管道盘桓的墙面。就在他们确认这里是 B 馆的时候，从一道看似便门的对开门中走出了两个人。一个是颧骨突出、身穿衬衫的青年，另一个是披着白衣、五十来岁的男子。他们径直朝这边走来。

“打扰了，请问是县警的警部先生吧？”

听年轻的那一位如此问道，仙堂点点头，给他看了警官证。

“我是搜查一科的仙堂，这位是我的部下袴田。”

“辛苦你们了。我是矶子警署刑事科的吾妻。”

他一边敬礼一边自报家门。他头发前端拳曲，皮肤被太阳晒得黝黑。或许是因为他任职于沿海警署，总让人联想到渔夫。

“你们出来得真是时候啊。”

“我们在窗口看见你们过来，所以就下来了。哎呀，要说起来，能见到仙堂警部，也是我的光荣啊。”

“啊？你知道我？”

“我常常听县警的各位同仁说起你。前一阵高中的那起案子，你仅凭一把伞就锁定了凶手。”

“啊，哦，呵呵。”

仙堂一听这话，脸都僵了。六月份发生的高中体育馆案件。要说县警破案立下功劳，确实是他们的功劳，但是在这背后还有各种各样复杂的情况。对于他们两个人来说都是不愿意提起的回忆。袴田咳嗽一声，硬是扯开话题说：

“嗯，那么，现场是在这栋建筑物当中吗？”

“对，是在鲨鱼水槽二楼的部分。现在，鉴定科的人正在勘查现场。相关人员都安排到会议室等候了。”

“等候？等着讯问？”

“现在只是相当简单地问了几句。毕竟所有人都忙于那项工作……”

吾妻说着回头看了一眼。在卷帘门打开的宽敞搬运口，一辆卡车正按照搜查员哨声的节奏缓缓开出。

“那是什么？”

“鲨鱼呀。”

一直沉默不语的白衣男子语气生硬地说。方正的脸型，冷冰冰的表情。那是法医弓永。

“弓永先生，好久不见。”

“体育馆案子之后就没见过啊。”

啊，又是体育馆。这次连袴田的表情都僵硬起来。

“那个，嗯，鲨鱼，不会就是……”

“你们大概也听说案子的概要了吧？我们先让吃人鲨睡着，然后装进那辆卡车。”

“保护现场、让鲨鱼安定下来就花了三十分钟。把它从水槽里捞出来三十分钟，装进集装箱放入卡车又是三十分钟……搜查员、工作人员，哦，当然是相关人员之外的工作人员。总之是全体出动，可费劲儿了。”

问题焦点所在的卡车从正在说话的两个人身旁开过。袴田确认了一下时间：十一点四十五分。案子发生是在十点多，所以，和巨大鲨鱼的搏斗已经整整持续了一个半小时。他发自内心地慰劳说：“这可真是辛苦你们了。”

弓永把胳膊交叉在一起，说道：“接下来要进行解剖。本来可以用这里的兽医，但是现在他被当作了嫌疑犯。所以现在正在请海洋大学和八景岛安排专家支援。”

“这么说，果然受害者是……”

“腹部以上都被吃了。”

法医不动声色地说。

“溺亡的尸体我验过不知道多少具了，可是这回却不一样。要说起来，连鲨鱼肚子里有没有保留原样都不知道。”

先解剖鲨鱼，再解剖从它胃里取出来的受害者——

“呃……”

光是想想都让袴田不觉掩住了嘴巴。幸亏还没吃午饭。老手仙堂则完全不在意这件事，向弓永点头致意：“这事不容易啊，拜托你了。”

“我会尽力的。不过你别对结果抱有期待哦。毕竟人在陆地上被鲨鱼吃掉这种案子……我还是头一回遇到呢。”

法医留下这句话，便转过身向搬运口的方向大踏步走去。

“……我也是头一回啊。”

仙堂冲着他的后背低声自语道。

一行汗珠顺着他的脸颊滑下来。这可不光是因为夏天的炎热。

*

距现在大约一小时之前。

柚乃自己也明白脸颊上传来的感觉是什么。或许不仅由于炎热，还因为紧张。她擦擦脸颊，甩掉汗水，身体前倾架好球拍，全神贯注地盯着对手的上抛球。

哐——

第一次发球触网，重新发球。她清楚对方也很紧张。第二次发球虽然成功，但是或许因为担心失误，所以势头不再那么迅猛。她毫不费力地把球打了回去，对方也接住了球。在球击中球拍反面的时候，她发现了回击的机会。球落到她这边的桌面后，轻巧地弹起来，划出了一个大圆弧。旋转缓慢。

现在就得出手了。

这种情绪驱动着她。柚乃蹦向乒乓球，不留余力地挥动球拍。尽管打法笨拙，但是扣杀却还算漂亮。

“好球！”

她没有振臂高呼胜利，而是用左手紧紧拽住制服的胸口，低呼一声。这是柚乃特有的胜利呼声。她上初中后刚刚开始打乒乓球的时候，每当上场都忐忑不安，于是她就如同向神灵祈祷一般，把手按在胸前，缓解自己的紧张情绪。这种习惯一直保持下来，最终形成了这种方式。这本来就是负面遗产，而且衣服的前胸位置也变得皱皱巴巴，所以她想尽量改掉这个毛病，可惜一直没改掉。

总之，我得分了。第一场比赛是自己当裁判，所以柚乃趁对手捡球的当口，翻了分数牌。这样分数就是 7 比 10 了。

柚乃的赛点。

淘汰赛是三局两胜的赛制，柚乃和对手已经各赢了一局，所以现在是决定胜负的最后回合。再得一分柚乃就能敲定胜局。

对手是唐岸高中的一年级学生，姓“的场”，是位眉间英气勃发、有些男孩气的少女。她的实力与自己半斤八两，虽然一直领先，但是只有三分的差距，不能疏忽大意。

被逼入绝境的的场第二次发球。她从第一球开始就采取了攻势，抽了一个旋转球。乒乓球在回弹瞬间加快了速度，柚乃竭尽全力才接住。在旋球技术上对方更胜一筹。柚乃紧紧咬住，心想：我怎么能把主动权让给你呀！

“啊！”

她逞强的心理坏了事。就在挥拍的那一瞬间，后悔的念头已经在她脑中掠过。势头太猛的乒乓球轻而易举地跃出狭小的球台，在地板上蹦蹦跳跳。

“出界。8 比 10。”

的场说道，看来她也松了口气。

还差两分。

啊——对方在缩小差距，怎么办？被赶上怎么办？即使打成平局也能赢吗？这可不好说。哎呀，又出汗了。热。喘不过气来。糟了糟了，这可糟糕了。怎么这么像早苗的口吻呀。

已经开锅的脑子里，思考卷起了一个个旋涡。尽管内心焦急，但柚乃还是接住了乒乓球。交换发球，接下来轮到自己发球。这是个机会。

——总之，要闯过这一关！

她重新集中注意力，握紧了直径四厘米的小球。她配合着调整好的呼吸，将球抛起，击出一个旋球。和对手比仍然速度慢且缺乏变化。对方轻轻回球，柚乃便用力切球。的场再次抽球，试图实现大角度抽射。柚乃好不容易跟上节奏，但是又在反手区域给对方留下了大空当。自己怎么会以为对方跟自己半斤八两呢？明摆着就是对方更强啊。

啊，要输了——

“哎呀！”

喊叫声再次响起。

大叫的人却是的场。

和刚才的发球一样，球网在她回球的轨道上形成了障碍。被拦住的乒乓球直接落在她自己的阵地上，旋转着弹跳着，留下余音在耳边环绕。比赛尚未尽兴就已结束。

的场仰望天花板，从喉咙里挤出一句话：

“触网。比赛结束。”

8 比 11。整场比赛分数为 1 比 2。

柚乃获胜。

“谢谢你！”两个人握了握手，她们的手都湿漉漉的。结果，的场也同样焦头烂额。柚乃与她实力不相上下，只不过在控制紧张情绪方面略胜一筹。

“……太好了！”

柚乃又一次拽住胸口的衣服，握紧拳头。

第一场比赛，赢啦。

“柚乃，赢了？”

她一回到队友身边，早苗就立刻发问。

“嗯，险胜啊。”

“哦，不错嘛。鼓掌鼓掌！”

早苗自己也赢了创明的高一选手，因此连祝贺的方式都倍显轻松。她啪啪地拍着巴掌，却又沉下脸来：“可是，问题在于……”

“我知道，你不要说……”

柚乃向绯天学院的红色军团望去。忍切蝶子正忙着热身，尽情地伸展着她修长的四肢。师妹们和比赛开始前一样，仍然在神魂颠倒地热切注视着她。

对，问题在于下一场比赛。

无论柚乃有多么不情愿，她都必须参战。挑战绯天的王牌、关东地区最强的女子乒乓球队队员忍切蝶子。

仿佛是回到了初中时代，柚乃无意识地再次拽紧制服的前胸。不是为了欢庆胜利，而是为了向神灵祈祷。

请保佑我赢得这场比赛——不，保佑我不要输得太惨。

祈祷完她才发现，胸口有一片清晰的汗渍，那是从她手心渗出的汗水。

2 血海

从便门进入室内，暑气也削减了几分。袴田和仙堂收回了刚才说过的话，穿上了西装外套。日光灯照明下的走廊分别向正面和侧面延伸出去。左侧是楼梯。或许是刚刚打扫过卫生，角落里放着旋转拖布桶，台阶上还留有潮气和光泽。

“被害者叫雨宫茂，二十八岁。负责这家水族馆的海豚饲养和表演。身高一米八，体重六十八公斤。住址是……”

吾妻一边上楼，一边迅速地开始介绍案发经过。

“上午九点开馆之后，他和同样负责海豚的泷野智香去了新馆，确认海豚的情况。九点四十分左右回到了饲养员室。”

袴田在他常用的笔记本上逐一记下了吾妻汇报的事项，以便接下来为仙堂的思考提供帮助。

“然后，通常情况下，到十点二十分左右为止，他俩会处理事务性工作并休息一会儿，然后着手准备十一点开始的海豚表演。但是……”

来到楼梯最高处，吾妻沿着正面走廊略往前走几步，停下来说道：“有人看见雨宫九点五十分进了这道门。”

他拍了拍左手边的一道两开门。牌子上写着“B5・柠檬鲨”。

“这里面是鲨鱼水槽？”

“是的。工作人员在这个空间里喂食、打扫卫生。这里也就是所谓的饲养员工作区。而且，据说他还拿着一沓饲养日志。负责海豚的受害人来鲨鱼水槽，本来就挺奇怪，还把这种东西也带进来，按常理来说是不可能的。总之，他今天的行为和平时不同。”

吾妻将双开门对面，也就是走廊右侧的门大大地推开。门上写着“第一会议室”，屋里陈设简单，只摆放着长桌子和椅子，似乎现在已经变成了搜查员的临时值班室。桌上堆满了搜查资料，穿着蓝色连体工作服的鉴定科和矶子警署的刑警们，正在忙乱地工作着。

吾妻一边迈进会议室一边接着汇报。

“当时，工作区有数名工作人员，但他们都在忙着自己的工作，没有人因为雨宫的消失而生疑。就这样过了大概二十分钟，十点零七分——”

刑警拿起桌上的一沓照片，把最上面的那张递给袴田等人。

这或许是某位参观者在展示区仰望水槽时拍的照片。上面是游弋在炫目光线中的巨大鲨鱼露出的白色腹部。构图很美，宛如鲨鱼在空中飞翔一般。然而，更加充满幻想色彩的是偶然拍摄下的闯入者。

身着黄色 Polo 衫的青年男子，紧贴鲨鱼漂浮着。不，不是漂浮，是下沉。他的身体被细小的泡沫所包裹，显示出他是刚刚落水。总之，不是人鱼公主而是人鱼王子。由于水面在灯光投射下反光，视野不太清楚，但是可以真切地看见红色鲜血从王子的脖颈渗出，如雾一般化于水中。

照片一角记录下的时间，确实是十点零七分。

“决定性的瞬间啊。”

仙堂说道。

“其实真正的决定性时刻在这之后。不过，还真没有当时的照片……”

“没关系，我知道发生了什么情况。”

即使不知道，只要看看这张照片，也完全能够预料得到。浑身是血的男人，和长度近三米的鲨鱼。这是能够想到的最为糟糕的组合。

“真是一起残酷无情的案子啊……”

“但是相应的，搜查工作也易于开展。”

袴田还在担忧着案子的后果，而上司已经提出了相反意见。

“如果是有人把这个叫做雨宫的男人推进了水槽，那他动作这么大，是不可能逃得掉的。相关人员的调查已经结束了，对吧？”

最后一句话是向吾妻进行的确认。他点点头说：“案发的时候，有占全体约三分之一的工作人员处于B栋的后院。那里也出现了小范围的混乱，但是多亏安装了安保摄像头，所以人员出入情况很清楚。”

“安保摄像头？”

“啊，原来你没发现啊？不就在天花板上吗？”

仙堂在他身旁吃惊地抬高了音量。

“抱、抱歉……我没注意。”

“这里有图。”

吾妻立刻把他俩领进屋。这位刑警看上去大大咧咧的，其实心思细腻。

白板上画着这栋建筑物的示意图，上面各处都贴着彩色磁铁。他从旁边取了几个备用的蓝色磁铁捏在手中。

“这栋建筑物，即B栋的出入口共有三个。首先，是我们经过的通往外部的便门。第二是卡车出入的搬运口。还有这扇通往展区的便门。如果不知道密码锁的密码，一般人无法入内，而且这些出入口全都安装有摄像头。”

他一边介绍一边在各个出入口旁贴上磁铁，看来这是用来标示摄像头的。

外部便门前有一个。隔着走廊，在展示区这一侧的便门也有一个。还有搬运口入口和它外面各有一个。总共四个。

“摄像头拍下来的影像会传输到新馆的警卫室。搜查员大致看了一眼，没发现篡改的痕迹。而且，搬运口外侧的照相机还拍到了 B 栋的墙壁，已经确认没有人从窗户出入。所以……”

吾妻再次重复一开始就说过的结论。人的出入完全在掌握之中。

“从最后一次有人看见雨宫的九点五十分，到案发的十点零七分，在后院内部的人都已全部确认，他们集中在走廊那头的第二会议室里。”

“也就是说，凶手应该就在其中？”

“对，不会有错。”

仙堂盯着他再次问道。

“人数呢？”

“目前看来，把已经明确不可能行凶的人排除在外后……有十一个人。”

十一个人。

这个人数绝对不算少，但是对于原以为要和好几百个水族馆参观者斗争的刑警们来说，这个数字已经给了他们很大的安慰。袴田松了口气，在页尾写下了“十一”这个数字。如果调查案发瞬间这些人到底在何地、做些什么，应该能进一步缩小嫌疑人的范围。

“你们干得不错啊。就像仙堂警官说的，这起案子看上去还算简单。”

“要是这样就好了。我还想赶紧破案，去吃鱼子酱呢。”

“就因为是鲨鱼吗？我倒想去吃鱼翅。”

“居然还说就因为是鲨鱼……你可不能放松呐！”

仙堂低声说着，捅了袴田一下。明明是你先开玩笑的。不，就在仙堂自嘲的那一刻，已经能看出他已经相当放松了。

袴田揉揉侧腹，目光无意中落在了桌上的照片上——然后，他忽然产生了一个疑问：“对了，这个受害人没有自杀的可能性吗？”

“自杀？”

“虽然他在落入水槽之时脖子就已经出血，但这不一定意味着他杀。或许他是自己割伤脖子，然后落水的。”

吾妻和其他搜查员对视片刻，缓缓摇摇头说：“袴田，我明白你在说什么，但这绝对是他杀。你看一眼现场就知道了。”

他用指腹敲敲白板。在写着“鲨鱼水槽上部”这一地方的中央，用红笔反复画着记号。

“杀人现场在横跨水槽上部的这座桥中间。地板上全是血，地上的菜刀显然不是受害人能够放置的，还有从那里开始的带血脚印……总之，请你自己看看吧。”

他冲着廊边的墙壁——背后就是水槽——抬抬下颚一指，矶子警署的刑警露出筋疲力尽的笑容。

“有点厉害哦。”

两个小时之前雨宫茂穿过却没有再度返回的这道门，现在仙堂、袴田、吾妻三人也经由它踏入了饲养员工作区。

这是个宽敞的空间，除了墙边的架子、水管和几根柱子，没有任何台阶和遮挡物。但是这和开放感却相距甚远。这里没有一扇窗户，墙壁和天花板是裸露的混凝土，管道、通风管、起重机的轨道等等纵横交错。垂于天花板的日光灯用它昏暗的灯光，让这些如蛇一般纠缠不清的影子朦朦胧胧地浮现出来。

袴田把眼前的光景和刚才抄在笔记本上的示意图一一对照。饲养员工作区是个横向的长方形，位于后院的中心。办公室等其他房间在三方环绕着它。

出入口有两个，他们穿过的是位于一角的“A”门。房间自右向里延伸，侧面是水面低浅、漆黑的水池。据说这是“准备水槽”。在它的前方，即对角位置，是栏杆。看来是一楼的通风井。

他朝正面看去，离他最近的是一个铝质的大架子。大小不同的水桶按类别重叠在一起，还摆放着橡胶手套、橡胶长靴、毛巾、刷子、网、水管等打扫卫生和饲养动物时使用的工具。左侧靠墙是一个旧储物柜，里面放着清扫用具。

除了准备水槽，在他们的正面还有一个水槽。在光线昏暗的饲养员工作区，只有它是唯一一个被灿烂光芒笼罩的地方。平时水族馆的工作人员忙忙碌碌的地方，现在却被警方的鉴定人员占据了。

“那里就是鲨鱼水槽。”吾妻指着巨大的水池说道。

鲨鱼水槽——案发现场。

袴田正要朝鲨鱼水槽走过去，就立刻发现了脚边的异样，停下了脚步。

象牙色的亚麻地板，变成了泛着蓝光的冷清颜色。地板上面散布着红黑色的东西。

“这是……”

脚印。

一串带血的脚印从鲨鱼水槽朝这边延伸过来，到了中间位置略微沿着墙壁弯曲，然后回归原有路线，最后一直延伸到他们脚下。随着脚步往前，鲜血的颜色逐渐变淡，到入口附近就完全看不见了。

“这带血的脚印……会是凶手留下的吗？”

“或许吧。也就是说，凶手的鞋底沾着血？”

“要是这样的话就好办了。不过，对方还是更胜一筹啊。”

吾妻戴上白手套，靠近正面的铝架子，然后从架子右侧摆放橡胶长靴的地方拿出来一只号码偏大的。

“这是工作人员在这里工作时用的橡胶长靴。”

吾妻一边说一边把靴底展示给大家看。橡胶靴底浸染着浑浊的红色。波浪形的纹路和地板上的脚印一模一样。不知为何，纹路的凹陷处还夹杂着白色纤维状的东西。

“你是说，凶手穿着这个？”

“是的。如您所见，脚印从案发现场开始出现，附着的无疑是血液。详细情况还要等鉴定结果出来才知道，但我估计这是受害人的血液。溶化的纸纤维目前也正在鉴定，应该和现场的纤维一致。”

“纸纤维？”

“哦，抱歉，我还没介绍。现场除了血迹，还散落着日志的纸张……算了，还是你们直接看更好。”

吾妻把长靴放回架子，慌慌忙忙地朝鲨鱼水槽望去。

但是仙堂却用与他身份不符的、不悦的语气拦住了他：“不，主菜还是最后再上吧。”

大家好奇仙堂要做什么，却发现他弯下腰，把脸贴近地板，逆着脚印的前进方向往前走。要是再举着放大镜，他简直就是福尔摩斯再世。袴田一只手拿着笔记本跟在他身后。

“脚印的步幅散乱，就像喝醉酒的人留下的。”

听他这么一说，大家还真留意到，脚印的步幅大小不一，有的宽有的窄。

“有可能凶手是故意打乱步幅的，为了不让我们掌握他的身高。”

“嗯，也许是这样。凶手穿上偏大的长靴，可能也是为了不暴露脚的大小。也就是说……咦？”

仙堂在脚印沿着墙根蜿蜒的地方停下了脚步。这里有一个铺着不锈钢台面的狭小洗手台，安装着简单的水管，左侧是一面高约八十厘米的细长镜子，袴田瞥了一眼墙壁，正好看到了自己的半个身体。

带血的脚印明显在水管前面停留过，在洗手台右侧的地面上，还另有一处血迹。

那是个长约二十厘米、宽约三十厘米的长方形。看上去就像是用巨大的印章蘸足了红墨水，使劲印上去的。和刚才的鞋底相同，里面依然夹杂着细小的纸纤维。

“这……这是什么痕迹呢？”

“这就不知道了。可以确定的是，这不是鞋底留下的印子。”

仙堂转而开始观察水管。他轻轻拧动水龙头，但是没水流出来。

“……停水了？”

“据说，这是栋老房子，所以水管不太好用。”

洗手台的不锈钢台面上有一道红色的痕迹，延伸向排水口。

看上去像是带血的水流过的痕迹。

“这是案发后立刻拍摄的照片。”

周到的吾妻刑警从胸前口袋里取出几张照片。这是两个小时以前水管周围的图像。洗手台上残留的水还没有干透，红色的痕迹更为明显。排水口周围也有白色纤维，侧面都溅上了红色的水沫。

“凶手是在这里清洗了什么带血的东西吗？”

“水管不是坏了吗？哪里来水呢？”

“洗手台上残留的些许水分，和鲨鱼水槽里水的成分一致。这水应该是从水槽里打来的。”

“水槽的水……”

吾妻这话让仙堂感到困惑，他翻到了另一张照片。

照片拍摄的是洗手台附近的地面。右侧是刚才看见的方形血迹，它的另一侧——洗手台的左侧则有——

“……水滴？”

照片上是直径约为一厘米的、极小的水滴。若是只有一滴，不至于令人生疑，但是仙堂继续翻看下去，不禁皱起了眉头。沿着从现场出发的脚印，每隔几十厘米，便有水滴落在地上，而到达洗手台之后，再往前却没有了。

袴田把视线从照片移向现实中的地面。亚麻地面虽然不容易坏，但是透水性却很差。水滴因为干燥，已经彻底缩小，但是勉强保存了原有的形状。

“看来，凶手把水槽的水从案发现场搬运过来，然后倒在了这里。”

“如果水滴和案子有关，当然会是这样……吾妻警官，你觉得如何？”

“水滴的成分和鲨鱼水槽的水相同。从那个地方开始，也混杂着极少量的血液。”

他指着脚印开始蜿蜒的地方说道。

“在平常的工作中，水槽里的水是不可能流到这么远的地方来的。而且，水滴不仅混杂着血液，还是沿着脚印滴落的，所以我认为，这充分说明水滴和案件有关。”

“洗手台旁边那块四方形的血迹是怎么留下的呢？”

“这一点还在调查。因为采集了样本，所以应该立刻就能出结果。”

“嗯……”

仙堂低吟一声，回头看看部下。袴田记录下水滴和血迹的信息要点，从笔记本上抬起头来。没问题，数据正在顺利收集，和平时一样。

“那我们继续往前。”

仙堂离开水管，继续追寻脚印。除了沿途的水滴，还有几个脚印在血迹中夹杂着白色纤维。可能是粘在鞋子上的东西脱落了。

就这样前进了大约五六米，主菜——鲨鱼水槽终于暴露在搜查队伍的眼前。

尽管已然靠近，但袴田仍然只能用巨大的“游泳池”这个词语来形容水槽。

因为水槽有一个微妙的弧度，所以不知道它的准确大小。宽度和纵深估计都在八米以上。从饲养的生物近三米长这一点来看，水槽巨大也是合情合理的。可是即便如此，仍然令人感觉它巨大无比。水槽周围一字排开的探照灯，仍然照耀着失去了主人的水槽。这些灯也都是特大号的，让人觉得自己变小了一圈。

中央是一座狭窄的桥，一直延伸到里侧的墙壁。好像鉴定工作已经结束，搜查员正排着队要从里面出来。他们每次到外面来，都把橡胶长靴换成皮鞋。

“那里是谋杀现场。水槽实在太大，所以搭建了一座可以在中央工作的桥，就是俗称的马道。”

“马道……哦，就是剧场天井一类的地方设置的通道吧。”

袴田等人和搜查员打了招呼继续往前走，来到了那条通道——马道前。

犹如地狱。

通道的位置比亚麻地板稍低，在这狭窄的通道上，全是鲜血，一直流淌到中间位置。从案发到现在已经过去将近两个小时，但不知为何，血迹的颜色并没有发黑，依然是鲜红色，只是变得很薄。看来混入了大量水分，所以延迟了血液凝固的时间。

而且，地面上还散落着好几张纸，浸满鲜血和水，不留缝隙地铺满了入口附近的整个地面。或许因为在上面行走时纸已变软，留下好几道脚印，宛如雪地上的印迹一般。再往里走也散落着纸张，被踩踏得更加乱糟糟。

而且，在马道外，鲨鱼水槽的水面映照出浑浊的茶色。这或许是因为，水槽里的“餐饮”导致大量鲜血流出，再加上因为搜查工作的需要而关闭了过滤装置。

在明亮的灯光下，是没有一丝波纹、寂静无声的漆黑水面，和横跨于中央、淌满鲜血的马道，还有白色残骸、令人不寒而栗的脚印。尽管尸体已经清除，猎奇电影的色彩有所淡化，可是呈现在县警察局刑警们眼前的景象，却具有一种甚至能被称为艺术魄力的东西，象征着死后的世界。

“这可真是不得了啊。”

连身经百战的仙堂也不由得摩挲着后颈窝叹了口气。接着又立刻双目炯炯有神地恢复了工作状态。

“脚印是从这座桥……叫什么来着？是从这桥开始的。”

“叫‘马道’，仙堂警官。‘马道’。”

“哦，懂了懂了。马道。”

仙堂嘴上说着“马道”，脚下也配合着，想要快步走进现场。

“啊，您稍等！您能先穿上这个吗？”

吾妻说道。他手里拿着擦肩而过的搜查员交给他的三双橡胶长靴，上面写着“矶子警署”。估计这是为了避免在通道外留下多余的脚印和血迹。

换好鞋，下一小段台阶，就来到了真正的案发现场。马道的地面是金属的，每前进一步都伴随着回声。狭窄的通道上积水接近一厘米深，脚底传来踩踏潮湿纸张时的不适感。

“一片血海啊。”仙堂嘟囔道。

“的确如此。”吾妻附和说。

“洒在这里的水和鲨鱼水槽的成分一致。是名副其实的血与海水的混合。”

“散落的日志，指的就是这些纸张？”

“对。据说是上个月馆内生物的饲养记录。案件刚刚发生后就是这样的状态。”

照片又出现在眼前，上面是大家目前所在的入口附近，景象越来越接近雪地。染红的、正在融化的雪原。因踩踏而变形的纸张形成一道足迹，漂亮地延伸到马道深处。除此之外没有其他被弄得乱七八糟的地方。不过，靠里的纸张当时已经被踩得乱糟糟了。

“……搜查员进入房间之前，只有一道足迹啊。”

仙堂对照照片，回头看看刚才经过的入口。留在纸上的脚印和马道外面的红色脚印是连在一起的。

“怎么看这都像是凶手逃跑时留下的脚印。”

“日志是受害人带进来的，应该是他在被杀害时散落的吧？”

脖子被割断，手一软，文件也就落下来了。袴田想象着这一场景，却听吾妻说：“不知道，这可不好判断。”

“如果是偶然散落的，范围也太大了点。你们看，水面上还漂着几张纸呢，恐怕是为了堵住排水口而故意撒的。”

吾妻这么解释道。马道的地面朝着入口方向略微倾斜，原本是为了把水流引向那边的排水口。现在地面上有积水，也是因为大量纸张堵塞了排水口。

“所以，我认为是凶手杀死受害人之后，把他带来的日志撒在了入口附近，堵塞排水口，然后在马道上泼洒水槽里的水，制造了目前这一状况。”

“可是，为什么要泼水呢？”

“或许是为了隐瞒谋杀现场的准确位置。”

“哦，原来如此……”

鲜血在水中扩散开来，就无法判断谋杀是在哪里发生的了。

“一定是在这条通道上杀的人吧？”

“是的。在别的地方没有检测到如此大量的鲜血。”

刑警们疑惑不解地继续深入水槽上方这种尚未适应的现场。

马道的宽度只有一米多一点，大家只能排成一列前进。两边的栏杆高约八十厘米，纵向的杆子就像牢房一样非常标准地竖立着。或许是因为水槽里的海水，把手部分的锈迹很明显。

吾妻在马道的中间位置停下了脚步，那里的纸张原本就踩踏得乱糟糟的。

“准确地点尚不明确，但我们推测谋杀现场应该是在这个中间位置……因为这里距离落水点很近。”

他边说边指向通道右侧。栏杆的一部分可以向外打开，就像一道门，宽度约六十厘米。就像餐馆收款台边上的小门，也很像西部电影中酒馆大门的其中一扇。

“凶手割断受害人脖子以后，从这个开口处把他推了下去。照片上拍到的，也恰好就是这里的正下方。”

鲜血附着在栏杆的上部，因为没有掺杂水分，所以血液已经凝固，变成了红褐色，和四周的锈迹混杂，呈现出斑驳的图案。进一步观察就能发现，开口处的门和与它衔接的栏杆之间有一个简单的插销，类似于卫生间的隔间。

“这个插销在案子刚刚发生之后……”

“是打开的。应该说，这道门本身就大大地敞开着。”

吾妻又拿出一张没有见过的照片。敞开的开口处、附着于其上的鲜血、背后的浑浊水面。让人产生一种丧失感，如同位于只剩孤零零一双鞋的悬崖边缘。

袴田伸手一推，“嘎——”的一声轻响，门向外顺畅地打开了。他用左手抓住带有插销孔的栏杆，向外探出身体。

浑浊的水面上，还漂浮着几张残破的纸，仿佛刚才一番混乱所残留的余韵。尽管明知里面没有鲨鱼，却仍然足以让人战栗。

“真是一桩无情的案子啊……”

就在他自语的那一瞬间——

啪嗒！

一股寒气穿透薄手套，掠过他拽住栏杆的左手。

“哎呀！”

他不由得呆呆地大叫一声，差点落入水槽。就在千钧一发之际，他再次抓稳栏杆。他喘着气抽回身来，正好与仙堂冰冷的视线相遇。

“你在干吗？”

“不、不是，不是。冷不丁有水落在手上……”

他立刻抬头仰望天花板。马道正上方有几根水管，看来是其中某个位置在漏水。他一动不动地等待了一会儿，又一滴水啪嗒一声滴落在同一位置。

吾妻笑道：“我刚才说过，这是栋老房子。虽然水槽的设施看上去很先进。”

“希望他们也完善一下其他部分呀。差点就重蹈受害人的覆辙了……”

“袴田，等等！”

仙堂突然大声地阻止了部下的行动。

“……怎么了？”

“脚，脚。不，你别动！就那么待着！”

他在袴田脚边蹲下，在被水泡成一团糨糊的纸张中寻找——捡起一个小东西。

“图钉。”

顶部圆滑的、极其普通的图钉。

“看来搜查员把它漏掉了……这里怎么会有图钉呢？”

“这我哪知道！吾妻警官，麻烦你把它交给鉴定科。”

“哦，好的。”

吾妻连忙从口袋里抽出保存证物的塑料袋，恭敬地接过图钉。

仙堂接下来又在开口处附近四处检查了片刻，但是没有其他收获。不久，他得出了一个并不干脆的结论：“看来，受害人应该是在这座桥上遭到袭击，并在这里被推下去的。”

他开合着开口处的小门，对吾妻说道：“嗯，还有一点……关于凶器，确实是在这个什么道上发现的吗？”

“是的，就在那里。”

吾妻领着两个人继续往里走。袴田还没忘记对仙堂耳语道：“这叫‘马’道！”当然又被仙堂戳了一下。

在距离入口大概七八米、紧靠墙壁的通道一端，这里没有纸，因为地面朝向入口倾斜，所以也没有血和水。但是在这前方，有一把被毛巾包裹的厚刃尖菜刀。

仙堂把它拿在手中，掀开毛巾。一眼就能看出，毛巾和刀上都是血。

“的确，如果是自己割断脖子再从开口处落水的话，是不可能把刀放在距离如此远的地方的。”

袴田对比着菜刀和开口处。

“割断脖子之后，也不可能若无其事地把菜刀用毛巾包起来呀……吾妻警官，你赢了。这怎么看都是谋杀。”

虽然没人记得和他打过赌，但袴田还是认了输。

“你没被鲨鱼吃掉就是万幸。”吾妻又开起了玩笑，然后接着说，“这把菜刀是从哪儿来的，现在正在调查。好像不是馆里的物品。估计毛巾是受害人别在腰间的。因为，虽然他腹部以下的部分还留在水槽里，可就是没找到毛巾。”

这个判断方法真是够可怕的。袴田又一次感到有东西朝喉咙涌上来。他拼命咽了下去，在笔记本上继续书写。

“指纹呢？”

仙堂问道，但是并没有抱什么希望。

“菜刀也好，其他地方也好，都没有采集到指纹。这么说是因为，在准备水槽里——就是对面的那个水槽里，还扔着一双橡胶手套。而且，手套还仔仔细细地翻了个面。估计是凶手戴过的手套。”

“这双橡胶手套本来是放在哪儿的？”

“和长靴一起放在入口的架子上。”

“……嗯。”

手套是架子上的备用品，而且被翻了个面扔在水里，这样一来，就不可能从上面采集到可供寻找凶手的指纹了。

毋庸置疑，这是一起谋杀案。何时、何地、如何杀害也都一清二楚。

但是，是“谁”干的呢？最为重要的凶手的真面目却仍然是未解之谜。

“能在这里搞明白的，也就是这些东西了……好，我们回去吧。”

仙堂似乎已经不抱希望，朝马道的开口处走去。袴田紧跟在他身后，谨慎地对他说：“凶手真是出人意料的小心啊。”

“倒也不是吧。”

“可是凶手没有留下痕迹呀。不仅戴着手套，还套上了长靴，非常谨慎……”

“那双橡胶长靴，你不觉得有些奇怪吗？”

他在出口处换上靴子，又沿着红色脚印、按照凶手的行走方向再次返回。从马道斜向出发，经过洗手池，再回到来时的门口。

“长靴是放在架子角落里的。但是脚印本身……你们看……经过架子，一直延伸到门口。而一般说来，架子就应该是终点了。”

“嗯，这个嘛……是不是凶手急于逃离现场，跑到门口才发现还穿着长靴，于是又返回了呢？”

“可是，凶手还故意打乱了脚印的步幅呢！”

仙堂用他细长清秀的眼睛盯着地面。

“也就是说，凶手十分留意自己的脚印。这样的人会忘记自己还穿着长靴吗？”

“哦……”

一方面留意自己的脚下，另一方面却忘记了脚上穿着的靴子。这有点不可思议。

袴田想起了一开始调查脚印时仙堂的样子。原来他真正在意的是这件事情啊。

“也就是说，凶手曾故意走到门口，然后为了处理长靴而返回。”

“一度走到门口……为什么呢？”

“当然是因为有急事需要到门口处理了……例如那里。”

仙堂慢慢地伸直手指。

在他指尖前方，是存放清扫工具的旧储物柜。

“吾妻警官，柜子里检查过了吗？”

“储物柜吗？马道之外的地方还没有彻底检查。当然立刻就会……啊！”

还没等他说完，仙堂已经打开了柜门。铁锈的粉末飘落下来。

柜子里有一个随意放置的水桶，把它挪开之后，是一根拖布。这是一种随处可见的拖布，长柄的一端是一簇捻线。但是唯有一个地方不同寻常。

捻线部分有一道痕迹，虽然颜色已经浅淡，但显然是鲜血。

“看来凶手是需要把这东西藏起来。”

拖布的长柄是黄色的，大约一米左右。嗯——仙堂低吟一声把它拿起来。拖布的螺丝似乎已经松了，长柄的连接处摇摇晃晃。捻线根部残留着相当明显的血迹，还夹杂着和靴底相同的白色纤维。但是，离捻线头越近，颜色越淡。

简直就像用水洗过一样。

“凶手应该是在洗手池那里清洗过拖布。”

“估计是这样。洗手台旁边的痕迹也是拖布留下的。”

仙堂心里已经清楚了。确实，如果清洗之前把拖布立在地面上，就会在洗手台旁边留下四方形的痕迹。

接着他又取出水桶。这是只蓝色塑料水桶，颜色比架子上摆放的浅蓝色水桶略深一些。直径、高度大约都是二十五厘米。侧面用油性笔写着“用于清扫地面”。这只桶的看点在于内侧——圆形的桶底边缘，附着着鲜血和纸纤维。

“咦？”

正在从各个角度观察水桶的仙堂，突然叫起来。袴田也从同一角度看过去，发现桶底透过来些许光亮。

“……桶是漏的。”

“是有孔吗？好像是裂缝呐。”

袴田立刻明白了。如果在这个桶里装上水，再拎着一走，水就会从这道小缝里一点点地滴落下来。对，就像脚印旁边的水滴一样。

“看来凶手是用这只桶从水槽里打水的。”

已经没有必要再让鉴定科检验了。任谁看来，这都是显而易见的重要证据。仙堂把拖布和水桶递给吾妻。这位分局的刑警大概过于着急接过这些物品，拿在一只手里的照片落在了地上。

“干得不错啊！水滴和血迹的谜团解开了！”

袴田蹲在地上，代替两手没空的吾妻把散落一地的照片捡起来。这时听见仙堂兴奋地喊道：“这下不就清楚了吗？凶手不是什么谨慎的家伙。”

仙堂嘴角翘起来，接着说：“接下来才是重头戏。如果调查案发瞬间的不在场证明，就能把嫌疑犯缩小到相当小的范围内。”

对，嫌疑犯已经确定了。虽然现场没有采集到指纹，但是发现了好几个证据。

我们在不断接近真相——袴田细细品味着这熟悉的感觉。鱼子酱和鱼翅已经近在眼前。

热切的期待令他不由得捏紧了捡起来的照片——接着，他皱起眉头说：“哎呀？”

“怎么了？”

“这些案发现场的照片里，有几张的角落里拍到了一些人。既不是鉴定科的，也不是刑警，他们穿着黄色T恤……”

这几名身穿T恤的人当中，有体型良好的短发青年男子、丰满的中年女性、胳膊交错在一起发呆的老人。看来他们是水族馆的工作人员。

“吾妻警官，这是怎么回事？”

被人一问，吾妻低下头道歉说：“对不起！我刚才就该汇报的。其实，这些照片中有一部分不是我们拍的。地面的脚印、排水口的情况，还有从外部拍摄的马道，都是一位目击者拍摄的。”

“就像从外面拍摄鲨鱼水槽的第一张照片那样？”

“对，是这样。那也是同一个孩子拍摄的。”

孩子？这种称呼方法令人警觉。难道不是成年人？

“今天恰好从一所高中来了几个校报记者做采访。案发瞬间，他们和馆长正巧就在鲨鱼水槽前，紧跟着也来到这里，尽心尽力帮了很多忙。例如不让人进入马道，叫人避免留下脚印，还像这样拍了很多照片。多亏他们，现场才保护得这么好。”

“原、原来如此……”

袴田和仙堂不惊动吾妻地对视了一眼，高中校报社，六月的部分不快记忆苏醒了。

吾妻接下来的话，更是让不祥的预感变成了现实：“他们说是风之丘高中的，说不定和您二位还见过面呢。”

“风、风之丘？风之丘的报社？体育馆那个？”

“对，就是风之丘。就是您二位负责的那起案子。”

吾妻自豪地说道，可这对县警署的搭档却顾不上得意了。

“我觉得不太可能，不过，是不是有个戴红框眼镜的女孩？”

“是一个叫向坂的女生。不是她吧？千万别跟我说是她哦！”

两人穷追不舍。吾妻一副事不关己的样子，说道：“对啊，就是她。社长就是姓这个，是个可爱的女孩子。呵呵，果然您认识她呀。”

“怎么会这样啊？”

仙堂一手掩面，抬头望向布满管道的天花板。

“啪”的一声脆响，照片从袴田手中滑落。

*

“袴田，加油！”

柚乃身后传来洪亮的声音。她回头一看，是佐川队长。看来佐川也在附近的球台备战。好，好的，柚乃露出不安的微笑。她心想，面对接下来会出现在眼前的对手，就算加油也无济于事啊……她觉得自己的脸开始发僵。

淘汰赛进行得很顺利，不到三十分钟就到了一决胜负之时。柚乃当然还没做好心理准备，她肩膀僵硬地站在球桌前，与忍切蝶子对峙。

她比自己高一头，嘴角依然挂着从容的微笑。

“请，请多关照！”

“嗯，请多关照！”

握手之后，两人交换了彼此的球拍。不过，忍切的球风全国有名，没必要仔细检查胶皮。她的球拍是横板球拍，反面覆盖着大颗粒胶皮。打理得很干净，干净得让柚乃为自己的直板球拍上的污垢感到害臊。

柚乃抬起头来，视线正好和忍切相撞。她微微偏着头，眯着眼睛，似乎在给球拍估值，同时顺带把柚乃本人也一起评价了。为了比赛而束在脑后的中发、孩子气的面容、雪白的肌肤、瘦弱的四肢——柚乃觉得自己常常被嘲笑为文艺少女的身姿，从头到脚都被她打量了一番。她觉得脸发烫，而这却与比赛的紧张并无关系。

她们相互归还球拍，通过猜拳来确定发球及防守方。忍切赢了，但她选择了防守，于是由柚乃发球。两人分开，来到球桌两端后再次面对面。

“三局两胜，袴田发球。零比零。”

从第二轮开始是上一场的输者做裁判，所以比分牌旁边是刚刚与柚乃较量过的的场。裁判发指令的间隙，忍切操作手腕上的运动手表，好像做了一个设置。或许她是打算给比赛计时。

“可，可以了吗？”

“哦，抱歉。可以开始了。”

“那，那就请你手下留情了。”

“手下留情？好，没问题。”

她爽快地答应了。柚乃有些讶异，接着便把注意力集中到比赛上来。

对手是关东最强的女子乒乓球队队员。不论是柚乃自身竭尽全力，还是队友为她鼓舞加油，都绝无获胜的希望。

但是，绝对不能因此而临阵脱逃。佐川队长也说过：“抱着必胜的决心……”

她咽下唾沫，将球高高抛起。

然后，球桌上响起了本场第一个球的声音。

这一球，柚乃已经使尽浑身解数，而忍切的回球却轻而易举。柚乃立即调整好姿势，又击出一球。两三个回合的对打在快速进行。

很快，柚乃感到了些许不协调。

——自己居然有本事和她交手？

忍切的基本战术是削球。她坚持不懈地削球，等待对方失误。面对近台快攻型选手柚乃，单一防守倒是可以理解。但是球速慢，而且旋转角度也并不刁钻，很难让人相信这是关东最强球员打出的球。

或许是对方按照最初的承诺，对她手下留情了？如果是这样，按照目前的攻势来说，自己尚可自由地进攻。虽然这种想法太过小看对方。

机会来了！

柚乃决定把球击到对方的右半区——忍切是左撇子，右半区是她的反手，或许不好处理。

面对不知是第几次的缓慢回球，柚乃狠狠地来了个下旋球。她对自己的控球能力还是有信心的。球漂亮地落在了她瞄准的地方。

几乎在此同时，一阵风掠过脸庞。

她既没有听见击球声，也没有感受到回弹声。球以接近水平的角度紧贴台面快速地旋转来袭。在对手看来，这或许根本算不上扣杀，只是个普通的回球，而柚乃却来不及作出任何反应。

“……”

“1 比 0。”

忍切代替目瞪口呆的的场报出比分，美丽的脸庞依然带着从容的微笑。

她的确手下留情了，刚才这个球她也远远没有当真。但是柚乃并没有任何不快，她只是为两人巨大的差距感到茫然。

柚乃捡起球来，再次摆好发球姿势。在她脑子里头和身子一样大小的早苗一遍又一遍高声叫唤着："完啦完啦！"尽管抱着必胜的决心，尽管在加油声中努力面对，脸色苍白的柚乃还是再一次领悟——

完全不在同一个世界啊！

淘汰赛还在进行，所有人都忙着自己的比赛和裁判，很少有人留意忍切蝶子和袴田柚乃的比赛。这是不幸中的万幸。如果有人关注，就会发现，这场比赛实在太残酷，而且实在太单调。

在柚乃观察情况的时候，两人之间的对拉会一直持续，可一旦柚乃试图进攻，忍切就会立即发威，瞬间得分。无论重复多少遍都是这样的模式。第一局忍切只出了一次界，而第二局就没有失分，很快的场就宣布比赛结束。

"11 比 0。忍切选手获胜。比赛结束。"

一转眼两局皆负，结果当然是忍切获胜。

"零、零分的比赛啊。"

一分未得就结束比赛，还是上初中之后的头一遭。柚乃双手撑在膝盖上，支撑着眼看就要倒下的上半身。无论是精神还是肉体都疲惫不堪。她散开头发，发梢贴在了潮乎乎的脸颊上。

而忍切则与汗流浃背的柚乃形成了鲜明对比，她正在若无其事地确认运动手表上的时间："六分三十秒……这么短啊。"

她听见忍切不满意地嘟囔道。两局打了六分三十秒，一般说来会花上将近十分钟呢……

忍切调整好呼吸，向这边走来。"谢谢你！"她一边道谢一边伸出手来。柚乃也握手并道谢。

"打得不错嘛。"

"……啊？"

冷不丁听忍切这么一说，柚乃不由得反问道。

"我顺势打的球，都被你好好接回来了。击打位置也很准确。基本功很强呀！"

"谢、谢谢。可是，结果连像样的一分都没有拿到。"

"哈哈，那是。毕竟你的对手是我嘛。"

忍切视线一低，盯着柚乃的校服，话锋一转，依然爽朗地说道："不过，球路太正可不好，立刻就能看出你的目标。虽然你似乎用速度在掩饰，但是我不喜欢这种从头到脚都显得光明正大的打法。"

"不、不喜欢……？"

"对呀，特别不喜欢，"她夸张地摊开两手，说道，"因为这和佐川的打法一模一样。"

她依然面带微笑，留下一句和比赛中同样闹不清是真是假的话，就转身离开了。

柚乃觉得自己能够隐隐约约体会到忍切把佐川当作竞争对手的原因了，虽然只是隐隐约约。

"我看了你的比赛。"

刚一回到风之丘的队伍，早苗就笑着迎上来说。（你看什么呀看！）

"太、太强了……"

"这一点一开始我们就知道呀。"

"不是，虽然知道……哎，真是的。"

比赛时的兴奋感一旦消退，实力差异带来的打击便立刻涌上心头。才相差一岁，为什么她就那么强大，为什么她就那么风格独特呢？外表看上去也很成熟漂亮。不，这一点倒完全不重要。

“总之，你辛苦了！喝吗？”

早苗递上喝了一半的运动饮料。柚乃感激地接了过来，她自己的早就喝光了。

柚乃喝着饮料，早苗在她身旁仰望着天空：“这么一来我俩都止步于第二轮了。”

她也遭遇唐岸的副队长，在第二轮中精彩玉碎。

“有其他人赢吗？”

“嗯，赢的都是绯天和唐岸的二年级学生吧……佐川同学很顺利。还有理本、窗边……哦，一年级的话还剩下小铃，不过她正在和佐川打着呢。”

总而言之，几乎全军覆没。不过，历年都是这样，淘汰赛进入后半段后，场上选手大都是绯天的选手。尽管每所学校都认为下午的团体赛才是主要的。

“对了，老师说，因为现在比赛减少了，我们可以用边上的球桌。轮到我们当裁判之前，我们去打会儿如何？”

“嗯，打也可以，不过再让我休息一下下……”

“啊？你真是残酷无情呀。”

“现在别说‘残酷无情’这种词。要不真会变得残酷无情的……”

“不用那么消沉嘛。比赛打得不是挺好吗？”

“那是因为忍切同学手下……咦？”

一个身着白色队服的女孩子向她们走近，那是刚才做裁判的的场。柚乃不知她有什么事，正觉疑惑，只见她指着边上的球桌说："听说我们可以用那边的球桌。袴田同学，我们打一会儿球吧，双打也行哦。"

哇，居然如此大方地要求外校的自己一起打球，看来的场果然如同她男孩气的外表一样积极主动。

柚乃忘记了疲惫，立刻答应道："好呀！"

"喂，你不是要休息吗？那么不愿意跟我打呀？"

"当然不是。早苗也来打吧。双打也可以，对吧？"

"嗯，我也去找个搭档。"

她转身返回唐岸，突然又回过头来，像刚想起来似的说："对了，或许我不该多嘴……但是我也觉得你比赛打得不错。"

"嗯？"

"嗯，怎么说好呢，我觉得你没有半途而废地松懈下来……"

她脸一红，低下头快步回去了。

看来她听见了柚乃和早苗的对话。

"……"

"你瞧，我说明眼人都知道吧？"

柚乃无言以对，突然好朋友拍了拍她的肩膀说：

"柚乃，你刚刚很帅哦！"

3　嫌疑犯有十一个人！

"好久不见啦！您状态不错吧？"

"闭嘴！"

听到一个月不见的向坂香织问候自己，仙堂冷冰冰地顶了回去。

"你怎么会在这儿?"

"我怎么会在这儿?采访,我来采访。对吧?"

香织晃晃挂在胸前的照相机,向站在她身边的高个儿男子求证。男子则沉默着点点头,他的模样怎么看都像个混血儿。在他旁边的少年,体形如儿童般瘦小,看上去就像个小学生。这三名高中生,是从安排相关人员等候的第二会议室被叫到第一会议室来的。他们每一个人都容貌奇特,越发消耗刑警们的精力。

在他们身后是两名男子,一个胡子令人印象深刻,矮矮胖胖。另一个剃着平头,一副侠义范儿,正在关注他们的谈话。那是馆长和负责鲨鱼的工作人员。

"……那家伙,没来吧?"

"您说天马?没有来。天马这时候在房间里睡觉呢。"

"那就好……真的很好!"

"哦,顺便问一下,我妹妹在吗?"

"我邀请了柚乃,但是她来不了,说是有比赛。"

两位刑警放下心来,擦擦额头上的汗。吾妻在他们身后问道:"果然和您二位有关系?"

"不是,没有,完全没有关系,这是头一回见面。"

"啊?可是刚才她说'好久不见'……"

"吾妻警官,他们的不在场证明情况如何?"

迅速恢复工作状态的仙堂抬高音量打断了刑警的疑问。吾妻连忙取出笔记本说:"哦,您稍等。是这样,刚才我也提到过,馆长和报社的孩子们从九点五十分到十点零七分一直在一起,而且案发瞬间的影像证明他们当时在展示区。还有采访的录音记录,所以不在场证明这一方面他们没有任何问题。"

“那么，他们不可能是凶手？”

“当然。否则他们拍的照片和证词就不足采信了。”

本来就难以想象高中的报社和水族馆的饲养员之间存在牵涉到谋杀的关系。

仙堂把胳膊交叉在一起，再次转向香织说：“那么，姑且先感谢你对搜查工作的配合。谢谢！”

“哪里哪里，我只是做了该做的而已。”

“而且干活的主要是仓町师哥。”

在害羞的香织身边，小学生模样的少年开口说道。仓町估计就是那个混血脸吧。

“哦，是的是的。厉害的小仓，不，仓町同学。我什么都没做。”

“哦，原来如此。我想也是嘛。仓町同学，谢谢你！”

“啊？您等等，‘我想也是’是什么意思？刑警先生，‘我想也是’是个什么意思？”

“那么那个男人呢？”

仙堂不理睬香织，只顾朝那个剃平头、深藏不露的男人望去。

“那是深元先生。案发时他一直在新馆，不在场证明没有问题。”

“是吗……那我们先跟两位聊聊吧。”

“好的好的。我先是看见雨宫进入鲨鱼水槽……”

“我说的是那两位，不是你！”

尽管时不时会听见仙堂洪亮的斥责声，但是讯问还是得以顺利进行，案件经过详细地记录在了袴田的笔记本上。

按照摄像头的记录，香织等人离开后院是在九点五十分。雨宫应该在此之前刚刚进入鲨鱼水槽的房间里。照片显示雨宫落水是在十点零七分。也就一分钟左右，香织等人就绕到了后部，B栋后院的所有工作人员也集中到了这里。

“那么，当时你们没发现有人从饲养员通道逃出来吧？”

馆长和报社社员们一起点点头。做笔记的袴田在心里嘟囔：“凶手逃得可真快！”

工作人员集中到达工作区的顺序，混血脸的仓町记得很清楚。他说，全体人员都是两个或两个以上结伴而来的。因为他们凭直觉认为这是一起谋杀案，所以不让人靠近现场和脚印，而且把集中起来的工作人员直接领到第二会议室等候。他们所做的工作确实值得表彰。据说，是馆长亲自出面和警察以及水族馆全体人员联系的。

他们向负责鲨鱼的饲养员深元了解了水槽的情况。他最后一次检查水槽是在九点左右，当时没有任何异常。案发的十点左右这一时间段，正好没有任何人进入工作区所在的二楼。水管好几天之前就坏了（这时西之洲馆长不好意思地笑了）。其他地方都离得远，所以要从水槽取水的话，只能通过建在低处的马道开口处……也就是说，洗手池里的水，应该就是用水桶打过来的。

“雨宫以前曾经来过鲨鱼水槽附近吗？”

听他这么一问，深元用符合他外表的低沉声音回答道：“没有，几乎没有来过。虽然饲养员之间常常代替别人工作，但是雨宫负责海豚表演和饲养，本职工作已经很繁重，所以腾不出手来。”

“明白了，谢谢！现在还不能放你们走，请先返回会议室。”

仙堂恭敬地弯下腰，让一名搜查员把他们送走。然后对报社社员说：“你们也老老实实回去待着……听好了，老老实实地待着，不要擅自行动！”

听他再三嘱咐，香织一边走向门口一边随口答应道：“好的好的，你不说我们也不乱动！”

“你们上次不就是擅自行动吗？”

然而仙堂的大喝并没有传到报社成员耳朵里，他们已经立刻关上门走了。仙堂的拳头微微颤抖，就像是在寻找愤怒的发泄口。

“混蛋！怎么会是风之丘呢？偏偏还是与那家伙有关的人……真是糟糕透顶。”

“那个，仙堂警部，您刚才说他们上次擅自行动，是怎么……”

“没怎么！你不用在意！”

“哦，是！抱歉！”

“仙堂警部，请您冷静一点。”

袴田小声地责备仙堂。或许是因为听说妹妹没来，这位当部下的倒是有几分沉着。

“这回又不像体育馆，有密室之类的麻烦。而且他今天也不在，不会出问题的。”

“嗯……是的，是的。抱歉，我着急了。”

仙堂当即像个大叔似的反复做起了深呼吸。

当他再次面对吾妻的时候，细长的眼睛里又出现了往常的光芒。那是刑警冷静沉着、将凶手逼到穷途末路的目光。

“好，吾妻警官，我们把这间第一会议室作为临时审讯室。请把资料收拾收拾。然后，案发时身处后院的工作人员……有几个人来着？”

“十一个人。”袴田看了一眼笔记本，立刻答道。

“十一个人。那就一个一个地叫来吧。挨个调查他们的不在场证明。”

“好，我这就去办。”

吾妻认真地敬了个礼，迅速开始行动。很快就要逼近案件核心了——袴田越发心潮澎湃。

尽管半路杀出个程咬金，但是搜查确实临近收尾了，他再次翻开笔记本。雨宫茂从马道上被推下的那一瞬间——十点零七分，凶手无疑就在现场。只要逐一排查不在场证明，可疑的人绝对会落入网中。

嫌疑犯有十一个。简单的谜团。

赢得轻而易举。

很快，搜查人员就转移到了这里的会议室。画着示意图的白板被翻了个面，会议室里只剩下原来就有的冷冰冰的桌椅，以及两名刑警。

“我们先从饲养员主任开始吧。”

“嗯，麻烦你叫一下。”

仙堂冲着从门口伸出脑袋的吾妻深深地点头致意。仿佛刚才和香织的对话已经从他记忆中抹去——不，实际上就是抹去了——他的态度令人信赖。

“袴田，准备做记录。”

“好，明白。”

县警察局的这对搭档摆出无敌的阵势，迎来了第一位嫌疑犯。

一个小时之后。仙堂、袴田、吾妻三人坐在会议室的长条桌旁，默默无语。

仙堂用手指“哒哒”地敲着桌子，袴田“咔嗒咔嗒”地按着笔头。吾妻则咕噜噜转着眼珠子，尴尬地注视着两人。他们沉默着，谁都不愿意开口。

终于，三个人都开口了。但是这话不是说给其他人听的，而是自言自语。

“这是怎么回事？”

“这是怎么一回事？”

“这是怎么一回事呢？”

“……”

又是一阵沉默。

“好吧，我来整理一下思路。”

给这没有收获的时间画上休止符的是袴田。他站起身，把白板上画着示意图的那一面翻过来，拿起一支蓝色油性笔，对照另一只手中的笔记本，动手总结讯问结果。

“首要的前提是，凶手不可能存在于这十一个人之外。这一点没问题吧？”

“没问题。摄像头拍下的影像可以证明。”吾妻说道。

“我也说嘛。那么，首先是饲养员主任和泉崇子。在案发的十点零七分，她在办公室——”

* * *

“九点五十分之后在哪儿？我一直在饲养员室哦。”

和泉如此断言。她跷着二郎腿坐在会议室的椅子上。与其说案件的发生让她感到害怕，不如说她已经过了这个阶段，目前正在气头上，呼吸声也很不平静。

“我在整理业务记录。”

“十点零七分左右还在那儿?”

“哦，案发的时候吧?当时我在隔壁的办公室。上个月的饲养日志怎么都找不到，所以我想，说不定混在办公室的文件里了。”

“上个月的饲养日志，就是在什么道上找到的……”

“对，对，就是那个。雨宫偷偷拿走了。不过我不知道他为什么要这么做……还有，那叫‘马道’。”

“啊?”

“‘马道’，不是‘什么’道。”

“哦，知道了、知道了……”

“日志已经烂糟糟了吧?这可怎么办才好啊。那可是特别重要的记录呢。”

“非常重要吗?”

“那当然了。不过，还好有电子数据保存着，问题不大。”

“你到达办公室的准确时间是?”

“我到那儿时刚过十点……记不清是几分了，应该还没到十点零五分吧……哦，对了，我离开饲养员室的时候，碰上了芝浦，问问他就知道了。”

“好的，我们会向他确认。当时有人在办公室里吗?”

“房间里有船见、津……还有绫濑。我正在问他们有没有看见日志，馆长就突然跑进来了。”

“你肯定?”

“那还用说!”

和泉挺起充斥着脂肪的胸膛自信地说道。她每次回答问题的音量都很大，吵得人发慌。

* * *

“十点零五分的时候和泉在办公室里，另外还有船见、津、绫濑。船见一直在办公室干活，津在资料室休息了十五分钟，绫濑在馆长室待了一段时间……”

* * *

“嗯，您刚才说的是九点五十分？在那之前，和泉给了我一些文件，是财务记录总结。我一直在办公室检查这些文件。”

负责财务的船见，抚着因为懒得刮而长长的胡须回答。看来他胆子小，案子给他造成的压力都清清楚楚地写在脸上，眉头皱成了漂亮的八字。T恤的第一粒扣子没扣，显得很随便。不过馆长也是这样。大概这里所有的工作人员都不需要系领带吧，真让人无比羡慕。

被问到办公室人员出入情况时，他答道：“咦？我记不太清了。津和水原出去了……十点过一点，津又回来了。啊，确切时间？我觉得可能是十点零二……三分吧。”

这与和泉的证词大致一致。

“接着，几乎是同时，绫濑也进来了，她冲了杯咖啡。对，只有办公室才有咖啡机。然后和泉立刻进来，问大家有没有看到日志。日志，就是那个吧？雨宫拿走的那个？”

“对的，是这样。在……现场发现了。”

仙堂看来也腻烦了，尽量换成不丢人的说法。

“那么，在十点零七分这个时间点，办公室里有四个人？”

“对。馆长突然跑进来，吓了我们一跳。”

船见耸耸肩，苦笑道。

“这个姓氏真是好记啊。”——听袴田这么说，津眉开眼笑。见他这副表情，袴田顿生悔意。对于津来说，估计这是个珍藏的好话题。这名留着黑色长发的男子喋喋不休地说：“对吧，大家都这么说。上小学的时候也是这样……”好不容易才让他坐下，开始讯问。

“从九点四十七分到十点零二分，我在资料室待了十五分钟。就我一个人，门也关着。”

他回答得如此准确，倒像是故意为之。

“我去资料室，倒也没什么特别的事情，就是想休息休息。过了十五分钟，觉得休息得差不多了，就回了办公室。船见在，紧跟着绫濑也进来了，接下来是和泉。当时大概十点零三分。她一会儿说找不到日志，一会儿又说溜号可不行。就这样，十点零七分一过，馆长就大叫着‘糟了糟了’跑进来。”

“您记得可真准确啊，竟然能记到分钟这个单位。”仙堂警惕地说。

津笑了起来：“我的记忆力特别强，还有注意力也很集中。”

他点点自己的脑袋，让人分不清这个男人到底是阴郁还是开朗。总之证词和其他人还算一致。

“我领着高中生去见馆长，然后一直在馆长室待到十点多。”

年轻的副馆长绫濑毫不犹豫地回答。尽管她本人说副馆长只是个名头，但是她和刚才的三个人都不同，挺胸抬头，下颚微收，流露出负责人的威严。

“我刚才也确认过，馆长室和这里一样，门上有一个小窗户。”

“对。”

“你看见有人从走廊上经过吗？”

她避开刑警们的视线，略加考虑后回答：“这个嘛……因为并没有持续关注这一点，所以我只留意到津从资料室回来。”

“没关系，没关系。然后，你自己是十点零二分左右去办公室冲咖啡的？”

“是的。我看见津回来，觉得自己也渴了，就去了办公室。”

“你确定是十点零二分？”

“我不能完全肯定，但是我当时看了表，才刚过十点，所以我认为应该是这个时间点。”

接下来的证词和和泉等人一致。仙堂冲袴田点点头，他合上笔记本说：“非常感谢。您现在可以回去了。”

* * *

“也就是说，在十点零七分这个时间点，这四个人的证词一致证明他们四人都在办公室。”

他在“和泉”下方写下“船见”“津”“绫濑”的名字。

“因此，他们都有不在场证明，不可能把雨宫推下水。”

“是啊。”

“嗯，是这样。”

吾妻和仙堂也都确认了这一点。袴田用蓝色油性笔在办公室四个人的名字上大大地打了个叉。

——和泉、船见、津、绫濑，排除。

“那么接着是二楼西侧。”

他用笔指着楼梯旁边的两个房间，一间是展示工作室，另一间是女子更衣室。

他翻翻笔记本说："负责展示工作的水原历在工作室里，负责海豚的泷野智香在更衣室。但是，快到十点的时候泷野打算回饲养员室——"

* * *

泷野智香和受害人是工作上的搭档，关系密切。刑警认为，在嫌疑人中，她存在动机强烈的可能性。仙堂很注意遣词造句地缓缓问道："和泉与报社社员的证词显示，你到九点五十分为止在饲养员室。那后来你去哪了呢？"

"我去女子更衣室了……犬笛不见了，我去找替代品。"

泷野慎重地回答。

"哦，原来是这样啊。你说的犬笛是……"

"训练海豚时用的，用来告诉它喂食和跳跃的时间点。"

"经常在表演里看见呢。原来如此，原来如此。"

袴田站在闲聊一般的仙堂身后，在笔记本上做好需要复核的记号。丢失犬笛，或许是独自行动的借口。

"我在储物柜里找了十分钟，只找到旧的。我想这也能用，拿着它正要回去，结果在工作室前面被水原叫住了。"

"水原？"

"她是位办事员，负责展示的策划和陈列。她问我海报设计哪一个好。然后，我们就在走廊里闲聊了一会儿，接着就听见了馆长的叫声……"

"请稍等。你被水原叫住是在几点？"

"大概快到十点。"

"然后你就一直和水原在一起吗？到十点零七分为止。"

"对，一直两个人在一起。"

“……你刚才说你们在走廊上。那有没有看到其他人呢？”

“没有，一个人都……哦，芝浦在楼梯上跟我打招呼，我回答说‘您辛苦了’。具体是几点，我可记不清了。”

她回答的语气渐渐活泼起来，或许在平常表演中，她本来就是这样的举止。仙堂说了声“我明白了”，就结束了提问。

最后，因为她还随身带着替代的犬笛，于是刑警就请她展示了一下。细小的犬笛已经褪色，尽管是金属制作的，看上去却像一掰就会断似的。

“大概九点五十分，我因为工作需要想使用打印机，就去了趟工作室。啊？哦，是的，和泷野差不多时间……不，我稍早一点。进入房间后，我看见她正好从门口经过。嗯，工作室的门和这里一样，也有窗户。”

水原历的语速很快。她看上去应该年过三十，但是整个装束——蓬松的头发、花哨的圆眼镜、带有商标的T恤，却让人觉得她是个不够沉稳的女性。

“当时我打印了几张样本，正在犯愁，不知道最后用哪张才好。这时恰好看见小智出来，我就叫住她商量……当时好像快到十点，应该是九点五十七分左右。”

“你确定？”

“确定，我记得很清楚。我那会儿刚看了手表，心里正想着，这都快十点了，就看见了路过的小智。”

水原把手表伸过来给他们看。表带是黄色的，其他工作人员也戴着同样的手表。看来这是水族馆统一配发的。

听完两个人的回答，袴田按照仙堂的指示，去B栋西侧进行了确认。展示工作室是个简朴的房间，里面只有打印机和文件架。而更衣室，无论是女子更衣室，还是他顺便看了一眼的男子更衣室，都杂乱地堆放着服装、行李、毛巾等东西。在这种环境下，花上十分钟寻找丢失的东西也是情有可原的。

* * *

“——十点零七分，两个人正位于展示工作室门口的走廊。也就是说，她俩都有不在场证明，不可能行凶。”

“看来是这样。”

“没有问题。”

听见两人的回答，袴田在西侧走廊位置写下“泷野”“水原”，并做上了记号。

——泷野、水原，排除。

换到下一位置，继续。

“二楼就这六个人。剩下的一楼，首先是饲养员芝浦德郎和大矶快。这两个人——”

* * *

“我在饲料准备室。”

短发青年大矶快平静地回答。他严肃的目光和仙堂相似，从某个角度看来甚至有些可怕。

“饲料准备室？就是制作鱼饲料的房间吗？”

“对。今天是在切割竹荚鱼，准备撒在A馆的水槽里。我和芝浦先生九点四十分到了饲料准备室之后，就一直在那里。芝浦先生说他忘了带笔记本，中间回了一趟二楼，不过十点多一点就回来了。”

“原来饲料是饲养员负责制作的呀。十点多一点，准确地说是什么时候呢？”

“嗯……我看了表……但是忘记准确时间了。不过，我觉得一定没到十点零五分。”

他的证词与和泉相同。

“那么十点零七分——案发的时候……”

“我们俩在饲料准备室。我们听见馆长的叫声，不知道发生了什么事，就赶往二楼了。”

“嗯……”

仙堂思考的时候，大矶依然面无表情，一动不动。

看来雨宫的死并没有给他太大冲击。

“对，我确实去二楼男子更衣室取笔记本了。”

芝浦德郎尽管试图掩饰他不稳定的情绪，但是没有成功。虽然语气平缓，刻满皱纹的脸庞上却露出了狼狈的神色，瘦骨嶙峋的右手似乎想要克制住紧张，用力拽着另一只手的手腕。

“我负责淡水鱼，总是把饲养过程中留意到的事情记在笔记本上。准备饲料的时候要在值班表上填写姓名和时间，我正要掏出笔来填写，却发现笔和笔记本一股脑儿都忘带了。虽然大矶也带着笔，不取也没关系，但是我发现后还是想顺便把笔记本也取来。”

“你没去饲养员室，而是去了更衣室，对吧？”

“我不记得自己在饲养员室见过笔记本，所以猜想自己是不是忘在更衣室没拿……这、这有什么问题吗？”

老人探过身子，看上去眼泪都要掉下来了。仙堂连忙说道：“没有没有，没关系。只是据大矶说，你在更衣室里待了大概二十分钟，虽然更衣室里确实乱糟糟的，但是取个笔记本需要花那么长时间吗？”

“笔记本塞在包里最靠内的口袋里了，我花了大约十分钟才找到它。在这过程中我曾经到走廊上问了一声，或许有人还记得吧。”

“哦，五十分的时候吧？报社社员和馆长作证时说过。不过还剩下十分钟呢，你是溜号了？”

“呵呵，像津先生那样？”

芝浦的脸色终于好转。看来津是个溜号的惯犯，不仅是今天。

“唉，到了这个年纪，确实容易感到疲倦啊。虽然有这方面的原因，但是我更担心的是，大矶一个人能不能胜任。”

“……这是什么意思呢？”

“他今年刚来，还是个研修生呢。他在工作时通常会和其他饲养员共同行动。但是我想差不多也到火候了，所以……”

“你故意在更衣室里待了很久。就你一个人？”

“是的，就我一个人……这样会有问题？”

他又一次把脸凑近。这回轮到仙堂哭笑不得。

“不是，不是说这样会有问题……我们只是在意原因而已。比这个更重要的，是你什么时候回的饲养员室？”

“哦，十点零三分。我看了钟之后记在了值班表上，不会有错。对了，从更衣室出来的时候，我在走廊上跟和泉、水原还打过招呼。”

“是，这个我们听说了。原来是十点零三分呀……”

“我对大矶也放心啦，他工作干得很好。”

这位亲切关怀下属的老饲养员结束了他的发言。

* * *

“因此，从十点零三分开始，这边的两位一直在一起。”

他在一楼便门旁边的饲料准备室写下了“芝浦”“大矶”，说道：“所以，这两个人也有不在场证明，不可能作案。”

“是……这样。”

“无法否认啊。”

袴田在这里又画上一个叉。刑警变得有些不痛快。

——芝浦、大矶，排除。

十一个人中排除了八个。

“嗯……下一个是饲料准备室旁边的医务室。饲养员代田桥干夫和兽医绿川光彦在这里。不过代田桥快到四十五分的时候还在饲养员室——”

* * *

“我可没杀人！”

代田桥一进房间就宣称道。在仙堂尚未开始提问之前。

“反正你们都认为是我干的咯！我可没杀人，冤枉！”

“没有人这么想啊，你先坐下。”

习惯于这种歇斯底里的仙堂应对从容。代田桥一边嘟囔着“这是诬陷”，一边把巨大的身体沉入钢架椅上。据说他是负责热带鱼的饲养员，这从他的大汉外表看来难以想象。

“代田桥先生，你在九点四十分多一点离开了饲养员室，对吧？”

“对，我去一楼水槽喂食。鲨鱼旁边的水槽养的是蓝线雀。”

“好像你当时是从雨宫消失的那道门进入饲养员工作区

的吧？”

“你看，这不就是在怀疑我吗？”

代田桥喊叫起来。

“不是在怀疑你，我们只是想知道原因。”

“没什么原因……我总是这样从饲养员室去B6而已。这样走比从走廊楼梯下去更快。”

“B6是你负责的水槽吧？饲养员工作区里的确设有通往一楼的楼梯。”

“没错吧？所以这案子跟我没关系，冤枉冤枉！”

“你要总这么说，反倒遭人怀疑呢。”

这句话效果绝佳。代田桥立刻闭上嘴，发出的声音就像是喘不上气来似的。然而他愁眉苦脸的样子愈发可怕。

“喂食到几点结束？”

“不到十点就结束了……大概九点五十五分吧。我记不清了。”

“那时候雨宫应该还在水槽上方。你留意到什么了吗？”

“在一楼看不到水槽上方呀，搞不清。也没听见声音。”

袴田一面记录证词，一面回忆刚才的现场取证。的确，因为类似于冰箱的机械声产生回声，所以很难听见远处的声音。

“那么，在你喂食的过程中，也没有人下到一楼来吗？”

“那当然了。”

“哦……你刚从门口进来的时候，肯定经过了鲨鱼水槽前面吧？那时候留意到什么了吗？比如和平常不一样的地方。”

“我说过了，我根本没注意。鲨鱼水槽的情况你们问深元先生吧。他是负责鲨鱼的。”

“我们想要了解案发前一秒的情况……没有留意到什么，是不是意味着和平常情况一样呢？”

仙堂自言自语地说完这话，十指交叉放在膝上。

“接下来的事情我希望你能仔细回忆一下。十点以后你在什么地方，做了什么？”

“我喂完食之后，到医务室找兽医说话去了。新馆的小丑鱼得了传染病，我找他商量对策。”

“直到发生了案件为止，你一直在那里？”

“对啊。真是吓一跳啊，突然听见馆长大喊大叫……我说的都是真的。你们要是觉得我说谎，就去问绿川医生。”

好了伤疤忘了疼，他又开始喋喋不休。“那就这样。”——仙堂强行结束了对话。

绿川光彦的眼睛与他瘦削的下巴很般配，是位留给人知性印象的男士。既然是兽医，他一袭白衣应该很好，但是他也穿着深蓝色T恤，装扮极为随意。

“快到九点四十分的时候我去了下面的医务室，然后就一直在那里。我在重新翻看以前的病例。”

他语气平淡地作证，看来对此不太感兴趣。

“没有和任何人见面，一直一个人吗？”

“基本是这样。进这栋楼的时候碰上了绫濑，还有就是快到十点时，代田桥到房间来了。”

“快到十点。准确时间你还记得吗？”

绿川用手指抬抬眼镜：“大概九点……五十七分吧。我们开始说话没多久，我看了一眼手表确认过，正好十点。”

他和水原一样，指着黄色表带的手表说道。

“然后直到十点零七分……？”

“对。”

简短的回答讲述了整个故事。

这两个人也——

* * *

“这两个人也有不在场证明。他们从快到十点开始一直在医务室说话，直到十点零七分。也就是说，他们不可能把雨宫推下去。”

袴田在医务室里写的“代田桥”“绿川”上面打上叉。因为他太过用力，叉画得有点歪。

“……到此为止，没有问题吧？”

“嗯，对，既然已经有了证词……”

“没办法啊。”

吾妻和仙堂的脸色终于开始变得苍白。

——代田桥、绿川，排除。

袴田手指颤抖着翻到下一页。

“嗯，她从九点四十分左右开始打扫后院的走廊。从二楼西侧女子更衣室前面开始——”

* * *

“我、我从更衣室的前面开始，打扫到楼梯，接着从楼梯往下……”

仁科穗波个子矮矮的，脸上还残留着稚嫩。她在刑警面前表现得十分害怕，仙堂不由得态度柔和起来。

“你一直在打扫走廊和楼梯？”

“是，是的。”

“有人和你擦肩而过吗？”

“在、在擦二楼走廊的时候，水原、泷野和我擦肩而过。我还看见馆长和报社的人下楼……还，还有，开始打扫楼梯，到达一楼的时候，看见芝浦从二楼……”

袴田把她拘谨生硬的证词逐一记录下来。估计她打扫完西侧走廊，进入楼梯间是在九点五十五分左右，到达一楼是在十点多一点吧。

向她一确认，她果然用几乎听不见的声音说：“我觉得是这样的。”

“那么接下来和芝浦擦肩而过后呢？”

“……我沿着一楼走廊，一直打扫到展示区一侧的便门……但是，我才刚打扫了一小段，就听见展示区那边吵吵嚷嚷的，而且馆长也喊叫着回来了。”

“这是因为发生了案件。在此期间你遇到过谁吗？”

“……没有，在此期间没有遇到任何人……”

穗波低下头去。仙堂趁机得意地与袴田相视一笑。

案发瞬间，她独自一人。如果只是从二楼下到楼梯前且动作迅速的话，在尸体落下到馆长冲进便门之前的短暂时间内完全来得及。Bingo。

仙堂打算加强攻势，向穗波探出身去。

“打扰一下！”

门开了，吾妻挤了进来。他在县警局这对搭档耳边悄声做了个汇报。这个汇报时间点踩得特别准，同时也特别糟糕。

“警卫室的搜查员刚才联系我说……摄像头拍下了她。”

"什么？"

"整个走廊都在摄像头的视野范围内，影像里一直能看见她的身影。从十点零三分到十点零七分……"

仙堂的行动非常迅速。他让穗波暂时回房间，然后立刻去了新馆的警卫室，亲眼确认了录像内容。

如同汇报的那样，走廊位于通往外侧的便门和通往展示区的便门中间，把这两个摄像头的影像结合起来，就可以看到从楼梯到仓库、设备间，以及一楼西侧走廊的全部区域。五十分时馆长与报社成员离开展示区、芝浦十点零三分下楼前往饲料准备室的影像都记录完好。而且——

* * *

"摄像头拍下了仁科穗波的身影。"

袴田在一楼西侧走廊的位置写下"仁科"。

"十点零三分，她和下楼来的芝浦几乎同时到达一楼。当她打扫走廊来到通往展示区的便门时，馆长返回。她的行动全部记录在影像当中。"

然后，他朝水性笔的笔尖呼了口气——就像叹气一样，说道："也就是说，她具备强有力的不在场证明。她不可能行凶。"

他打下了最后一个叉。

仁科穗波，排除。

"……"

无论是仙堂还是吾妻，都没有开口。无法开口。他们只是一动不动地凝视着标注在示意图上的嫌疑人姓名。

办公室的船见、津、绫濑、和泉。

二楼西侧走廊的水原和泷野。

饲料准备室的芝浦和大矶。

医务室的代田桥和绿川。

还有走廊摄像头里拍到的仁科穗波。

袴田合上笔记本，总结了不在场证明的调查结果。

“基于以上情况，嫌疑人中有条件行凶的……一个人也没有。”

不可能发生的事，发生了。

仙堂和袴田目不转睛地盯着巨大的亚克力水槽。

指示牌上写着“柠檬鲨”，但如今水槽内侧已经见不到它的身影了。只有黑漆漆的水向远处无限延伸。刑警内心也如同水槽一样浑浊而又空虚。

所有嫌疑人在案发瞬间都和其他人在一起，或是被摄像头拍下，具备不在场证明。也就是说——

“果然还是自杀？”

“这是不可能的。凶器的位置、离开现场的脚印，还有带血的拖布，谋杀的证据太多了。”

回应袴田的不是仙堂，而是他身后的吾妻。

“是啊……假如这样，那就是有人串通一气作了伪证。也就是说，存在共犯。”

“要说共犯，最可疑的就是兽医和代田桥这一对。这两个人从九点五十分到十点零七分之间就没有被其他人看到过。”

“是的。不可能办公室的四个人全都是共犯，打零工的仁科又有摄像头的证据，剩下的三组中他们最……”

“你们看了现场，还打心底里认为这起案子是多人犯罪吗？”

仙堂头也不回地甩过来这句话。

“这个，这个嘛……”

如果依赖于所谓“刑警的直觉”，袴田也认为这是单独作案，尽管他调到这里还不到三年，直觉尚不成熟。要说证据，首先是离开现场的脚印只属于一个人。另外，把受害者推入鲨鱼水槽，也是个人感情忽隐忽现的表现，体现出凶手对犯罪乐在其中。

“但是，如果是独立作案，不在场证明的问题又如何解释？这简直就是不可能完成的谋杀！”

“……馆长等人目击的，只是雨宫落入水槽的身影，并没有直接看到有人将他推落。或许凶手当时早就从现场离开了。”

“尸体怎么能自己落入水槽呢？”

“如果他还活着呢？”

仙堂向前迈出几步，靠近水槽，摩挲着亚克力的表面。

“凶手割断脖子逃跑之后，雨宫还活着。他在狭窄的通道上挣扎，偶然落入了水槽。”

“有道理……不对，”袴田觉得在理，但想象一番后，又不得不摇摇头说，“不一定。虽然通道狭窄，但是开口处的宽度更小。而且受害者有可能匍匐在地上，怎么挣扎都难以偶然地从那里掉下去……”

“还有，如果他有力气挣扎，落入水中后，也应该活动手脚才对……哦，抱歉。”

吾妻似乎开口反驳之后才意识到自己的失礼，向仙堂毕恭毕敬地低下头。

“不过警部，凶手早就逃跑这一观点或许是正确的。这样的话，十点零七分时的不在场证明就失去意义了。这种情况下，在十点零三分回到饲料准备室之前，位于男更衣室的芝浦就变得可疑了，那个房间距离饲养员工作区的门很近。”

“这倒不一定。走廊里的门全都关着。因此，任何人都有可能在不被人注意的情况下进入那道门。即使从一楼出发，如果使用东侧楼梯也能上到二楼来。”

“……这样一来就没有线索了，”吾妻挠挠满头鬈发，接着说，“唉，别提有没有线索的问题了，从根本上讲，如果凶手已经离开现场，如何从远处把尸体推下去就是个谜。”

“远处……对了，用机械装置之类的进行远程操作……啊！”

袴田原本只是随口一说，却因此想到了什么。他回身对矶子警署的刑警说：“吾妻警官，饲养员工作区的天花板上有一个类似于起重机的机械装置吧？”

“哦，那是轻便起重机。用来搬鱼的……哦，我先说一下，那东西是无法用来推落尸体的。”

袴田还没来得及宣布自己的看法，就被否定了。

“因为它完全是用电脑控制的。把鲨鱼搬运到卡车上的时候我顺便查了历史记录，案发前后它完全没有运转过。”

“不、不对呀……”

袴田很沮丧。就算是这样，吾妻刑警对自己的反驳也太不留情面，完全是差别化对待。

难道就没有什么办法？推落尸体的办法。从水族馆的后院把尸体推落到水槽的办法——

“……有了，是冰！”

“水”这个字让他灵光一现。短暂的沮丧之后，袴田又大声叫道："马道上遍地是水，对吧？那会不会是为了掩盖融化的冰块呢？也就是说，用冰块来固定尸体……不行不行。对了，事先把门冻上，再把尸体靠在上面，随着时间过去，它会自己……掉下去……"

说着说着，他的音量逐渐减弱，连自己听着都觉得傻乎乎的。

"在这样的炎夏，如何才能制作出足以支撑尸体的冰块？即使可以做到，雨宫在饲养员工作区待了足足十七分钟。这么多冰十分钟能完全融化吗？"

"您说得对，对不起。"

袴田冲着仙堂的后背低下了头。

"这么看来，还是存在共犯啊。"

"要不然就是还有其他方法……"

他和吾妻友好合作，却依然没有找到答案。

就在他们苦苦思索之际，搜查员从旁边的工作区出来，向他们三人微微敬礼后说道："不行啊。我们把整个饲养员工作区，包括一楼、二楼的所有角落都查了个遍，但是没有发现任何可疑的东西。除了事先扣留的东西之外，连血液反应都没查到一个。"

这是接踵而至的失望，虽然大半已在意料之中。袴田尽管灰心丧气，但仍然事务性地把这一结果记在了笔记本上。整张纸全是鉴定人员的汇报内容。

【水桶】桶内侧的下半部分出现了较弱的鲁米诺反应，估计是水里混杂的鲜血留在了桶内。但是，除了这里和实际上还残留着鲜血的桶底，其他部分没有检测出任何血液。关于桶底的缝隙，实际装上水步行后，确实有水一点点渗出，留下了和脚印旁边完全相同的水滴。

在桶把手上检出了负责鲨鱼的饲养员深元的指纹。但是他案发时在新馆，所以不可能行凶。除此之外，把手上还发现了戴着橡胶手套抓握的痕迹。

【拖布】除了附着有鲜血的捻线部分之外，没有检验出血液。和水桶一样，指纹也只有深元一个人的，握柄上留有戴着橡胶手套抓握的痕迹。

【橡胶手套】两只手套的指尖都出现鲁米诺反应，左手指尖尤其明显。因为手套被扔在水中，所以未能在内侧检测出指纹。

【橡胶长靴】除了带血的鞋底之外，什么都没有检测出来。因为这是共用物品，所以极难判断出最后一个穿鞋的人是谁。

【嫌疑人携带的东西】全体人员服装轻薄，因此从衣兜里只找到手机、钱包、笔记本。代田桥拿着水桶，打工的仁科带着拖布。此外，西侧楼梯角落里放着仁科使用过的拖布甩干器，这些物品上没有检测出任何东西。每个房间也都检查了一遍，但是没有发现和案件相关的东西。

【照相机】九点五十分到十点零七分之间，没有发现馆长、报社之外的其他人员出入后院。搬运口及外部没有异常情况。没发现有人出入一楼西侧走廊的设备间，也没有人下楼去地下的过滤水槽。

【B 栋之外】出于慎重起见进行了搜查，但是没有任何发现。

还有一份新报告。

【饲养员工作区内的物品】除了拖布等没收的东西之外，一楼和二楼的工作区里都没有发现可疑物品。

——总之，“彻底钻进死胡同了……”

说到新的发现，也就只是水桶和手套上都存在鲁米诺反应——这意味着，有鲜血附着的痕迹。除此之外，净是“没有”“不明”“没有发现”，完全没有可供锁定凶手的信息。

袴田啪的一声用力合上笔记本，像是要赶走自己的焦躁。明明应该是起简单的案子，可现在鱼子酱也好，鱼翅也好，都远得没影了。

“仙堂警官，怎么办？要问问其他工作人员吗，还是先回一趟矶子警署的搜查总部……”

“袴田，”仙堂背对着他平静地说，“你还记得我教你的第一个心得吗？”

“……嗯，我记得，‘要把破案放在第一位’。”

这是成为仙堂的下属之后，袴田学到的第一句话。五分钟吃完饭。忍着别泡澡。不要回家。在椅子上睡觉。这些内容一点都不像二十一世纪的教诲，但袴田还是作为一种思想准备，全都记在了笔记本的第一页。

“既然把破案放在第一位，就不要把时间浪费在这里说话了。要是有共犯也就罢了，如果是单独作案，就必须搞清凶手要了些什么小伎俩。”

“是，是啊。”

即使找到了这个单独作案的人，一旦他拿出自己的不在场证明，也无法逮捕他。

“必须尽快找到答案，即便采取强势的手段……对了，既然相关人员已经牵扯进来，这种情况下再多叫一个人来问问恐怕也一样。如果是那家伙，没准儿……”

仙堂面朝黑漆漆而压抑的水槽，自言自语道。

“牵扯进来的相关人员”“那家伙”——这种称呼方法让袴田产生了不祥的预感。

“我说，仙堂警官，您不会……”

“哦，对了，”这时，仙堂第一次转过头来说道，“我知道一个人，那家伙应该擅长解决这种问题。”

听上去仙堂已经把宝押在了他身上，然而脸上却露出了发自内心的不乐意。

*

啾！吭！哇！

鞋底摩擦地板的声音与激烈扣杀的声音，和风之丘的欢呼声同时带来了回声。

佐川队长完胜绯天的二年级学生。

“佐川同学真厉害！进决赛啦，决赛！”

依然沉浸在兴奋中的柚乃第一个跑到擦着汗归来的队长身边。淘汰赛掐着时间顺利进行，刚刚结束的是半决赛的第一场。这样一来，队长进入决赛就是板上钉钉的事了。

“谢谢！姑且算是报了绯天的一箭之仇。”

“四分之一决赛时的对手不也是绯天的吗？何止是一箭之仇啊！这样下去决赛也……啊，可是决赛的话……”

“哎呀哎呀，恭喜！”

身着绯天队服的忍切蝶子双手叉在腰间走了过来。接下来她要打半决赛，但是一点都没有紧张的样子。

“你顺利进决赛了对吧？我很期待和你较量哦！”

“……还不知道呢。忍切同学，说不定你会在下一场比赛中输给小峰同学呢。”

“唐岸的队长？怎么可能呀，我闭着眼睛也能赢她！”

可怕的是，她的语气听上去一点都不像在开玩笑。

接着，忍切弯下腰，仰着头瞅着佐川说：“……咦？你在生气？”

“你过来一下。”

佐川忽然抱住柚乃的肩膀，把她拉近自己，她不由得“哇”地大叫了一声，感到自己的脸颊撞在佐川胸口上，佐川凛然的侧脸近在眼前。

“忍切同学，你和袴田比赛的时候放水了吧？我在其他球台看着你们呢。”

全、全被她看在眼里了……

“讨厌。这是因为她让我‘手下留情’呀。”

“那又如何？哪有人会当真呀。忍切同学，你的实力要赢她确实绰绰有余，但是，净回些慢吞吞的球，还得意扬扬地掐时间。我认为你这是在侮辱对手。”

忍切没有反驳，只是耸耸肩。佐川接着说：

“我虽然尊敬你，但是不喜欢你这一点。”

她说话直截了当。

“……这句话我原封不动地还给你。”

忍切说完这话华丽地转过身，向球台走去。唐岸的队长已经在那里等待。她没有受到打击，甚至在她转身之前，嘴角还露出了十分欣喜的笑容。

柚乃还在茫茫然发呆，感觉扶住她肩膀的佐川队长加大了手上的力道：“袴田，我决定替你报仇雪恨，包在我身上了！”

“啊，不用不用。我也没觉得……”

就算她否定，佐川也没有听。佐川已经一脸严肃地离开了。与佐川擦肩而过来到柚乃身边的早苗，说出了柚乃的心声：“真是火上浇油啊。”

“唉，报不报仇倒无所谓……不，我当然希望队长赢。”

就在她叹气的那一瞬间，一个念头掠过脑海——

如果忍切真是彻底小看自己，会在赛后表扬自己打得好吗？会给自己提建议吗？

那时候。临战前，佐川来给柚乃助威，忍切应该也听见了。难道忍切注意到队长在看比赛，所以为了激怒她而故意放水？

忍切说过，和难对付的对手比赛，是很好的训练。

那么，激怒对手，让对方憎恨自己，和最合不来的对手在最糟糕的状态下交手，就会更加——

“……不，这是不可能的。”

“你说什么？”

“哦，没有，没什么。比起这个，更重要的是吃饭，吃午饭。”

柚乃把这个想法赶到九霄云外，向自己放在墙边的背包走去。实际上她已经饥肠辘辘了。时间已经过了一点。

因为体育馆里禁止饮食，所以她拿着包直接向室外走去。在这期间，她屡次听到欢呼声在身后响起。大概是忍切在与唐岸队长的比赛中占据了绝对优势吧。如果有可能，她也想好好观看这场比赛。但是最重要的是接下来的决赛。她必须养精蓄锐，否则没有足够的力气来声援。

走出体育馆，密闭空间里的炎热缓解了几分，但是太阳光又太过强烈。她和早苗在阴凉的走廊里坐下，取出在便利店买的午饭。

“哦，柚乃，7-11 的三明治呀，什么馅儿的？”

“炸鸡排。”

“炸鸡排？哦，因为打比赛，所以你想求个好彩头？你真是个浪漫主义者呀。”①

“不是，没这回事儿。”

“炸鸡排，好彩头！”

“不是！不是因为这个。其他的都卖光了，没办法，只好……”

就在她俩不着边际瞎扯的时候，包里响起了手机的震动声。手机显示来了一条邮件。

柚乃一边嚼着炸鸡排三明治，一边随意地打开手机查看邮箱。是“袴田优作”发来的。

“……大中午的，什么事呀？”

没有标题。她打开一看，哥哥用电报一般简练的文字如此写道——

“丸美水族馆发生谋杀案，请速联系里染天马。”

---

① 炸鸡排在日语里的发音和“赢”的发音相似。

第三章　侦探驾到，厘清不在场证明

1　我乞求妹妹帮忙

六月末发生在老体育馆的案子。

广播站站长被杀害于处在密室状态的舞台。警察怀疑当时身处馆内的佐川队长。柚乃为了洗清她的嫌疑四处奔走，最终找到一名学生。

他就是里染天马。

现在想想，当时的行为真是既冒失又莽撞。尽管他是全年级第一，但是再怎么说也只是个高中生，怎么可能智胜警察呢？而且实际见到的里染又是那样一副狼狈相，第一眼就让人觉得极端不靠谱。不，不光是第一眼，说实话直到现在也觉得难以置信——

他不仅轻而易举洗清了队长的嫌疑，还一鼓作气花了大约两天时间就找到凶手破了案。

“就算是这样，你又为什么来找我呢？”

柚乃嘴里抱怨着哥哥，身体却已冲向文化部活动楼。决赛即将开始，柚乃真不想离开赛场，但是她对“丸美水族馆”这个地方放不下心来。今天，香织他们报社的人应该正在那里采访。难道她们也被卷进去了？

上次来到百人一首研究会是在两天前，当时还上演了一幕有关收拾房间的闹剧。柚乃敲了敲门，但是一如既往没人应声。她掏出配的钥匙打开了门。

“里染同学，我找你有点事……哇！”

突然向她袭来的，是设定为十六度的空调冷气——不，是湿气和热气，比刚刚离开的体育馆还要闷热，甚至房间里的风景都在摇曳。

“这，这是怎么回事？喂，里染？”

她走进房间。屋里岂止是没有收拾，甚至比两天前还要乱糟糟。原本堆积成山的漫画和 DVD 都垮了，完全看不见地面。

里染躺在放在老地方的床上。不，是倒在床上。

“里、里染同学，你没事吧……？”

柚乃战战兢兢地靠近他。里染只穿着一件 T 恤，露着肚脐眼，至于下半身，则只穿着一条内裤，毛毯滑落在床边。他汗流满面，嘴巴像死人一样半张着，时不时地发出“呜，呜呜”的呻吟声。从整体上看，他令人不忍直视。总之，他处于一种危险状态。

枕边放着手机。不知他什么时候换了个新的，是最新款式的智能手机。因为上面有未接电话的显示，所以柚乃顾不上失礼，打开一看，有五个来自“袴田优作”的未接电话。哥哥联系自己，原来是因为打他本人的电话完全没有反应。

“水，水……水，水……”

里染嘴里出现了“呜呜”以外的单词。估计他是在要水喝。

柚乃打开冰箱一看，里面只有豆酱和果酱。没办法，她只好拿出自己喝了一半的运动饮料。里染用他颤抖的手夺过饮料，躺在床上熟练地喝了下去。这对柚乃来说是十分宝贵的水分，却被他一饮而尽。

“我，我以为我要死啦……”

当他把塑料瓶从嘴边挪开，才终于缓过劲来，脸上又有了生气。

“里染同学，你怎么了？房间里怎么这么热啊？”

“这不都怪你吗？袴田妹子……”里染怒目而视，“因为你把遥控器扔了……”

“啊？还没找到？”

“不，找到了找到了。我把漫画扒开找到的。”

如果可以，请你不要扒开漫画，而是把它们收拾好。

“不过，遥控器坏了，按键不管用了……”

“啊？”

“才扔一次怎么就坏了呢？你是人造人哈凯达呀？是什么颜色？黑色的？银色的？托你的福，这个房间成了灼热地狱……烈焰中的两天哦。混账……”

虽然听不太懂，但是大概能明白，柚乃把空调遥控器扔坏了。

“可是，你为什么紧闭门窗呢？打开窗户的话……”

“傻瓜，长期开窗不就暴露了吗？”

“哦……”

原来开空调是有原因的啊。现在柚乃终于理解了这一点。

“我，我没注意。真抱歉。可，可是，里染同学住在这里本来就很奇怪……为什么要住在这里啊？”

“别再说了。你别管我了。我不想浪费不必要的体力……”

里染换了个姿势，冲着其他地方。

“那个，外面比这里凉快哦。你可以去车站对面的图书馆呀，那里的空调很管用哦。”

“不去。”

“为什么？”

“麻烦。”

“……”

柚乃的歉意顿时消失。看来他并非处于生死存亡之间。

“你和平时根本没什么两样嘛。哦，对了。”

柚乃想起了她来这里的本来目的。她把情况告诉里染，他果然没有注意到哥哥打来的电话。

“情况就是这样，现在立刻就去水族馆吧。”

“……不去。”

“为什么……不会也是因为嫌麻烦吧？”

“就我现在的状态，难道还愿意动弹？”

“呜呜”——他又开始呻吟。柚乃还记得两天前他曾发火说，不要因为嫌麻烦就泄密，她真想还他一句：你别因为嫌麻烦就拒绝警察的请求。

“香织可能也和案子有关哦。”

“估计是有关系。这么快就联系我，应该也是因为这个。”

“那你就更应该去了！”

“但是，警察不可能请求受到怀疑的相关人员帮忙。因为我有可能故意朝着对香织有利的方向进行推理。如果她被杀害，或是受了伤，在联系你的时候也一定会写在邮件里。但是没有这种内容。也就是说，她只是和上次的你一样，目击到了受害人而已。我就是这么感觉的。”

尽管他仍然躺着，仍然冲着墙壁，声音里仍然没有生气，但是他的推测很有说服力。

“所以不用担心。”

“可，可是……”

柚乃的反驳被再次响起的震动声掩盖。手机上显示着“袴田优作”。但是这次不是邮件，而是电话。

“喂？”

“喂？柚乃，你看到邮件了吗？”

“看到了。里染同学现在就在我面前。”

“啊，太好了！你让他接电话。”

看来哥哥认定只要联系上里染，他就一定会去，虽然这个人不是那么好说话的。柚乃在心底发着牢骚，把手机不由分说地塞进眼前这个吊儿郎当的男人手中。他勉勉强强地接过电话说道：“喂，哥哥？你好，我是里染。对……嗯，我是不是生病了？是啊，我刚刚经历了两天烈焰的考验，可能受到了孢子的影响。”

他的声音听上去就像濒临死亡，大概哥哥在询问他的身体状况。

“嗯。对……我听说了。香织呢？哦，果然在呢。她是目击者吧？没有，这点事情我还是清楚的。啊？嗯。对……哎呀，我是非常想去呀，但是人类已经进入漫长的衰老期……啊？我是说，人类就是我呀。我就等于人类。总之，这次我就不去了……对，是的，我去不了。人类衰弱了。啊？或许是这样，但是我也要看心情呀。对，对……”

里染东扯一句西扯一句，拿着别人的手机说了那么久，结果还是来了一句“真抱歉啊”，把手机还给了柚乃。

“喂，喂，你等等，里染同学！里染！你回答！”

哥哥的声音无比狼狈。

“是我。”

“柚乃啊，怎么回事啊？他为什么不愿意？我都说了会给他报酬的。”

“不知道，可能是因为又热又麻烦吧。”

“因为麻烦？开什么玩笑！”

“嗯，你这种心情我太懂啦！”

柚乃充满同情地屡次表示理解。

“你听好了，我们也很为难。你就担起责任把他带来吧，拜托你了！”

“啊？为什么非要我去呀？我现在正在参加球队活动……”

“那边现在只有你一个人啊。拜托你了！不，拜托你！求你了！”

“啊——”

柚乃呻吟道，就像刚才的里染。她原以为自己只是个联络人，没想到卷进了意想不到的麻烦之中。她姑且把手机从耳边挪开，劝说起里染来：“里染同学，就答应他们吧。你看，前两天你不是还在发愁远走高飞的军费吗？”

“什么远走高飞啊，是夏季同人展销会。你当我是凶手啊……我还有钱呢。就算有更多进项也买不起 Staff Book。”

“什么……”

这可怎么办才好啊？

不管她多想满足哥哥的要求，但是要让这个无用之人行动起来，依靠通常的做法还真是行不通。六月的案子也是在这一点上煞费苦心。不过从结果上来看，答应替他承担生活费（应该说是花在爱好上的开销）就行，条件极其简单。而这次他却说自己不缺钱……

柚乃环视整个房间，心里盘算着有没有什么合适的交易可做——仅仅五秒钟她就有了发现。

“这个房间的空调，你打算怎么换？”

“遥控器不是坏了吗？空调本身也旧了。不过，如果你随便叫个修空调的来换就会被学校发现呀。所以，对，必须有人暗中设法解决……”

里染一直处于慵懒状态的身体突然出现了短暂的僵硬。

他像坏了的发条人偶一样，缓慢地再次恢复仰躺的姿势，把胳膊朝这边伸过来，柚乃把仍然处于通话状态的手机递给他。

“喂，哥哥？……好，我去。”

他仰视着外表已经发黄的空调作出了承诺。

“太容易了……”

柚乃在他身边吃惊地低叹道。不，在这种情况下倒是帮了她大忙。

“不过，我有三个条件。首先，请给我十万日元作为报酬。啊？对，涨价了。广告里不是常说，创刊号有特别优惠……对，当然可以等到有成果之后再付款。还有，我房间的空调被哈凯达弄坏了，正好想换个最新款的。请你找人安装一下，不要被学校知道了。费用当然由你们承担……哦，是的是的，我会拿出成果的。是吧？谢谢。”

里染躺在床上蛮横地和对方谈判，然后继续说道：

“还有，去你们那边太麻烦，请派辆车来接我吧。不要挂警车标志的车哦……对，对。麻烦你派辆冷气管用的车来。”

2 时速九十公里的推理

三十分钟之后，两个人坐在一辆没有警车标志的警车后座上，行驶在首都高速公路上。里染盘着腿，姿态放松，而柚乃则抱着脑袋。

“怎么，怎么会搞成这样啊……”

让他答应下来是件好事，但是接下来把里染拉到室外可真是大费周折。

一开始他就不愿意下床，而且还躺着不动。柚乃劝他无论怎样先穿好衣服时，他回答：“你从那边给我随便找两件。”随便找来衬衫和裤子之后，他又说：“你帮我穿上！”柚乃不由分说把他推下床，时而踢踹他的背部，时而抓住他衣服的前襟，好不容易把他搬运到阳光下。这时，县警的车已经在北门等候了。

就像把大型垃圾交给回收人员一样，与他就此告别恐怕再好不过。然而，里染嘴里还在发出“呜呜”声，柚乃一旦松手，似乎他就会瘫倒在地上，而且，即使就此让警车将他带去水族馆，恐怕他也不会好好干活。

佐川队长的决赛，即便自己不在也有很多啦啦队。而里染现在却孤身一人。而且，归根究底，他之所以衰弱，扔掉遥控器的自己也是有责任的——

这样的想法掠过脑海，不知是奇怪的责任感，还是母性本能，又或是关照之心使然，柚乃缓过神来，发现自己也一起上了车。

然后，汽车发动才一分钟，柚乃就感到无比后悔。

“……”

她充满怨气地看了一眼里染。他穿着冷色系的格子衬衫和七分工装裤，脚蹬拖鞋，装扮凉爽（柚乃酌情搭配了一下）。一手拿着可乐，一手玩着手机，刚才的模样早被他抛在脑后了。

原来，里染受不了的只是炎热，被车内的冷气一吹，他立刻活力四射。他伸着大懒腰，把脖子转得噼啪直响，不断地说：“哎呀，这就对了，复活复活！”中途还让司机停车去了趟便利店。

“你吃炸猪排一类的东西了？”他忽然问。

“对，中午吃了炸鸡排三明治。有味儿吗？”

“不是，你嘴角好像粘着面包糠……哦，是那个吧，因为有比赛，所以要讨个好彩头，赢得比赛。”

“不，不是的。”

“正因为发音相同，所以讨个吉利吧？”

“哼，你们都这样……”

柚乃往前凑凑，借着后视镜把嘴边的面包糠擦掉。她与司机的视线在后视镜里交汇。那是个年轻男子，就像西装店广告里的人物，他说自己是县警搜查一科的羽取。哥哥之前说“终于来了个比我小的师弟”，估计就是他了。

羽取始终显得很焦躁，眼下注视柚乃的眼里也充满了不信任的神色。这也难怪。被派去接两个来历不明的高中生，一个穿着乒乓球服，另一个还提出要求说：“我要买饮料，请顺道去趟便利店。”他在开车之前还很不情愿地嘟哝说：“为什么要我干这种活儿啊？”

（羽取警官，我猜得到你的心思。不过我也在想同样的问题——为什么事情就发展成这样了呢？）

“说到比赛，你中途走掉没问题吧？”

“为什么”的元凶悠闲地问道。

“走掉当然不好啦！不过，我下午没比赛，也跟早苗联系过了。”

“嘿，你明明没有必要来的，真是个好事的家伙。”

“这，这不都怪你吗……”

就在柚乃想要一拳砸扁这张相貌周整的侧脸时，手机又开始震动。

说曹操曹操到，是早苗。

“喂，早苗？抱歉啊，看来我回不去了。嗯，你帮我跟佐川队长说一声……啊，对了，比赛战况如何？决赛是和忍切同学打的？嗯……嗯，怎么样？啊？……唉，这样啊，果然还是输了呀。”

柚乃有些沮丧，队长还是敌不过关东第一啊。

但是，接下来的汇报又挽回了她的灰心。

“啊？赢了一局？最后一局只差三分？太厉害啦！不愧是佐川队长！”

激烈胶着的比赛，差一点就赢了。柚乃忘记自己和早苗还隔着电话，她欢欣雀跃。

“是吗？嗯……嗯。好，庆功会我能去一定去。下午你要努力当好啦啦队哦！嗯……啊？我这边？这边还不知道。”

“这边没问题。”里染好像在听她们说话，插嘴说道。

“……你听见了？就是呀。嗯，那就先这样……啊？……什么？不是，没这回事。你在说什么呀？”

因为早苗开始笑话她，所以柚乃红着脸挂了电话。她看看里染，发现他并不在意，便放下心来。

接下来的片刻，时速九十公里的疾驰声控制了整个车厢。

还是应该回体育馆啊——就在柚乃茫茫然想到这里的时候，里染开口说："你刚才说到了'忍切'。"

"……对。"

"打乒乓球的忍切，难道是忍切蝶子？"

"就是她。"

"那家伙跑到风之丘来了呀。"

"……咦？里染同学，你认识忍切同学？"

她以为这是个与体育无缘的男人。里染的目光依然落在触摸屏上，说道："认识是认识，不过关系不好，应该说是仇人。她是我全世界第三不想见的人。"

"仇人？"

佐川队长也好，里染也好，对待忍切都净用些让人不安的词汇。

"你们是什么关系呀？"

"上初中的时候，发生过……不，这事儿可不该你知道。就当我没说吧，袴田妹子。"

生硬的语气让人很不爽。

"喂，我早就想跟你说了，能不能别叫我袴田妹子啊？"

袴田也就罢了，居然叫什么袴田妹子。被外人用亲属关系来称呼让她很不适应。

"为什么啊？只叫袴田的话，就分不清是你还是你哥哥了。所以我才叫你袴田妹子。还有其他叫法吗？"

“不是，我是说……”

“妹子袴田？袴田妹妹？”

“算了。”

柚乃死心了。主动让他叫自己名字是说不出口的。要是他猛然改口叫自己柚乃也是可以的，虽然总觉得有点不好意思。

就在她为了自己这种无可奈何的心境感叹时，一串不合时宜的音符声响了起来。是来电铃声。幼稚的旋律让人怀念，似乎曾经听到过。柚乃的手机设置了静音，不是她的。

里染单手操作触摸板，接通电话说：“喂？哦，哥哥呀。三十分钟没联系了。谢谢你们来接我。对，现在在路上。”

看来是哥哥打来的电话。

“对。是的……嗯，是啊，要是能现在告诉我就太好了。我的时间也很宝贵。啊？不，别看我这样，也有很多事的……对，对。总之请赶快告诉我。光是说个谋杀案太简略了，又不是书的标题。请尽量详细地告诉我发生的情况……”

估计是哥哥想要在到达之前说明一下案子的情况。柚乃也想顺势有所了解。

里染一副嫌麻烦的样子，按下了免提。她听到了哥哥的声音：“案子发生在今天十点零七分。向坂他们和馆长正在观赏柠檬鲨的时候……”

“……呃。”

柚乃立刻后悔了。浑身是血的工作人员落入水槽，被鲨鱼吞了？这件事单是听在耳里都让人觉得恶心。可恶的鸡排三明治似乎快要涌上来。

哥哥不可能知道妹妹的难受恶心，还在继续说。

现场是水槽上方的马道，鲜血上是散乱的纸张。他还说，纸张上和马道外面留有脚印。又说，没收了拖布等几个证据。等等，等等。

当汽车下了高速驶入横须贺街道时，恶心已经被一个巨大的问号所代替。这明显是起谋杀案，也彻底锁定了嫌疑犯的范围，然而案发那一瞬间，全体人员都不可能行凶。看似简单却弄不明白的案子，难怪哥哥他们感到困惑。

"情况就是这样。我把我的想法跟你说说，供你参考……"

"不用了。对了，有现场照片吗？"

"照片？包括向坂同学拍的在内，有很多。"

"香织拍的……原来如此。那你把照片发到我的邮箱吧。"

面对这种不合规矩的要求，哥哥当然不会有良好的反应。

"不行，这可是搜查机密……不能发到个人邮箱。"

"事已至此还说什么规矩啊……明白了。那口头说明就行。请把照片上拍下的东西逐一详细说明。"

"啊？让我说？"

"让别人说也行。哦，既然是香织拍的，那让她来说恐怕最合适。能换香织听电话吗？"

"……好，我给你发。你等会儿。"

"你干吗和人唱反调呢？我等着。"

刚听到香织的名字，哥哥就轻而易举地投降了。看得出来，报社给他闹出的麻烦已经让他厌烦了。

挂上电话大概过了一分钟，又响起了来电铃声。

一串音符。

"……我好像听过，是什么曲子？"

“《山林小猎人》。”

简短地回答后，里染再次按下通话键。哥哥说：“发给你了。”

“已经收到，谢谢！”

通话设定为免提，所以不挂电话也能确认图片。里染每打开一个文件都把脸凑得离屏幕更近，柚乃也提心吊胆地探过头去看。

数据已经全部送达，最开始的几十张是极为平常的后院快照。紧跟在工作人员的样子和水槽里的鱼儿之后，突然出现一具尸体，落在鲨鱼眼前。自此，现场照片开始出现。接二连三切换而至的画面，拍的是狭窄的通道，每一张都呈现出红色。

里染的手指在马道开口处小门的照片上停了下来。一把没有合上的、锈迹斑斑的小锁，到处附着鲜血的栏杆。他重新翻看了几张图片，然后说：“嗯……我说哥哥，开口处的小门上方，是不是有老旧水管呀？”

“水管？对，有好几根呢。你为什么问这个？”

“好。那受害者的身高和体重呢？”

“身高？你等一下。”

隐约听见翻动笔记本的声音。

“一米八，六十八公斤。偏瘦啊。”

“六十八公斤啊，原来如此，原来如此……”

里染沉思片刻。马路对面出现了一块旧指路牌，上面写着“横滨丸美水族馆·前方五百米”。在阳光的照射下彻底褪色的章鱼，正在朝着行车道挥手——不，挥触手。

“我大概明白了。”

通过那块指路牌的时候，他说道。看上去不费吹灰之力。

“啊？”“啊？”“啊？”

车里响起了惊叫声，来自三个人。柚乃、电话那头的哥哥，还有驾驶座上的羽取。

“明白了？难道……”

“当然是明白了不在场证明的问题。哥哥，你们好像对是否存在共犯、是否为自杀等问题感到怀疑，不过请放心，这是单独作案，而且是显而易见的谋杀。是思虑周全的、有计划的谋杀。”

明明还没有到达现场，明明连水族馆都还没看到。在还有五百米才到达的时候，里染就已经作出了判断。

柚乃一瞧后视镜，发现羽取早把安全驾驶的意识抛到了九霄云外，他目瞪口呆，就像在说：“这怎么可能？”

3　大家好，我是里染天马

从上小学那次算起，已经八年没来了。令人怀念的丸美水族馆。

章鱼在招牌上微笑，令人浮想联翩，还和记忆中的一模一样。不过，这一带完全没有参观者的身影，而且还有两个男人已经等候在正门口，这可是记忆里不存在的新体验。

两个男人中，一个是刘海整齐、没什么特点、看上去像刚进入社会不久的青年，另一个则眼眉修长，头发花白，高高的个子给人一种威慑力。

那是哥哥袴田优作和他的上司仙堂警部。

“柚、柚、柚乃，怎么连你也跟来了？”

一看见她，哥哥就慌了神。

“怎么，不是哥哥说的吗？让我负起责任把他带来。”

“啊？哦……我是说过，不过不是这个意思啊……”

我还不想来呢——柚乃把已经到喉咙口的话咽了下去。这样只会把事情越搞越复杂。

在他们身边，命中注定的两人再次相遇。

“哎呀，一个月不见了啊，刑警先生。你就这么想念我吗？还特地给我打电话。”

“我希望尽可能不要见到你，也不想把你叫来。到死我都绝对不想再见到你。”

“可是你这不已经把我叫来了吗？真是的，还挺傲娇的。你太可爱了，刑警先生。”

“废话少说，”仙堂愁眉苦脸地说，“听说你已经解开不在场证明的谜团了，是真的吗？”

“当然。”

“……你在车里就全搞明白了？”

“有说明和照片就足够了。不过还有几点我想确认一下，能带我去现场吧？”

尽管已经时隔一个月，里染对待警察的态度依然强势。他是为了不让人小看而事先算计，还是仅仅出于好玩而戏弄警察？难以辨别。仙堂招招手，把两人领进了水族馆。

“我先跟你说清楚，里染，你的工作是厘清不在场证明，不要干多余的事！”

“我也巴不得呢。不由分说就被你们拉到这里来了，早点让我回去吧。”

在进入正门之后的入口大厅，还有一位身穿西装的人等候于此。是一位头发乱糟糟、肤色偏黑的男性。大概是附近警署的刑警。

“哦，这就是县警非正式的顾问啊……哦……”

不知道别人到底是怎么跟他解释的，给他描绘了一个什么样的形象，他像少年一般明亮的双眼一直向这边凝视。我不过是个跟班而已——这句话柚乃到底没能说出口来。

一个接一个出现的水槽里，依然有鱼儿在精神十足地游弋。尽管来到几天前梦寐以求的水族馆，但是哥哥表情严肃可怕，步伐又太快，柚乃完全顾不上欣赏。

发生问题的后院是从章鱼水槽前面进入的。仙堂打开锁，从走廊深处的楼梯上去，推开双扇大门，进入了一个广阔的空间。

眼前的景象和刚才在照片里看到的一样。正面的架子和旁边的储物柜上都放置着标志证据的牌子，地板上是用粉笔画出的带子，就像火车游戏里的轨道一样延伸出去。似乎是脚印。不过里染没有关注这些，而是直接朝房间深处巨大的水槽走去。

这个水槽从一楼一直延伸到天花板，这里应该是它的上半部分。水面比地板要低一点，正中央是工作时使用的马道。从入口到中间位置，铺着令人恶心的红色地毯，那是浸满鲜血的纸。

再度袭来的恐惧让柚乃慢下了脚步。就在这时，哥哥抓住她的肩膀说：“你在这里等着。”

“……不，我要去，我也想了解情况。”

“别去了，不是什么让人舒服的事情。再说了，你本来就是无关人员。”

“我不是无关人员，我就是个监护人。给里染同学穿衣服可真是老费劲了。”

“啊？”

她把僵立一旁的哥哥推开，跟着仙堂等人踏入马道。他们在碎纸片中排成一列往前走，而里染已经开始做说明了。

“我先说结论吧。凶手恐怕是设计了一个定时装置，目的在于杀害受害人之后，让他隔一段时间再落入水槽，因而得以从容地制造了十点零七分的不在场证明。”

“定时装置？袴田也说过这事……难道是用冰？”

“冰？哈哈，冰是不行的。不过，这个想法倒是很接近很接近了。凶手的设计确实也有点愚蠢。”

里染来到开口处后，首先抬头仰望天花板，了然于心地说：“哦，果然如此。”然后弯下腰反复开合小门，“嗯、嗯”地点点头，最后蹲下来仔细观察栏杆的连接处，说道：“找到了。”他的确认工作就此告终。

“看，刑警先生，就是这个。”

他指着锁的正下方、栏杆的外侧。仙堂凑近，从略微隆起的地方捏起一块指甲盖大小的、湿漉漉的白色东西。

“不就是纸吗？是被水浸湿的文件的一部分。”

“确实是浸湿的纸。但是，如果检验其成分，一定会发现有趣的东西。”

“……不是文件吗？”

“如果是文件，那就很奇怪了。粘在栏杆外侧这一点很可疑。而且，外侧没有被水泡过，可它却水分饱满。”

“那这究竟是什么呀？”

里染把手搭在刚才他观察的栏杆上，公布了答案："估计是——卫生纸。"

"卫、生、纸？"

仙堂、卷毛刑警，还有柚乃的声音重叠在一起。

"对，卫生纸。马道内所有的事实都指明了这一点。散乱的文件、泡在水里的地板、地上的图钉、栏杆的形状。还有，水管漏水。"

就在里染仰望天花板的时候，恰好一颗水滴落下来，啪的一声滴在锁的插销孔上。老旧的水管在漏水。严重生锈或许也是因为这一点。

"是在锁上面做了手脚吗？"

听仙堂这么问，里染摇摇头说："锁上没有做任何手脚。做了手脚的，是栏杆周围。"

他用手指抓住开口处小门的最外侧一根竖杆，把它和栏杆接口处的竖杆握在一起，门就完全关上了。

"这扇小门，是把栏杆改成了开合样式。因此，即使不上锁，不穿钉子，只要用某样东西把两根栏杆连在一起，就可以把小门固定住。"

"原来这某样东西就是卫生纸啊。"

"没错。凶手杀害受害人之后，用卫生纸把两根竖杆反复缠绕很多圈，再用图钉固定住。也就是说，即使不上锁，也可以使小门处于固定状态。然后，把受害人倚靠在固定好的门上。这样一来，定时装置就设置完成。接下来他只需要逃之夭夭便万事大吉。"

"这样就行？但是又如何设置时限呢？"

“啊，原来如此！”

柚乃身后传来尖叫声。不知什么时候哥哥赶了过来。

“是水管漏的水！水滴把纸溶化啦！”

“是的，卫生纸很容易溶化在水里。而且漏水的地方正好在锁的正上方——也就是门和栏杆连接处的正上方。水管滴落的水滴确凿无疑地一点点溶化了卫生纸。不久，卫生纸变软，无法再支撑受害人的体重了。于是会发生什么情况呢？”

里染把手从栏杆上抽回，将门向外侧推出。

“这道门是向外开的，受害人的身体当然会直接落入外面的鲨鱼水槽。在展示区看来，就像被推下去的一样。”

“如、如果是这样，确实可以隔一段时间再让受害人落水！”

卷毛刑警兴奋得唾沫飞溅。

“那么卫生纸会怎样呢？已经溶化到一半的卫生纸会从这部分断开，借门打开的力道飞出去。然后和受害人一样，落入水槽。这时候，鲨鱼正在附近水面活动，为了吃掉……”

落入水中的卫生纸残骸会立刻溶化，在鲨鱼搅起的波澜中消失无踪——

“当然，有部分卫生纸可能残留下来并未溶化，或是未能顺利飞到外部而落在马道里。文件就是为了它们而准备的。”

里染像踩灭香烟火苗一样，用他凉鞋的鞋底使劲踩踏地板上的纸。被水浸湿泡软的纸一下子就变了形。

“有了这些东西，只要不检验具体成分，就会把卫生纸处理为‘散落文件的一部分’。你们看，水面上还漂着好几张撕破的纸呢。凶手故意这么布置，才让落在水中尚未溶化的卫生纸得以避人耳目。”

情况就是这样——里染结束了简短的解释。接着他又画蛇添足似的说："这一情况证明，现场即使没有人，也能够让受害人落入水槽。因此，嫌疑人在十点零七分这一时间点的不在场证明是没有意义的……不过，凭借卫生纸是无法赢得很长时间的，因此，凶手实际处于现场，最多也就距此十分钟，也就是九点五十七分左右。"

柚乃在脑中回味着这番推理，环视马道，说道："原来如此……"

地面上的纸和水、向外开启的开口处、水管漏下的水滴、水面上散落的纸张，还有水槽的水和鲨鱼本身。一切东西都是销毁证据的工具。为了销毁定时装置，凶手反复设置了好几道机关。

看来在场的刑警们受到的冲击远远大于自己。哥哥从柚乃身边窜出，和处于困惑中的仙堂警部等人面面相觑。

"嗯，我觉得确实存在这种可能性……不过，要说用卫生纸的话……"

"不，仙堂警官，绝对如此。就是水管漏水，就是水管漏水。我刚才不是差点因为水滴而掉下去吗？唉，当时怎么就什么都没发觉呢？"

"哎呀，不愧是仙堂警部的助手啊。这么容易就……太让人感动了！"

柚乃不小心听到了令人羞耻的事情。哥哥这家伙，居然差点从马道上掉下去啊。还有，居然被叫做"助手"！

短暂交谈后敲定的事情是：姑且先检查一下附着在栏杆外侧的纸。卷毛刑警（仙堂叫他吾妻）把一小块纸团放进塑料袋，飞速离开了饲养员工作区。

仙堂目送他离开后，对靠在栏杆上的里染说："如果查出这些纸和旁边的文件不一样……那我就承认你的功劳。"

"谢谢。到时候麻烦您一定送十万日元来，并解决空调的问题。"

"嗯，答应你的事我会办到。不过，没想到骗人装置这么简单。灵机一动就能解决，没必要叫你来。"

"灵机一动？"里染眉头一翘，说，"真没想到啊，刑警先生。这可不是灵机一动哦。这是我按阶段规规矩矩推理得出的结果。"

"哪有这么难啊？纸和水管漏水，哦，还有图钉。接下来只需要联想……"

"错啦！说到底，起点在于这扇门的情况。"

他把刚才敞开的门又一次拉近自己。柚乃发现，这么说起来，里染在浏览现场照片的时候，首先关注的就是开口处的图片。里面完全没有拍到纸张散乱的地面，而这就是仙堂嘴里的"联想"依据。

"这扇门，这里沾着鲜血。你们看，在栏杆上，还流到了竖杆上。如果凶手直接把受害人从这里推下去的话，这一点就很奇怪咯。"

"……哪儿奇怪啊？"

"袴田妹子，你家最近扔过家具吗？"

里染突然向柚乃抛来一个问题。柚乃莫名其妙，回答道："二月份换了个沙发，把旧的扔了。"她向住在同一屋檐下的哥哥确认，哥哥说："啊？二月？已经换那么久了？"

"是啊，那时候我还是初中生呢。"

"是吗？我还说怎么新沙发坏得这么快……"

“什么时候买的无所谓。”

里染打断了两位家人之间的谈话。出现这种情况都怪毫无紧张感的哥哥。

“总之，你们扔了一个沙发。扔的时候是怎么搬出屋子的？”

“怎么搬的……哥哥和爸爸从玄关搬出去的。”

“大门是朝外开的吧？是推开的？”

“推开的？嗯，就是跟平常一样把门打开，然后搬出去。”

“你看，刑警先生，我要说的就是这个啦，”他对站在自己身边的仙堂说，“搬东西通过狭窄通道的时候，一般会事先把门打开。如果凶手在推落受害人时事先把门打开的话，门上是不可能留下血迹的。”

“啊……”

警部轻轻地叹了口气。

“然而，门上却附着了大量鲜血。这是为什么？可以有很多原因，但是最为自然的，是尸体和门长时间接触。这样的话，这个栏杆的高度大约只有八十厘米，因此尸体是以坐着的姿势倚靠在栏杆上的。但是，就我在照片上确认的情况而言，门是向外开的，而且没上锁。这样一来，尸体会在靠上栏杆的那一瞬间落入外部空间，所以必须用某件东西把门固定住。将这一情况和全体嫌疑人都具备不在场证明的事实结合起来看，便出现了一种可能性。即：开口处设置有某种定时装置。”

里染的视线再次落到浑浊的水面。

“也就是说，凶手利用随着时间流逝会消失的某件东西将门固定住，自己则溜了。为什么‘某件东西’会消失，而没有留下任何痕迹呢？现场是否存在可以掩盖痕迹的东西？如果什么都没有，这一推理是错的。然而凑巧的是，有一件东西可以隐藏痕迹。这时候，水、纸和图钉都出现了。”

柚乃也回想了一遍。里染的手指停留在开口处的图片之后，重新翻看了马道内的照片。照片里，地面上浸满鲜红色的水，而纸张则散乱于其中。

“现场全是水和文件，非常不自然。而且图钉就落在开口处面前。说到图钉的用途，通常是拿来固定纸张的。还有一个用法很有名，就是把它塞在讨厌的人的鞋子里，然而这里不是芭蕾教室，是水族馆……”

仙堂打断他说：“别开玩笑了，你就是这样发现凶手用了卫生纸的？”

“对，是这样。把卫生纸缠在栏杆上，固定住，再用水一点点把它溶化，就能出色地实现定时装置的功能，而且还能隐藏痕迹。我问过哥哥，他说开口处上方有老旧水管，此外受害者体形偏瘦。体重轻的话，哪怕是纸，只要重叠缠绕起来加大强度，也完全足以支撑。当然，普通的纸张很难充分溶化，也不适合重叠缠绕。但是，这世上有一个满足以上所有条件的伟大发明。那就是魔法之纸、创造奇迹的工具——卫生纸。”

卫生纸的发明者一定没有料想到，它居然被捧到了这样的高度。

“当然，说到底这些都是假设。不过，当我实际来到现场，证实老旧水管在漏水，开口处外侧粘着纸，才认定这一结论的。”

里染解释完之后，打开塑料瓶盖喝了一口可乐。两位刑警并排站在狭窄的通道上，吃了败仗似的陷入沉默。

“……你刚才说的，是只在车里看了看照片就想到的？”

“对。顺便我还往前多想了一步，作为赠品。”

“往前多想了一步？”

“这起案子是有计划的单独作案。”

在挂断电话的时候，他确实对哥哥提过这一点。

“如果存在共犯，凶手不必刻意利用那种骗人装置，只要互相串供、说个假话就能达到目的。因此这是单独作案。而且，从彻底查清漏水位置，准备图钉、卫生纸等行为来看，这极其可能是有计划的谋杀。”

“明白了，你不用说了。”

尽管仙堂的不情不愿显而易见，但他到底还是认输了。里染故意逗他说：“我的话有参考价值吧？”

“你别得意。你的说法正确与否，还要等到查验完纸团才知道。再说了，这是起有计划的谋杀案，我们也早就清楚了。毕竟存在凶器嘛。”

“凶器？哦，对，对。不是馆里本来就有的，而是从外部带进来的对吧？我只能认为这是凶手事先预备的。”

“是，是这么一回事。”

仙堂本想挑他的刺儿，没想到却得到了一个完美的说明，只好搪塞过去。

“如果确实如此，在那一时间点实施谋杀……”

里染看了一眼马道开口处深处发现凶器的地方，那里现在只放着一个板子——然后停顿了下来。

“……怎么了？”

仙堂询问道。但是他没有回答。他彻底陷入了沉默，也不知道刚才的饶舌都上哪儿去了。四周机器的低吟声、水管漏水滴落在锁上的声音变得更加明显，将整条通道包裹。

片刻之后，里染便从口袋里掏出手机，简单地操作了一下，低声说："只有一行。"

"啊？"

"我是说浸湿的纸上留下的脚印。只有一行。"

看来他又一次确认了现场照片。

"啊，哦……那不就是凶手的脚印吗？"

"或许吧……但是，这个……"

里染用手掩口，再度陷入沉默。

隔了一会儿，忙碌的仙堂警部终于等腻了。

"哦，没关系。总之，虽然不是什么辛苦的工作，但是还是要跟你说声'辛苦了'。你可以回去了。袴田，你把他们两个人送到外面去。我要回吾妻那边了。"

仙堂发出指示，一个人离开了马道。从旁经过的身影，看上去比刚开始时老了大概十岁。难道和里染谈话让他压力倍增？

尽管仙堂离开了饲养员工作区，里染却依然留在现场，似乎还在沉思。哥哥看不下去了，推着他的后背，把他和柚乃一起赶出了马道。他摇摇晃晃迈开腿，说道："哥哥，你能把笔记本借给我吗？"

"笔记本？我的？"

"拜托你！就当是报酬的预付金。"

"……倒也行。不过，你要马上还给我！"

反正信息基本上都告诉你了——哥哥已经没有了拒绝的心思，把笔记本递了过来。里染接过后立刻如饥似渴地读起来。

"你搞明白什么了？"

听柚乃这么问，里染说：“不是搞明白……只是灵光一闪。对，就是灵光一闪。我没有根据，但是，说不定……不，可能搞错了。”

他不再往下翻页，停下来自言自语地说道——

“这完全不符合逻辑。”

4 卫生间博士有意义的证词

把柚乃二人送到馆外的任务，哥哥没有立刻完成。

一出马道，里染就开始详细调查饲养员工作区的情况。他在水槽周围来来回回，到楼梯井观察一楼的情况。接着又忽然仔仔细细沿着刚才进来时并未关注的脚印前行，一边确认笔记内容，一边把脸贴近墙边的水管观察，然后又开始摆弄手机。完全想不到一小时前还躺在床上呻吟、丑态毕露的他会变得如此机敏麻利。

“我明明告诉过你，我想早点回去的……”

柚乃搞不明白他是怎么了，在一旁端详。却听哥哥隐晦地问：“我说，你刚才的话是什么意思？”

“你指什么话？”

“你看，你刚才不是说，你给他穿衣服吗？……那是怎么一回事？那家伙光着身子？”

“啊？”

她本来是想表表功，描述自己费了很大力气才把里染带出来，不料哥哥却想歪了。

“你们俩是在那什么吗？是那种状况吗？我打了好几次电话没人接原来是因为这个？我叫你到这里来，你不情不愿，也是因为这个？”

“你蠢不蠢啊？”

柚乃冷冷地盯着哥哥，觉得他真是把洞察力浪费在了不需要的地方。早苗也好，哥哥也好，怎么都这样……

“就没这回事！里染同学，你也说点什么呀。我什么都没干，对吧？”

“啊？对，你什么都没干，除了弄坏空调。”

“这跟空调有什么关系……”

里染漫不经心地回答道，专心致志继续调查。他拧开水龙头，确认没水后，反复地说：“水滴。水。血。血迹。排水口有血液……”然后，他离开那里，对着镜子注视一番，又在方形血迹处驻足停留，接着加快脚步径直来到储物柜前。他凑过脸仔细观察架子上摆放的东西，再把储物柜打开，然后停下一动不动。

“喂，你是在梦游吗？不要紧吧？”

听见哥哥叫他，他回过头来说：“哥哥，你们发现了拖布和水桶对吧？拖布上有血迹，而水桶有裂痕。”

“……嗯，笔记本上不是写着吗？”

“拖布和水桶。原来如此。真有意思。原来如此，原来如此……”

兄妹俩面面相觑，完全不明白什么是“原来如此”。

结束梦游，里染从进入房间的那道门来到走廊。一个人影也没有。紧闭的房门一扇接着一扇。他看看走廊深处，问道：“相关人员都集中在那边的会议室了吧？”

“……你该不会是想去趟会议室再走吧？”

尽管里染没有表达过这样的愿望，但是他一言不发向走廊深处迈进的行动却表明了这一点。

“喂，站住！我叫你站住！你打算去干吗？”

“我有几件事要向馆长和香织他们确认。”

“那你告诉我，我去问。”

“不行不行，怎么能麻烦哥哥呢？”

“眼下的状况才是最麻烦我的呢……够了，是馆长和报社的人吧？你在这等着。”

好不容易在办公室门口拦住了里染，哥哥一个人钻进了走廊尽头的“第二会议室”，然后立刻把证人领了过来。

“啊，天马！还有柚乃！哇，你们来啦！”

两天没听见报社社长活力四射的声音了。香织一见柚乃便向她奔来，一副想要拥抱她的架势。如同里染预想的那样，她安然无恙。

“呀，你来了真好！这样就一定能破案啦。”

“你兴奋过头了，冷静一点！”

“啊，抱歉抱歉，不过真的是太可怕啦。我能见到你们俩真是精神百倍！”

“拜托你可别比现在更有活力了。”

紧跟着出来的是一位嘴上留着胡子、穿着衬衫的男人和两名报社成员。那是副社长仓町和柚乃的同班同学池宗也。仓町一见里染，池一见柚乃，都“哇——”地喊出声来。

“还真是里染同学啊。向坂说你会来，原来不是在开玩笑呀。”

“我也不想来啊。对了，你是谁？”

“我是仓町啊，你隔壁班的，报社副社长。你不认识我？”

“我忘了。”

“太过分了……唉，倒也没什么关系。”

“这不是袴田吗？你在这干什么？袴田，你也是侦探？哦，难不成是助手？”

“不是，不知怎么搞的顺势就来了……”

“她是无关人员。里染也不是侦探。”

哥哥在一旁仔细地纠正道。接着又对尚未搞清状况、留着胡子、一脸茫然的男士说道。

“是这样，他算是搜查顾问。不是可疑人员，请您放心。”

“哦……”

尽管这么说，可他看上去还是很可疑。男士皱起眉头，流露出了戒备之心。

“风之丘高中的谋杀案，破案的就是他。”

“啊？原来如此……还这么年轻，真是了不起……”

看来他在电视上也了解了风之丘的案子。他凝视着里染，由衷地感叹道。在他身旁的哥哥脸都扭曲了，估计后悔自己说了多余的话。

而里染本人却毫不在意别人怎么看待自己，直截了当地对男士说：“初次见面，我是里染天马。”

“哦，你好你好！我是馆长西之洲。”

男士也礼貌地做了自我介绍。

“请恕我贸然，我想问一下，这里的饲养员是不是都穿着黄色 Polo 衫？”

确实是贸然行事。西之洲馆长不知所措地回答：“是的，这是我们的制服。除了从事事务性工作的人，大家都穿这个。”

“这是水族馆提供的吗？”

“是的。”

“那么，在这个后院里，有几个房间存放着 Polo 衫呢？”

“……”

他的问题越发让人搞不清意图。

“你是说全新的 Polo 衫？”

“旧的也可以。”

“要是这样的话……男女更衣室里各有几件备用的。此外，一楼的仓库里还有准备发放的新品。”

“仓库。原来如此……”里染转身对哥哥说，“哥哥，仓库也在摄像头的监控范围内，没有拍到有人进去吧？”

“是的。”

那又怎么样？——他没能继续问下去。里染已经立刻朝香织转过了身去。

“你们案发后立刻在鲨鱼水槽前和工作人员见了面对吧？是否有人存在可疑之处？”

“可疑之处？例如？”

“例如，头发乱蓬蓬的，或是衣服湿漉漉的。”

报社成员相互确认后，表示没有发现这些情况。

“不过，工作人员的情况都拍在照片里了，说不定能发现什么。”

“哦，照片我已经看过，没有任何奇怪的地方。说到底我就是再找你们确认一下。”

里染点点头，再次向馆长提出了奇怪的问题。

“对了，后院里有卫生间吗？”

“卫生间？有，从那个拐角转弯就是。”

“我看过示意图，知道它的位置。我想了解的是卫生纸的种类。”

“种类？”

“最近的卫生纸，大部分都有分割线，便于整齐漂亮地撕下来。这里的卫生纸也是这样吗？”

“分、分割线？嗯，这就不清楚了……”

他面露难色地把胳膊交叉起来。即使是馆长，也不会连这种细枝末节都了解吧。

“是有分割线的哦。”

答案在出人意料的地方出现。回答问题的是报社的仓町。

“……你怎么知道？”

“因为案发前我用了卫生间。”

“哦，是吗？太好了，真是侥幸！”

里染欢呼起来，差点没直呼万岁。已经彻底习惯他怪异行径的哥哥冷静地说：“你能跟我们解释一下这是怎么一回事吗？”

“凶手在现场使用了卫生纸。如果把卫生纸从卷筒上摘下来，会起皱，影响强度，所以他恐怕带进来的是一整卷。但是，案发后如果还拿着这种东西会遭人怀疑，所以必须把它藏起来。而且，这栋建筑物中，存在卫生纸而不会遭到怀疑的地方一目了然。”

听了这话，柚乃也总算明白了。用于设置骗人装置的卫生纸藏在哪里最为自然呢？当然是卫生间。

“这一点我明白。但是，分割线有什么意义呢？”

“凶手用来设置骗人装置的卫生纸应该是不带分割线的。带有分割线的卫生纸，很有可能在分割线的部分断裂。这里的卫生纸带有分割线，所以无法用来设置骗人装置。也就是说，和菜刀一样，凶手很有可能事先预备了不带分割线的纸。假如凶手接下来把它藏到这里的卫生间中……”

“……和其他的卫生纸明显不同，所以很容易找到。原来如此。”

“好厉害！太像侦探了！”

听到两人之间的谈话，池的双眼变得炯炯有神。香织也不知为何得意扬扬地说：“对呀，对呀！”

“可是，用卫生纸来设置骗人装置……会是什么骗人装置呢？”

柚乃简明扼要地给他们解释了凶手伪造不在场证明的情况。池再次兴高采烈地叫道：“厉害厉害！简直就是侦探呀！”他是个内心和外表同样天真无邪的男生。

但是，问题在于这位“侦探”也同样兴高采烈。

“我们赶紧去，哥哥，我们快点去吧。证据就在卫生间！”

里染拽着哥哥的衣袖，顺便挥挥手叫上馆长。顺便的顺便，还带上了柚乃和报社成员。七个人的队伍在狭窄的走廊上前进。

里染如同吹笛子的男人，而柚乃等人则变成了老鼠。

在香织等人出现的第二会议室拐角转弯后，是一道写着“资料室”的门，还有一个楼梯，但不是柚乃等人刚才走过的。在它对面，是一道标记着“B5 · 柠檬鲨”的对开门，好像从这里就可以进入饲养员工作区了。穿过这里走到尽头，是并排的男卫生间和女卫生间。

走在最前面的男人首先进入了里面的男卫生间。柚乃踌躇了一瞬，但是转念一想，反正里面也没有人，便推开了涂成蓝色的磨砂玻璃门。

就在穿过入口的那一刻，薰衣草的香味扑面而来。卫生间里有一个带有镜子的洗手池，旁边放着一个垃圾桶。墙壁上装有两个小便池，里面有一个隔间。这是只面对工作人员的小卫生间。不过，卫生做得很到位，蓝色的瓷砖缝隙都还保持白色，没有明显污垢。

里染的目标当然是隔间。他打开木门，地面上装有一个蹲坑。右手边墙壁的支架上套着一卷用了一半的卫生纸。左侧墙角靠近天花板的地方安装有一个三角形的架子，上面放着备用的新卷纸和紫色的芳香剂。

里染把卫生纸从支架上取下来，旋转观察之后，把架子上的备用品也拿下来进行了比较，然后下结论说："就是这个。哥哥，我找到了。凶手用的就是这个。"

"啊？已经找到了？"

他举在手里的是从支架上取下来的那卷纸。不到十秒钟就找到了证物，这似乎让哥哥有些扫兴。

"不会有错。没有一点分割线，而且比这个架子上的卫生纸略微窄一些。而且决定性的一点是，看看，这东西有可能是血迹。"

六个人的脑袋凑在一起，都把视线倾注到这卷用了一半的卫生纸上。

筒芯周围的一圈纸，厚度大概还有四厘米。确实没有分割线，而且和里染另一只手上的新卷纸相比，宽度确实窄一些，尽管只是窄一点点。

此外，卷纸侧面有一部分留下了隐约的黑色印记。

“真，真的！可是，凶手居然这么明目张胆地把它套在支架上……”

“如果放备用卷纸的地方出现用了一半、量已经减少的卫生纸，不是很奇怪吗？堂堂正正套在支架上是最好的。”

大家来之前，已经事先了解了骗人装置的情况，所以一下子就恍然大悟，而如果使用这个卫生间的是毫不知情的人——恐怕是发现不了卫生纸的细微差别的。侧面的黑色印迹也会被支架遮住而看不见。

“案发后，有人使用卫生间，把纸冲走……这样一来，证据也就自然而然销毁了。”

“对。这本来就是凶手所期盼的。”

虽然刚刚才了解情况，但是仓町立刻开动他灵活的脑筋。里染点点头说。

“就因为设置了骗人装置，所以卫生纸只剩这些了。”

柚乃随口一说，却被一卷新纸敲了脑袋。

“傻瓜，怎么也用不了这么多呀。刚才不是说了吗？这是凶手事先预备的，本来量就不多。”

“啊？不是越多越好吗？”

“纸卷太大的话，在缠绕的时候穿不过栏杆。因为栏杆的间距大概只有十厘米。”

哦，懂了。原来他刚才已经量过栏杆的间距了。

“不，等等！厚度这事，恐怕还真说到点子上了。”

里染试图把那卷有问题的卫生纸塞进衣兜。但是，尽管用了一半，纸还是太厚了，没办法装好。

“塞不进去啊。”

“……你在试什么？”

“我是说，这卷纸塞不进衣兜。这一点很重要，哥哥。非常重要！”

也不知道是为了什么，里染突然态度大变，称赞柚乃说：“干得不错啊，袴田妹子！”不过，她又被卫生纸敲打了一下，只不过敲打的地方从脑袋变成了肩膀而已。

然后他对沉默不语的馆长说：“西之洲先生，在这家水族馆里，饲养员工作区的清扫工作是由饲养员做的吗？”

又一个唐突且意图不明的问题。

“是的。基本上是由负责水槽的人员来做的。”

“基本上？也就是说，还有例外？”

“我们水族馆工作人员少，手头有空的人代替别人清扫也是常有的事。”

“有时候办事员会替他们清扫吗？”

“对。如果只是打扫卫生，有时是会交给办事员做。连我都常常被当成助手用。”

西之洲苦笑道。

“饲养员除了清扫还有其他很多工作。会有请办事员帮忙的时候吗？”

“……没有，不会的。喂食和水槽的整理准备工作，虽然有时候饲养员之间会互相帮忙，但是不会交给办事员做。因为需要专业知识。”

“说得对啊。还有一点，在饲养员工作区工作的人，通常都会戴手套吧。”

“嗯，基本都会戴。”

“明白了。谢谢！回答得很精彩。”

里染深深地鞠了个躬。毕竟这是馆长，里染没有用卫生纸去敲打他的肩膀。

“总之，哥哥，这就交给你了。请让鉴定科详细查验一下。那么这样一来，问题就是……”他把卷纸递给哥哥，再一次看了看隔间，然后把提问的矛头对准了仓町，“你在案发前使用的隔间，是这个？”

“对，我是在九点四十分左右进入，四十五分左右出来的。”

“四十五分啊。真是差一点就到案发时间了。除了支架上的卫生纸，还有其他地方有变化吗？”

里染退后一步，仓町走进隔间，在这狭小的空间里环视了一番。然后他摇摇头说：“我觉得没有。”

“备用的卫生纸也没有变化？”

“嗯。我进来的时候，支架上的纸快要用完了，所以我就确认了一下架子上的备用品。我记得当时芳香剂冲着我的是背面，所以不知道品牌。我觉得没有发生任何变化。”

“没有发生任何变化……嗯。你刚才说支架上的卫生纸快用完了。最后怎么样？够用吗？”

“够用。还剩下大概五六节。”

“那卷纸上有分割线？”

“有。而且我还想，我是借用卫生间的人，所以必须把纸撕得整齐漂亮些。”

超出常人的记忆力。这让提问者也咂嘴。

“真厉害。到底是报社副社长啊，不愧是能辅佐那种社长的人。”

“就是我很辛苦啊。”

“喂、喂！‘那种’到底是哪种啊？再说了，我也没让你吃苦呀！”香织间不容发地打断他们的对话。

“不过，小仓真的很厉害嘛。特别活跃！”

“是啊，他的证词非常有意义！我授予你厕所之神，不，卫生间博士的称号吧。”

“不要，这个就算了……”

“能用‘七年必杀技’哦！”

“……那是什么啊？”

香织开始对这谜一般的技巧进行解释，里染则转头去观察放在洗手台旁边的垃圾桶。低头看看后，只说了一句：“空的呀。”

一番确认之后，他立刻离开了卫生间。柚乃和哥哥追上他时，他正要进入隔壁那扇粉色的门。

“里、里染，你等等！”

“怎么了？”

“那里是女卫生间。”

“我当然知道了，反正又没人。你不也进了男卫生间吗？别抱怨了。”

“唔……”

被他这么一反驳，柚乃就无话可说了。姑且跟着他吧，也算是盯着他防止他干坏事。池和西之洲馆长也跟了过来，但是他们在门前停住了脚步。这是懂礼数的两个人。

女卫生间和男卫生间一样，虽然规模小但是打扫得很干净。

洗面池、垃圾桶、里侧的三个隔间。里染先检查了垃圾桶，也是空的。从旁边看起来，他和变态的人没两样。

“你，你在找什么？”

哥哥有些迟疑地问道。

“仓町进入卫生间的时候，支架上还放着有分割线、尚未用完的卷纸。但是，案发后的现在，却换成了凶手准备的东西。我正在找原来那一卷。男卫生间的备用卷纸都是有筒芯的，也就是说这里的卫生纸也是有筒芯的。单是卫生纸应该能被水冲走，可是卷纸的筒芯就没那么容易了。”

就在他回答的过程中，里染依然在女卫生间里来回走动继续调查。三个隔间的结构和男卫生间相同。支架上的卫生纸都和新纸一样带有分割线，备用卷纸也没有异常。

“如果凶手替换了卫生纸，那他必然会把筒芯扔掉。可是……可是，不在这里。”

他关上第三个隔间的门，站在卫生间中央不再动弹——这，这番景象还是太危险。

“行了、行了，先离开这里吧。原来的那卷纸警察会找的。”

哥哥推推他的背，试图把他带出去。

“你已经找到了用于行凶的卫生纸。这不就够了吗？”

“这可不够，没有筒芯是不符合逻辑的。如果不在这里，会在哪儿呢……”

“喂，你能听我说说吗？”

柚乃冷不丁举起手打断了里染的话。里染问道：“……怎么了？”

“说不定凶手是男人。”

她了解卫生纸被替换的情况后，隔着门上的磨砂玻璃看见红色的女性标志，就想到了这一点。

凶手替换的是男卫生间的卫生纸。也就是说，凶手是能够正大光明走进男卫生间的人，也就是男人?

虽然柚乃这么推测，但是里染却说："男人? 不能一口断定吧? 你难道因为凶手替换了男卫生间的卷纸，就认为他是男人?"

"唔……!"

一瞬间就被他刺中要害。

"从入口往里一看，就知道卫生间里有没有人。换个卷纸几秒钟就够了，瞅准没人的时机替换的话，女人也可以进入男卫生间。"

"可是，明明有女卫生间，却非要……"

这我就清楚了——哥哥插嘴说："男卫生间的入口正好位于走廊下的死角，女卫生间则面对走廊。为了以防万一，凶手很小心，以免在出入时被人看见。对吧，里染同学?"

"确实如此。"

"唔，唔……"

柚乃退缩着靠向墙边。

"居、居然被哥哥驳倒了……"

"你这话什么意思? 我不应该把你驳倒吗? 怎么说我也算个刑警啊!"

"'算'可不行哦。"

里染低声说完，推开门出去了。走廊下，两位绅士还保持原状等待着。在他们身后，香织还在对仓町讲解"七年必杀技"。

"发现什么了?"仓町无视香织的讲解，询问道。

里染耸耸肩膀说："完全没有收获……西之洲先生，这里的卫生间也是工作人员清扫吗?"

"嗯。最近是打零工的仁科在做。"

"我看收纳清扫用具的储物柜和备用品的保管场所不在卫生间里，是在哪儿呢?"

"那些东西也统一放在一楼的仓库里。发放用品、备用品等全都在那里。"和刚才的Polo衫相同的回答。

里染独自仰天说道："那就不行了。这样一来，和卫生间就全无关系了。如果这样，情况会如何?如果是这样……对了。"

他的姿态保持了短暂的僵硬，很快，如同启示降临一般，他突然间脖子回归原处，把柚乃等人抛在一旁，在走廊里奔跑起来，直冲会议室。

哥哥立刻连声高呼"停下!停下!"，追上他说："你不许随意行动!拜托你啦!你打算去哪儿啊?"

"我要再去一趟嫌疑犯那里。我有事情要问。"

"我跟你说过不行!我去问，你把问题告诉我。"

"不，问题涉及微小细节，所以我要尽可能直接……嗯?"

他们尽管已经接近会议室，却停下了脚步。门开了一道缝，能听见里面人的对话。

"——那么，大家的证词都是正确无误的?"

"不是说了正确无误嘛。真是的，不在场证明都成立了，为什么还要再确认呢?"

沙哑嗓音是仙堂的声音。看来他比柚乃等人快一步来到会议室。抬杠的是一个男人的粗嗓音。香织嘟囔说："那是代田桥。"

"是这么一回事，刚才的不在场证明已经失去意义了。"

“不会是凶手不在场证明的骗局被戳穿了吧？”

另一个故作滑稽的声音响起来。池说：“这是津先生。”

“要说起来你们也是不值得相信的。刚才还有几个奇怪的小家伙在走廊里来来回回呢。”

“……奇怪的小家伙？”

“我透过门上的玻璃看见的。有两个以前没见过的小家伙带着刑警、馆长，还有报社的家伙在走廊里走动呢。他们是谁啊？这里不是封锁了吗？”

走廊里的家伙面面相觑。哥哥的努力付诸东流。里染的存在早就暴露了，顺带还暴露了柚乃。

“嗯……请稍等，是个叫天马的人在走廊里？带着馆长等人？”

“啊，对啊。总之，你先告诉我们那是谁？”

“哦……那个人嘛……”

“那个人是我。”

里染猛然间推开了门，在屋里屋外引发了一阵小小的混乱。粗嗓音的主人伸出手指叫道：“啊，你……就是你就是你！”哥哥只能抱头不语。

没办法，柚乃等人也只好跟着进了屋。长条桌被推到了房间后部，大约十个人坐在并排摆放的椅子上。偏胖的中年女性、满面皱纹的秃头老人、穿着衬衫留着几根胡须的男人，等等，都是在香织拍摄的现场照片上见过的面孔。

在他们前面，站着仙堂、吾妻和负责看守的几名搜查员。仙堂尽管看见了里染，却好像已经没有力气对他发脾气了，只是摇摇头说：“你饶了我吧。”

“大家好！我叫里染天马。”

“好什么好！你们是干什么的？”

面对悠然自得打招呼的里染，肌肉男代田桥极其认真地张口就问。

“听说他好像是搜查顾问。”

西之洲也悠然自得地进行了介绍。看来还是馆长的话令人信服，工作人员当中响起了“啊？”的声音。长发男子探出身问道：“那你是个侦探啰？哈哈，有意思。那个女孩是你的助手？”

“我们不是侦探也不是什么助手，不过你爱怎么称呼都行。你就是姓氏很容易记的津先生吧？溜号去资料室的？”

“……”

被里染点名的男人完全没想到他会来这么一出，顿时僵住了。

“其余各位我也都认识。鬈发的是负责展示设计的水原女士。上了年纪的是寻找笔记本的芝浦先生。你是代田桥先生吧？还有，胖乎乎的你是和泉主任。”

“你、你真没礼貌！”

“对不起，我失言了。然后，藏青色衣服的你，是绿川医生。短发青年是大矶先生。哟，负责鲨鱼的深元先生也在啊……”

他流利地说出了每一位工作人员的姓名。在车上通话的时候，哥哥并没有细致地介绍每个人的外貌。估计他刚才读了哥哥的笔记本，在短时间内都记下了。

然而，突然到来的少年表示认识自己，而且能够说对姓名、职务，甚至还有不在场证明的内容，对于不了解情况的工作人员来说，除了惊愕与恐惧之外一定不会有其他的感受。当里染叫出所有人的姓名之后，包括他的好奇视线，都变成了畏惧的眼神。连站在一旁的仙堂和吾妻也说不出话来。

“……那么，要说到我为什么会到这里来，是因为我有一个问题想要问问大家，就一个问题，”他环视房间，结束了赢得信任的表演后，立刻切入正题，“请问你们当中，有没有人在今天九点四十五分之后用过男卫生间？”

他的问题仅此一个。但是，没有人举手。

隔了一会儿，叫绫濑、戴眼镜的女性说：“……卫生间，很重要吗？”

“实在是太重要了。不过……好像没人去过呢。不过没关系，我都了解了。谢谢！”

他简单地点了个头，离开了会议室。简单得让人觉得有些没意思。柚乃和香织等人，还有袴田也都走出了会议室。跟上的还有仙堂和吾妻。

“仙、仙堂警官，对不起。情况不是这样，这是有原因的。里染说要找凶手用过的卫生纸，所以就……”

哥哥连忙解释为什么没让柚乃等人回去，但仙堂似乎并不在意。看来发生了比里染的存在更为严重的事情。岂止是他，连吾妻看上去也老了十岁。

关上门之后，仙堂叹了口气，疲惫至极的声音从他的喉咙里挤了出来：“这下可就麻烦了。”

他们参考里染天马的推理，暂且不考虑十点零七分的不在场证明。这样一来，问题就回到了这个时间点之前。雨宫九点五十分之前尚在人世，这是确凿无疑的。因此，凶手能够行凶的时间段，是在九点五十分到十点零七分之间的十七分钟。参考——仅仅只是参考——里染“凶手在九点五十七分离开”的假说，尤为可疑的时间段则假设为九点五十分到十点之间的十分钟。

把它和各位嫌疑人的证词对照后发现——

和泉崇子：从五十分雨宫和泷野离开饲养员室，到十点多为止，独自整理文件。

船见隆弘：从水原五十分离开办公室，到十点多津回来为止，一个人确认财务记录。

津藤次郎：快到五十分时前往资料室，休息十五分钟左右。比和泉与绫濑早回办公室，但在休息过程中始终独自一人。

绫濑唯子：把报社社员引见给馆长之后，在馆长室里从五十分独自工作到十点多。十点零二分左右到办公室冲咖啡。

泷野智香：五十分到女子更衣室寻找犬笛。快到十点时在展示工作室前面被水原叫住。其间始终独自一人。

水原历：五十分到展示工作室，独自作业。快到十点时叫住了泷野。

代田桥干夫：九点四十分独自前往饲养员工作区的一楼，给水槽投放饲料。五十五分左右结束，前往医务室。

绿川光彦：快到九点四十分时前往一楼的医务室。直到代田桥接近十点时来到之前，始终独自一人。

大矶快：九点四十分左右，前往一楼的饲料准备室。由于搭档芝浦立刻返回二楼，所以独自作业到十点零三分。

芝浦德郎：和大矶去了饲料准备室，但是因为忘带笔记本，前往了二楼男子更衣室。独自待在更衣室，直到十点零三分返回。

仁科穗波：九点四十分左右开始独自打扫走廊。目击证词很多，但是从九点五十分到她被摄像机拍到的十点零三分为止的行动尚不明确。

因此——

“至少九点五十分到十点前后，没有一个嫌疑人有明确的不在场证明。”

仙堂结束了报告。看上去他连站着都很疲惫，话说到一半就靠在了墙上。

“那嫌疑人依然有十一个？”

“对，从零变回了十一。”

“嗯……”

哥哥眉间的皱纹也更深了。看来情况比打电话的时候还要令人困惑。

任何人都不可能是凶手的案子，反过来变成了任何人都有可能是凶手。里染梳理不在场证明得出的答案，非但没有缩小搜查范围，反倒把它扩大到了极限。

十一名工作人员在有限的空间里各自分头行动。有的人是因为太过忙碌，有的人是被偷懒的习惯所驱使，还有的人是因为想要给予晚辈温暖的关怀。

“结果，我们依然是原地踏步啊。”

哥哥的牢骚代表了全体搜查人员的心声。然而，他身旁唯有一个立场不明的无关人员兴奋不已。只听他说：“可是，我们也有了发现。”

“……里染。”

"什么事，刑警先生?"

"你怎么还……行了，没关系，算了。你发现什么了?"

"就算我说了，你也仅仅只会当作参考而已。"

"赶快说!"

仙堂警部的怒气似乎死灰复燃，他恢复了与生俱来的气势。

"单独作案这一点得到了印证。根据和刚才相同。如果是多人作案，相互间应该会事先制造不在场证明。尽管也有十分谨慎的凶手，即使有同伙给自己作伪证，却仍然会为了以防万一而设置定时的骗人装置来制造不在场证明。但是，没有准备好伪证——让同伙证明在关键的行凶时间、设置骗人装置的时间自己不在现场——从常理上是讲不通的。这样的同伙是没有意义的。因此，既然在推测的行凶时段中没有一个人拥有不在场证明，就可以断定这是单独作案。"

"哦，原来是这个啊。"

"原来是这个啊——这句话说得太过分啦。单独作案，意味着概率是单纯的十一分之一。确定了这一点，各种各样的探寻方式……"

"不用说了，"仙堂警部再次打断了他的话，"我懂了，够了，你辛苦了，你们回去吧，向坂同学，你们也可以回去了。别再给我们添乱了。"

"可是……"

"既然我说回去，你们就给我回去!"

仙堂说这句话时的声音达到了今天的最高分贝。说完后他才想起来这里是走廊的正中央。他看了一眼第二会议室，双眉紧锁，放低音量说:"你的工作应该已经结束了吧?"

合同内容仅限于不在场证明的梳理。

他了然于心地点点头说："是啊，我懂了。正好也到《娜汀亚》的重播时间了，我还是回去吧。"

"……嗯，已经没别的事情了。只要你回去就好。"

"不过，我这个顾问最后还有一个建议要给你。"

"我不是叫你回去了吗……"

"如果是我，会去调查更衣室。那么，再见了。"

他摆摆手，向西侧的楼梯走去。柚乃和报社的各位跟着他，殿后的是哥哥。他接到了严厉的命令："这回可一定要把他送走！"

目送他们离开的仙堂，脸上的表情就像是在送瘟神。

来到展示区，香织对哥哥表示了不满："明明是他叫我们来的，怎么态度这么恶劣？"

"是啊，是不好。"

"……你这是道歉还是赞同？"

"两方面都有。"

穿过水母水槽的大厅，向A栋走去。哥哥的步伐依然很快。

"哥哥，你不用道歉。《娜汀亚》我是录了像的。"

"我说的不是这个……仙堂警官是因为你的情况暴露给了工作人员，所以心里不舒服。因为他本想尽可能秘密进行。"

"那还不是怪里染随意行动嘛。"

"那种情况下已经无所谓了，反正都暴露了。"

里染没有丝毫反省的意思。

"就算这样，你也没必要冷不丁地闯进去嘛……"

“因为我想问问卫生间的事呀。”

关于谁用了卫生间的问题，没有一个人回答，他自己也立刻说了声“懂了”，就已然放弃——然而，“比起这个，更需要哥哥做的，是调查更衣室。各个角落都要调查。我尤其想知道的是，有没有出现血液反应。”

“……好的好的，我查我查。不过，你到底搞清楚什么了？”

“现在还处于不知道是否搞清楚的微妙阶段。不过，有了很多发现。”

仓町在他身后直截了当地问：“到底是什么？”

“至少我明白了应该以什么作为线索。”

“线索？卫生纸吗？”

哥哥逼问道。里染侧目望着爬满望潮鱼的岩礁水槽，简短地回答：“——拖布，是那把黄柄拖布。”

第四章　周日的约会和水边的实验

1　拖布什么都知道

第二天一大早开始，就接连发生了三件平常难以想象的事。

第一件，明明是个难得的周日，一个没有训练，能够自由支配的休息日，柚乃却鬼使神差地来到了里染的房间，或许就是因为太闲了才会如此。

第二件，她认定必然还在睡觉的房间主人已经起了床，穿戴得整整齐齐，而且，他何止是离开了床铺，甚至还离开了房间，在走廊上神清气爽地拖地。

“哟，这不是袴田妹子嘛。早上好。”

此外，他居然主动问好。

“我说，你，你是里染同学吧？……真的是你吗？”

“你真是个一大早就产生幻觉的糊涂蛋。”

“你为什么起这么早……啊，你是熬夜了吧？你这就要去睡觉吧？”

“我才刚起来，怎么睡得着呢？现在是九点半哟！”

“哇，符合常识的回答……”

接着就是第三件。

“我不知道你来干什么，不过我正要出门。”

“……啊，抱歉，我的耳朵好像出问题了。你是说，你要出门？”

“是啊。你不要紧吧？”

“去，去，去哪儿？秋叶原？”

“水族馆。去查案子。”

“案、案……”

柚乃受到的冲击实在太大，不由得浑身发软地靠在了百人一首研究会的大门上。里染主动出击，要去破案。看来昨天的怪诞行径并非心血来潮。

在那之后，在被赶出水族馆之后，他的行动依然没有停止。他把报社成员带到附近的咖啡馆，详细了解案发前的情况，在忠实等候的羽取送他回去的车上，也没有摆弄手机，而是始终沉浸在思考中。

顺便说一句，柚乃尽管自始至终陪着他，但是总算赶上了比赛的最后一刻。风之丘的战绩非常令人满意，个人赛中队长获得亚军，团体赛中尽管负于绯天，却战胜唐岸夺得第二名。她们在车站前的煎饼店里举行了庆功会，尽兴而归。佐川队长在最后的致辞中表示：“夏季的前半段，大家一直非常努力，所以从明天开始，我们休息两天。”疲劳困顿的队员们也都拍手喝彩表示赞成……唉，没想到自己从一大早开始，就在这种地方浪费宝贵连休的第一天。

“你怎么了？昨天你不是嫌麻烦，总说想要早点回来吗？报酬不是也已经敲定了吗？”

“我产生了点兴趣。我对感兴趣的事情会全力以赴。”

“啊，这个我是知道的。”

房间的惨状已经一目了然地体现了这一点。

虽说如此，可到底是案子的哪一点激起了他的兴趣呢？难道是因为鲨鱼吃掉受害人这一异常之处吗？

虽然没搞明白，但是："总之，这比睡觉好。你也早早起了床，真了不起！"

"周日早起是理所当然的。"

"喂，这句话从里染同学的嘴巴里说出来……"

"因为我要看朝日电视台的《光之美少女》。"

"啊？"

感动立即冷却。不，这种时候不需要拘泥于原因。

"嗯，果然不使劲儿按压就不行啊。"

里染举起拖布，嘟哝了一句。柚乃一直以为他是在用水拖地，仔细一看才发现奇怪之处。在拖布底下的水泥地面上，散落着被水泡烂的纸。

"你不是在打扫卫生呀？"

"谁会干这种寡妇才做的事啊。现场的拖布不是附着纸张纤维吗？我在做实验，看看它是不是真能附着。"

他把拖布靠在墙上，注视着地上的纸。

"稍微使点劲按按就能粘上，反过来说，不按的话就粘不上。使劲一按，下面的纸就变得破破烂烂了。目前只发现了这些。"

他严肃地总结了实验结果。这么说来，他昨天离开的时候，就说过拖布是线索……

"总之，拖布是被人带进马道的，这一点弄清楚了。但是，问题在于凶手使劲按压了拖布。按压……和我预想的简直一样一样的啊，不过……"他一面不知所云地念叨，一面看看手表，嘟哝说，“应该快到了吧。再见，袴田妹子。”

他挥挥手朝北门方向走去。靠在墙上的拖布也好，黏糊糊贴在地上的纸也好，他都置之不理。里染在这方面的旁若无人一如既往。

“啊，你等等，我也去。”

柚乃向里染跑去。无论是昨天的发言、今天的积极性，还是刚才的实验，她一个都没搞明白，确实让人情绪不佳。本来她一大早造访，也是希望了解昨天他那些行为的本意。柚乃跟他并肩而行，也没遭白眼。

“你跟着来是可以的，但是不许打扰我。”

“我什么时候打扰过你了？”

“弄坏空调的不就是你吗？”

“又翻旧账……！明明是你自己不对。”

“我本来在房间里住得很安稳。”

“你的生活方式有问题。而且生活场所也……”

“哎呀，你好，辛苦啦！”

唐突的话语不是对柚乃说的，而是对等候在北门的一位男子说的。

合身的西装和焦躁不悦的表情。这是昨天迎来送往的搜查一科新人羽取。在他旁边停着那辆眼熟的车。

“不好意思啊，周日一大早就把你叫出来。今天也拜托你了。”

“为什么非要我做这种事……”

“麻烦你注意行驶安全哦。对了，空调能正常使用吧？”

“为什么，非要我做，这种事……”

柚乃觉得这男人从昨天开始就只说过这句话。

羽取赌气地用大拇指示意他们去后座，自己坐到了驾驶员的位置。柚乃和昨天一样，钻进车里，坐在副驾驶座的后面，小声问里染："你特地把他叫来的？"

"我跟你哥哥一联系，就出乎意料轻而易举地把他叫来了。"

"今天又不赶时间，坐电车也……"

"舒适并快速地去不好吗？"

车厢里一股凉意，让她露在制服短裙外的双腿冷飕飕的。车里今天的冷气也让里染心满意足。他果然一如既往啊。

舒适放松的里染。自暴自弃的羽取。纠结着应该无言以对还是应该松一口气的柚乃。三个人心境各异地开始了第二天的车程。

他居然又在便利店门口让人停下了车，买来乌龙茶和红小豆糯米饭团，在车厢里大肆咀嚼，毫不顾忌掉下的米粒。

"这是早饭？"

"对。"

"红小豆糯米……是遇到什么好事情了？"

"我喜欢吃这个。"

"你这嗜好真是够大叔的。"

"你自己不也为了赢得比赛买了炸鸡排三明治吗？还说我。"

里染嘴硬地把垃圾塞进袋子，从衣兜里取出智能手机。

"我都说了，那只是碰巧而已。"

"是吗？我还以为你是要讨个巨大的彩头呢——胆小的我三次突破！"

“……什么意思？”

“鸡是胆小鬼的意思呀，所以炸鸡排三明治就是胆小鬼赢三次的意思[①]。”

“胆小鬼、赢、三次……啊，原来如此。”

“……还挺有意思的嘛。”

“你闭上嘴好好开车！”

羽取刚一插嘴，就遭到了里染的批评，再次满脸不悦。他明明好不容易才说出了“为什么非要我”以外的话，真是个可怜的男人。

“不过，确实很有意思呢，让人感动。我下次要昂首挺胸地吃炸鸡排三明治。”

“太好了。”

里染嘴里应付着，手上操作着触摸屏，发出一阵电子音。

“你在干什么？”

“视频通话。”

“网络通话？和谁？”

他没有回答，而是直接把画面展示给柚乃看。上面是手机图标和“正在通话”的闪烁标志。

隔了一会儿，画面上出现一个近距离的头像，那是昨晚最终没能回家的袴田家族的长子、柚乃的哥哥。

“喂！里染同学？喂……能听见吗？……啊，柚乃？”

“哥哥，你在做什么？”

“这是我该问你的！里染在哪儿？”

---

① 在日语里，炸鸡排三明治的发音为“胆小鬼赢三次”的谐音。

“在这里，哥哥！”

里染把屏幕的角度朝自己略微回调，朝着摄像头招招手。

“你用的是电脑？不错，画质清晰。”

“哦，是吗？但是，你真是挑了一个费事的联系方法啊。”

“我想看见你的脸嘛。能听见我说话吧？”

“有些杂音，不过好歹能听清。”

“因为我们在行驶过程中，请你多少将就一下。对了，谢谢你派人来接我。”

两个人极为平常地交谈着，扔下完全搞不清状况的柚乃没人搭理。

“喂，为什么你要和哥哥通话？”

“因为我们是朋友呀。”

“请你严肃地回答我！”

“我请他派车来接我，作为交换条件需要跟他通话。正好我也想了解信息。”

尽管得到了严肃的回答，柚乃依然没搞明白状况。

“为什么连柚乃也在呢……算了，不问了。那么里染同学，你把发现的情况告诉我吧。”

“你还是先给我讲讲你那边的情况吧。更衣室查得怎么样？还有，现场的纸和血结果如何？”

“哦，刚才结果出来了。现场发现的血液全是雨宫的。拖布和鞋底的纤维无疑和马道上的文件相同。不过，粘在栏杆外面的纸却和男卫生间支架上的卫生纸成分一致。这是你的功劳啊……更衣室里面虽然发现了好几处血液反应……”

“哦，找到了？”

“但是，仔细一查，是鱼的血。”

“鱼？哦，难怪，水族馆嘛。”

“把各处都翻了个底朝天，全都没有问题。在更衣室里没找到雨宫的血液。”

“男卫生间和女卫生间都没有找到吗？这样啊……”

里染闭上嘴，注视着流动的景色。柚乃也逐渐把握了来龙去脉。

早晨，里染联系哥哥说：“我要去水族馆，请派辆车来。”哥哥当然不太情愿，于是他坚持劝说，暗示自己“有所发现”，能协助破案。于是哥哥答应了，同时提出了一个条件：“我派车接你，你把你的发现告诉我。”里染也想从哥哥这里获得信息，所以答应说：“车来了我再跟你联系。”然后就成了目前这种局面。大概就是这样一种情况吧。但还是没明白为什么不简简单单地打电话。

“该你说说你那边的情况了。”

哥哥戴着耳机的脸距离屏幕更近，变得更大。

“不用那么着急吧，哥哥？今天是星期天，我们慢慢来。”

“怎么能慢啊？我这可是正在……正在工作呢。”

他刚把音量放大，又立刻恢复了轻言细语。两只眼睛滴溜溜地不断观察周遭，看上去像在躲着谁。

“我现在正在矶子警署的搜查总部。要是仙堂警官发现我跟你在干这事，一定会杀了我。你快点。”

“那可是需要无比防范的。”

“哥哥真不容易啊。”柚乃说道。

“反正你们觉得与己无关啰？”

柚乃干巴巴的同情，当然骗不过刑警的耳朵。

“那你的发现是什么？昨天你提过拖布之类的。”

“哦，是的是的，拖布，还有水桶。既然拖布和水桶附着有血液和纸纤维，那就一定被带入过谋杀现场，没错吧？”

“当然。”

“因此，我就考虑了一下，为什么凶手必须把这两件东西带进去。”

里染把整个身体倚靠在门上，用手撑住脸颊，时不时把手机里哥哥的面孔转向柚乃，开始了他的推理。

“受害人雨宫茂案发当日的行为和平常明显不同。我昨天也说过，这是一起有计划的谋杀案。基于这一点，可以认为凶手是把他骗到鲨鱼水槽来的。这样的话，凶手是在马道等着他，或是反过来，雨宫在马道上等待凶手到来。不管是哪种方式，总之两个人一定是在马道上见面的。而且，那里成了凶杀现场。听明白了吗？”

“……嗯。”

“那么，为了行凶，有两件必不可少的工具。这是凶手自己准备的工具，你认为是什么？”

“不就是菜刀和卫生纸吗？”

“对。菜刀就不用说了，目的就是杀人。卫生纸对于伪造不在场证明来说必不可少。凶手把这两件东西带上马道，也正因为如此，他才得以实施犯罪。”

“嗯，当然了。”

“那么，凶手是怎么把东西带进来的呢？”

“……嗯？”

“如果只是把东西带入饲养员工作区的话，前一天把它们藏在那个乱糟糟的架子上就可以轻而易举地办到。但是，再把它们带上马道，又该怎么办呢？刚才我说了，凶手和受害人应该是在马道上见的面。而且鲨鱼水槽旁什么都没有，视野清晰，不是藏东西的地方。如果带着菜刀和卫生纸这种奇怪的东西接近雨宫，必然会使得他心有戒备。那该怎么办呢？”

里染的一语中的和挑衅语气，终于在哥哥眼中点燃了刑警的敏锐之光。他低头沉思了一会儿，说道：“……菜刀，可以藏在裤子的后面。卫生纸能勉强塞进衣兜。”

“哦，或许菜刀怎么都能想得到隐藏的办法，但是卫生纸如何呢？请你回忆一下，昨天在男卫生间找到的卷纸，厚度已经超过了能够放入衣兜的程度。”

“……哦。”

“这个卷纸，虽然比全新的量要少一些，可是也没有少到能够放进衣兜的程度。即使想尽办法勉强塞进去，也会鼓鼓囊囊很显眼。很难想象凶手会做这样的选择。”

“那么，你觉得应该怎么做？”

“因此，才有了水桶的登场。”

——水桶。

“啊，原来如此……”

柚乃不由得说出了口。太过理所当然，太过细枝末节，却让人恍然大悟。

装在水桶里的不是水。

“菜刀和卫生纸都能轻而易举地放在水桶里。把这两件东西藏在里面的话，即使靠近受害人——或者，即使受害人靠近凶手——也不用担心暴露。光明正大地行动，光明正大地瞄准对方。”

“……原来如此。这恐怕的确是带入凶器的最有效方法。”

哥哥似乎已经理解，深深地点点头。屏幕仍然时不时地冲着柚乃，让人觉得很奇怪。她心想，又不是我在说话。

“那么，这就是凶手把水桶带进现场的原因？……不对，等等。水桶的话，应该还有更重要的用途。”

“是的。把水桶带进去的最大原因，就是为了在现场洒水——也就是说，把马道浸湿，使得溶化的卫生纸不再显眼。”

也就是说，为了消灭定时装置的证据，水桶也是必不可少的。

“所以，隐藏凶器只是顺便的。”

“……那么，你为什么会关注那么微小的事情？”

“你是说为什么我要去解开这么微小的谜团？这是因为，即便是微小的事情，也完全可以成为线索。例如，利用刚才提到的事情就可以推测出拖布被带进现场的原因。”

“拖布？”

车速减慢了。周日的国道很拥堵，难以顺畅地通行。高速路的标记还没有出现。里染心不在焉地眺望着窗外鳞次栉比的小商店，继续说道：“……如果我刚才提到的水桶是用来隐藏菜刀的工具这一假说正确的话，那凶手为了不让受害人产生怀疑，真是费尽了九牛二虎之力啊。”

“既然是有计划的谋杀，任何人都会这样做吧。”

“那么请你想象一下，接下来要去杀人的凶手，一只手拎着用于打扫卫生的水桶，里面放着凶器和设置骗人装置的工具。为了不留下指纹，他戴着橡胶手套，穿着橡胶长靴，以这样一种状态与受害人见面。你觉得，在完全不知情的受害人眼中，他的装扮看上去像什么？”

“……”

哥哥这次完全陷入了沉默。柚乃也开始思考。靠近自己的凶手。橡胶手套、橡胶长靴，还有写着“用于打扫地面”的水桶。用于打扫卫生的——

“……看上去像个打扫卫生的人。”

这是个坦率至极的回答，可里染却对着柚乃露出了微笑。是久违的、冷酷的笑容。

“对，通常看上去是这样——哥哥，你听见了吧？凶手看上去像个打扫卫生的。”

“这个我知道。有什么问题吗……啊！”

“你明白了？如果凶手试图装扮成打扫卫生的人，那他偏偏缺了一件东西。只带着水桶是无法打扫卫生的——如果没有拖布的话。”

“原来如此！所以他才把拖布一起带进来了！”

哥哥双手一拍桌子，图像因为振动而略微颤抖。

“手套长靴、水桶加拖布。凑齐这些东西，看上去就彻底是个打扫卫生的人了。雨宫忙于海豚饲养和表演，完全没有参与过鲨鱼水槽工作。只要找个借口，谁都可以立刻欺骗他。在人手不足的丸美，代替打扫卫生的人清理饲养员工作区是司空见惯的事。”

昨天，他向馆长确认了代替别人打扫卫生的情况。对，恰好就在搞清卫生纸无法放进衣兜之后。在那个时候，他就已经凭借线索推理到了这样的程度。

——不，等等。当时他好像紧跟着还问了一个问题……

“好，接下来才是正题。”

“啊？还没到正题呀？”

“到现在为止仅仅只是铺垫，就像《黑衣剑士》一样。你别说话，只管听着。”

里染不理睬吃惊的柚乃，开始切入他所谓的“正题”。

“为什么凶手要把拖布拿出来？是为了伪装成打扫卫生的人。这没问题了吧？但是，请你想想，说到底，他为什么需要装扮成打扫卫生的人？”

“……这个，你不是说过吗？他把凶器藏在了用来打扫卫生的水桶里。”

“为什么用来打扫卫生的水桶是件必需品呢？”

“……？”

“在饲养员工作区的架子上，有很多和它大小一样、备用的水桶。与之相比，储物柜里用来打扫卫生的桶已经旧了，而且桶底还有裂缝。为什么他没有选择其他的水桶，偏偏拿走了这个快要坏的呢？”

“这个……确实……”

“你再想象一遍。假如凶手使用了其他水桶，而不是打扫卫生用的水桶。橡胶手套、橡胶长靴，还有平平常常的水桶。以这样的状态和受害人见面，看上去像什么？袴田妹子，你怎么想？”

“啊？怎么想……”

明明刚才让人闭上嘴好好听，现在又来提问。柚乃一边在心里抱怨，一边开动脑筋。

这次是没有标明“用于打扫卫生”的水桶。在普通场所看上去还是像个打扫卫生的，但是，如果在那个地方——水族馆的饲养员工作区，这副打扮——

“……像是饲养员吧，”她不自信地回答，“我觉得昨天馆长好像也说起过。”

“答得妙啊！”

里染没有拍手，却把手机靠近了柚乃。

“饲养员日常使用的是和架子上一样颜色的，也就是蓝色的水桶。昨天代田桥等人也都拎过水桶。在喂食、整理水槽的时候佩戴手套穿着长靴也是极其平常的。而且，替别人喂食、整理水槽，在丸美也是家常便饭。不过当然，这只限于具有专业知识的饲养员。”

里染寻找到的结论逐渐清晰。柚乃和哥哥都默默不语地等待他继续讲下去。

“基于这一点，我们假设凶手就在饲养员当中。这个人周全地策划好了一切，他还充分考虑到了水桶的必要性。因为需要使用水桶来隐藏凶器，还需要水桶浇水，以便消灭设置骗人装置时留下的证据。凶手进入饲养员工作区后，在位于马道视野死角的架子前面戴上手套穿上长靴，接着拿起水桶。”

水桶有两种。一种是与自己携带的同一色系、放置在架子上的，还有一种是放在储物柜里、颜色深的、用于打扫卫生的旧水桶——

“如果选择用于打扫卫生的水桶，不带上拖布就会让人觉得不协调。但是架子上的水桶则无此必要。因为它和自己这些饲养员日常携带的水桶是一样的。他们要我来整理鲨鱼水槽，他们要我去喂楼下的蓝线雀。借口太好找了……但是事实却是，凶手选择了用于打扫卫生的水桶，故意带上了拖布。这是为什么？”

“……因为凶手不是平时携带水桶的人。”哥哥茫然自失地回答。

“是的。除了打扫地面，凶手找不到其他借口来解释为什么自己会拿着水桶。因此可以推测，凶手是个除了打扫卫生以外，不可能进入饲养员工作区的人。也就是说，凶手是饲养员以外的，从事事务性工作或是打零工的职员。”

他简洁地下了结论，然后停下了他的叙述。

“真厉害……！”

“你好好看着前面开车！”

“哦，好。”

羽取在驾驶座上发出了惊叹，却被里染冷冰冰地顶了回去。

“哎呀，你真的是很厉害啊，一下子就把嫌疑犯范围缩小啦！”

这位年轻刑警的心情柚乃和哥哥十分理解。拖布、水桶。他凭借这仅有的线索，就确定了原本雾里看花的凶手形象。

戏剧性的推理。

“唉，不过是这种概率高罢了。异常情况我也考虑了好几种。例如，真凶有可能是饲养员中的一位，他为了嫁祸于办事员，故意使用了拖布和用于打扫卫生的水桶。”

“哦，是吗？原来这推理不是确凿无疑呀？……那你为什么要告诉我啊？”

哥哥趴在了电脑前。看来和里染说话，谁都会感到异常疲倦。

“的确不是确凿无疑，但是可以作为一个指针。我之前出于其他原因怀疑过饲养员。但是凭借这一点，才得以把焦点转移到饲养员以外的人身上。因此我才拜托哥哥调查了更衣室。如果出现问题，则拖布和水桶的推理错误。如果没问题，那推理就是对的，就能进一步锁定嫌疑犯了。”

“我不知道你在说什么，你再说得详细点……不，里染同学，你先把摄像头推回你那边行吗？”

“啊？为什么？”

你就这么不想和妹妹见面吗？柚乃心想。哥哥听她这么问，尴尬地避开她的视线说：“哦，不是。那个，在我这个角度，从刚才开始一直就是你的腿，那个……”

柚乃没让他说完。柚乃用乒乓球队练就的扣球技术（不带球拍）杀向里染的右手，手机滑落到了座椅底下。

“咦？怎么突然变黑啦？没事吧？喂，喂！”

“哥哥，你去死。求你了你去死……”

柚乃按住了太阳穴。从昨天开始她就觉得哥哥特别恶心，而现在已经是愤怒了。

里染脸色苍白地摩挲着右手，说道：“这、这是我才买来的智能手机……你究竟打算弄坏我多少东西才甘心啊？”

“啰唆！里染，你也同罪。你别随便拍些奇怪的东西！”

“不过是偶然拍到的嘛。哎呀，真是的，手机手机……”

“啊！别碰我的腿！”

因为里染蹲在她的脚边，所以这次柚乃扣杀了他的脑袋。不，撑死了就是个削球。

“我没碰呀！再说了，本来就是你弄掉的！”

“那我来捡，你老老实实别动！”

“干吗啊？真是的。”

“……呵呵。”

“不许笑！”

“对不起。”

驾驶座上的羽取在大喝之下又闭上了嘴，反正都要离开学校，为什么要穿校服呢——柚乃一边后悔，一边捡起了脚边的手机。幸亏没摔坏，还在通话当中，画面上清晰地出现了傻瓜哥哥的面容——

“……啊。”

“怎么样？坏了吗？你赔我修理费！”

柚乃没有说话，笨拙地把屏幕倾斜到里染也可以看见的角度。他也“啊”一声僵住了。反倒是终端的另一头传来了一个男人的声音：“是应该批评袴田呢，还是应该冲你发火呢……我看两个都可行！你们在搞什么？”

出现在哥哥旁边的，是他的上司板起的面孔。而哥哥刚才就在担心被他“杀掉”。或许是因为彻夜未眠，仙堂头发乱糟糟的，显得疲惫至极，但是他细长的眼睛仍然目光炯炯，越过画面盯住对方。

“你好，刑警先生。”

“好什么好？我问你们，这是在搞什么？”

“视频通话呀。”

“为什么，你和袴田！在这种地方，悠闲地！友好地视频通话？！”

仙堂摘下了哥哥的耳机，夹着杂音的怒吼断断续续。

“仙、仙堂警官，不是这么回事。我正在听里染的推理……”

“推理？这家伙的工作是昨天的卫生纸，已经结束了。推什么理啊！”

“说到卫生纸，刑警先生，被替换的卫生纸找到了吗？”里染毫不胆怯地问道。

仙堂嗤之以鼻地笑着说：“这些事情，我没有告诉你的义务。”

“是吗？反正也跟它没关系了，无所谓。大概会在办公室的垃圾箱里找到吧。”

“你怎么知道？！”

歇斯底里的喊叫声震耳欲聋。

“依靠推理啊，推理。对了，我刚才讲到哪儿了？突然出现这么多状况，我给忘了。”

“喂，你不许随便往下讲。这种通话，赶快掐断……”

“哦，对了对了，我说到，嫌疑人的范围可以缩小到一个人。”

仙堂的手几乎就要碰到电脑键盘了，但是一听这话，他立刻停止了手上的动作。旁边的哥哥也瞪大了双眼。

“……嫌疑人的范围，可以缩小到一个人？”

“对。也可以换句话说，就是我知道凶手是谁了。”

“里染你等等，我可是头一回听你这么说哟。”

“我刚才不是说了吗？如果更衣室没问题，就可以彻底锁定了。”

“我，我才不吃惊呢！”仙堂嘴角的颤抖把他内心的动摇暴露无遗，但他却用嘲讽的语气说，“凶手是谁，我们也大致有数了。”

“如果以找到的卫生纸作为证据，恐怕会判断失误。重要的是拖布和水桶。只需要这两件东西就能找到凶手。”

里染淡漠的语气，让仙堂更加恼怒。他握紧拳头，咬紧牙关，最后气馁地叹了一口气，逼近屏幕说：“……行，我姑且听你讲讲。为什么可以锁定嫌疑犯？说说你的根据。”

“你愿意听了？嗯，那这样……”

里染突然采取了一个古怪的行为。他瞥了一眼窗外，用电话那头的人听不见的声音嘟哝道：“时间正好合适。”他从柚乃手中拿过手机，接着对仙堂说：“好，我现在就讲。”

他的顺从让柚乃感到出乎意料。她一心认为占据上风的里染会来一句“求人办事也要有求人的样子嘛”，然后又会出现一番争执。

她立刻就搞清了原因。

“凶手很有可能就在办事员当中——这是我刚才所做推理的结论。详细情况你回头问问哥哥就能明白，简言之……”

刚开始，他的叙述就像讲课一样流畅。但是，就在即将触及核心之时，出现了异常。异常的不是讲课的内容，而是通信手段。

“也就说，这个推理是一个指针，而重要的是另一个原因。”

“喂，里染……里……喂，喂……噗……噗。”

画面不再清晰，声音眼看着——不，耳听着噪声也越来越大。两位刑警的面容变成了马赛克，声音总是中断，好不容易才能听见。

这一问题恰好出现在汽车上了高速公路提速的时候。

“哎呀，抱歉，信号不好呢。反正我们正在赶过去，到地方再见吧。就这样。”

他不慌不忙自顾自地道了别，切断了通话。然后随手操作了一下，把手机放在了座位上。屏幕上显示出“退出”的标记。

——原来是故意的啊。柚乃的直觉告诉她。

“你一开始就知道上了首都高速通话就会切断吧？”

“这个服务一上高速就容易出问题，可是出了名的。”

里染像只猫似的伸了个大大的懒腰。柚乃听了他这一解释，就全都明白了。

如果打电话，上了高速也有信号，这一点昨天就证明了。所以他选择了高速上信号弱的网络通话，巧妙地调整了时间——刚开始，他的台词是“慢慢来”，刚才又说“时间正好合适”——他事先已经盘算好，在触及核心内容之前通话会自然切断。当然，他自己想要了解的警方信息，则在最开始的时候就从对方嘴里套出来了。

从他决定把和警方联系作为交换条件的那一刻开始，就一直打算这么做。

“……你真是个大谋略家。”

“你指什么？”

他像个孩子似的装傻充愣。真可恨。

“可是，你为什么只把话说一半呢？讲完不好吗？”

“如果把凶手的名字说出来，你哥哥他们很有可能会抢先一步逮捕他。而如果我不在现场，就失去了和凶手交谈的机会。”

“交谈的机会很重要吗？”

“那是最重要的。我感兴趣的就在于此。”

逮捕凶手不重要，和凶手交谈才重要。听起来相似，实际上大不相同。他打算说什么呢？

“而且，我虽然说过可以锁定嫌疑犯，但是证据尚不确凿，还需要过去确认几件事。”

“……可是听你刚才的语气，简直就是确凿无疑嘛。”

“只是采用了这种语气而已。”

他爽快地承认自己在说谎。柚乃真想把脸埋入前排椅背里。

“……真是的，都不知道你到底有几分是真话……等等！”

她忽然留意到，一上高速通话就切断了。要是这样的话，通话过程中出现的问题也是他计算好的了？仙堂的出现或许是种偶然，但是在此之前——

“里染，我的腿被拍到，也是你故意的？为了调整时间？”

“这个嘛。”

他一边说，一边拼命在脸上堆砌笑容。这次是一个大力击球，击中侧腹。

“你，你怎么使用暴力……”

“这是对性骚扰的正当防卫。你要是有工夫在这些事情上动脑筋，不如再认真点好好推理！”

“不对，我的推理也是很认真的……把嫌疑犯锁定为一个人也是真的。”

“……那到底是谁呢？”

里染咳嗽几声，调整好呼吸，在座位上重新坐端正，说道：“就像我刚才所说，是不是饲养员的推理只是一个指针。其实还有一个有关拖布的推理，这是问题的核心，所以我瞒着你哥哥他们呢。这两点和更衣室没有查出问题的结果一结合，目前嫌疑犯就只剩一个人了。”

“这个人是……？”

柚乃穷追不舍。羽取也在驾驶座上竖起了耳朵。里染黑色的双眸注视着柚乃，说出了他的名字：“——兽医绿川光彦。”

2 《炫声音》[①]

水族馆仍然处于封锁状态。广场上空落落的，只有喷泉在徒劳地喷水。几辆媒体的面包车停在入口附近，报道人员和摄像师正在准备实况转播。

里染从他们身后绕过去，以免被人发现。然后打开便门的锁钻了进去，这条路线好像也是哥哥教他的。

他直接来到展示区，因为跳过了入口，所以大水槽猛地跃入了视野。光线比开馆时要略暗一些。柚乃满面生辉，简直就是想把昨天的愤懑一扫而光。

“哇，太棒了……”

数以百计的鱼儿组成一幅全景图，展现在柚乃眼前。或许是心理作用，柚乃觉得，没有了参观者的注视，这些悠然自得的水中生物显得比平时更为放松。接下来柚乃意识到：难道这里成了我们的包场？

“我把你扔在这里了哦。”

“喂，里染，你等等！难得来一次，好好看看嘛。”

“我们可不是来看鱼的！”

“可是这多难得呀……哇，鳐鱼！好大！就像鲨鱼！”

---

① 日本的配音演员杂志。

“本来就是相似的种族，当然像了。鳃在肚子上就是鳐鱼，在身体侧面就是鲨鱼。”

“咦，原来是这样啊……真的？”

“不知道。”

里染快步向前走。柚乃尽管对鳐鱼恋恋不舍，但还是嘴里反复叫着“你等等”，追上了里染的脚步。她似乎明白了昨天哥哥的心情。

“这可是水族馆哦，包场哦。你就不兴奋吗？”

“兴奋了还了得？你昨天不也来了吗？”

“不，昨天不算……啊，说起兴奋，香织在干吗？”

“你这是什么联想啊？香织今天在家睡觉吧？她昨天说自己累坏了。”

目睹杀人现场，卧床不起也是理所当然的。

“不、不要紧吧？是不是应该去看望她呀？”

“没事，这家伙很坚强，不用担心……我真要把你扔在这里不管了哦。”

无情的人朝着驻足于樱花鲷圆柱形水槽前的柚乃说道。

“就看一下下不好吗？里染，你没有喜欢的鱼吗？”

“没有。非要说的话，章鱼和鱿鱼还行。还有海葵。”

“为、为什么都是有触手的？”

他们俩闲聊着在A栋中前进。柚乃很享受一个游客都没有的水族馆。她在岩礁水槽前面对红松球鱼独自感叹。在特别展示区，名字中含有她名字发音的花蟹①又让她驻足观察。而每一次

---

① 这种螃蟹在日语里的发音是Yunohanagani，前面两个音节正好与“柚乃”的发音相同。

里染都会催促她快点走。柚乃觉得过去和哥哥一起来的时候，自己也遭到过这样的催促。

就在她靠近镰鱼水槽，想要观察这种有着黄黑相间的条纹、以突出的头部作为特征的鱼类时，一个粗嗓音在令人意外的方向响起："哎呀？你们不就是昨天来过的……你们在做什么？"

水槽的玻璃是开放式的，没有连接在天花板上，工作人员可以从顶部的后方探出头来。穿着黄色 Polo 衫、有着发达肌肉的两个人正站在那里。

那是昨天晚上被集中到会议室的饲养员代田桥和大矶。

"今天又来了？真是的，我不管你们是顾问还是什么，现在水族馆封锁，你们来干什么？"

"这是我该问的问题，代田桥先生。封锁状态下你们还工作，真是令人佩服。"

"那还用说，全体人员都在工作。发生了谋杀案也好，现场封锁也好，人类的事情和鱼毫无关系。"

代田桥把水桶拎起来靠在水槽边，板着脸开始撒饲料。那是类似于肉糜的混合饲料，数十条镰鱼从珊瑚的阴影中游出，吧嗒吧嗒精神十足地张开嘴把它吞下肚。大矶也同样开始撒饲料。

"不过，正合适。我恰好有事情要问代田桥先生。顺便还有话要问大矶先生。"里染仰着头对两人说道。

他们停下手里的工作问道："有话要问？小孩还真把自己当侦探了？"

"我都说了我不是侦探。我要问的倒也不是什么大问题，听说你昨天给鲨鱼水槽旁边的水槽添加了饲料。时间段是从九点四十分到接近十点。这是每天都要做的吗？"

“对，在那个时间段一定要做。”

“如果和平常一样，添加完饲料后你会去什么地方？回饲养员室吗？”

“不，我会直接去给新馆的水槽添加饲料。”

“原来如此。就是要离开B栋啊……不过，昨天你添加完饲料之后，去了绿川医生的办公室。为什么？”

“为什么？……昨天医生叫我去他办公室，商量一下小丑鱼得传染病的事。”

“绿川医生叫你去的？”

里染又确认了一遍。代田桥点点他那岩石一样的下巴，说道：“他倒是没有直接叫我去，而是让绫濑转告我的。就算他不说，我也正想去找他……”

“这一点倒无关紧要。总之，绿川医生叫你去一趟医务室。然后，你就采取了和平时不同的行动。结果，你在医务室里形成了不在场证明。没错吧？”

“你怎么说话的？是怀疑我吗？”

代田桥嚷嚷了起来，狠狠瞪着低处的里染。

“不是，我没有怀疑你。不是怀疑你……那么，大矶先生。”

里染冷静地微笑着，转向大矶。一直默默不语添加饲料的青年简短地应了一声。

“我想了解一下被杀害的雨宫先生。你和他年龄接近，你觉得他是一个怎么样的男人？”

这个问题不太符合里染的风格。在上一次破案的时候，他也没有主动询问过受害人的性格。

大矶吞吞吐吐：“怎么样的男人，怎么说好呢……”代田桥在一旁插嘴说："不靠谱的家伙，浅薄浮华。对吧，大矶？"

"没有，这个嘛……他工作也是很认真的。"

"他作为驯兽师确实水平高，不过有没有工作热情就不知道了……脸上总是挂着目中无人的笑容，有时候真想揍他一顿。"

代田桥看上去很是不悦。按照香织的话来说，雨宫是个美男子，听上去就是这一点让他不痛快。

"原来如此。目中无人的笑容被鲨鱼给吃了呀。"里染开了一个极其放肆的玩笑，然后再次问大矶，"你觉得如何？雨宫先生是个不靠谱的家伙吗？"

"……嗯，有时候有这种感觉，我不太清楚。因为我半年前刚来。"

"哦，这么说你是实习生了？"

"你、你了解得真清楚……而且，我认真得有些死板，和雨宫先生脾气格格不入，所以无法作出判断。"

"行了，问清楚就赶紧走！到其他地方约会去！"

代田桥一面说，一面把最后一把饲料撒进了水槽。

这可不是约会——就在柚乃试图否认的时候，代田桥他们俩已经回到了后院深处。

里染和柚乃继续往水族馆深处走去。姿态凶恶的长腿蟹，让人心情愉悦的水母，他们（主要是柚乃）每到一处便停下脚步，最终到达B栋的便门。在进入通道前，柚乃看了一眼鲨鱼水槽的玻璃。灯光全都熄灭了，在这一片漆黑的背景下，挂着一块"正在调整"的大牌子。

进入后院，正好碰见芝浦从备用品仓库里走出来。他看到不知来由的两个人，吃了一惊，额头上的皱纹更深了。里染没有打招呼，径直走过去，在拐角转向左侧。接下来是一扇写着“饲料准备室”的房门，他对此也完全无视。

里染急匆匆前往的目标，是前方“医务室”的房门。

——兽医・绿川光彦。

从十一人中锁定的唯一一个、最为重要的嫌疑人。

他或许就是凶手。接下来，在这扇门的对面，里染即将揭开案件的谜底。

柚乃紧跟在他身后，越来越紧张，就像昨天面临比赛时一样。

幸亏房门没有锁，敲敲门推开后，发现房间里就只有绿川一人。他看见柚乃二人，只是“哎呀”一声，似乎并不是很惊讶。

“这不是昨天的……找我有事吗？”

“是的，我有话要说。是关于案件的，十分重要，的……”里染迈入房间，环视大约六张榻榻米大小的房间，然后说，“这，这可就没办法了……”

——里染话音未落便无精打采地靠在了墙上，感到扫兴的是柚乃。

“啊？啊？里染，你怎么了？”

“这可就没办法了。”

“什么没办法了？是你的生活和爱好？”

“这可就没办法了……我说的不是那个。这可就没办法了。”

“你怎么就像在念诗呀？你怎么了，里染？里染！”

“难道你是受伤了？”柚乃摇晃着里染的肩膀，医生在她背后站起身来说，“如果是这样，很抱歉，我基本上只给动物看病……”

绿川望着一览无余的房间补充道：“本来这个房间里也没有医疗用品。”

一进医务室，是一张小书桌，再往里摆满了架子，架子上是整齐排列的文件。没有其他任何东西，桌子上也只有其中一份文件、纸夹和笔筒。这是一间没有必要整理的简朴房间。向架子上望去，每一个文件夹的侧脊上都标明了时期和生物名称，例如“98 年伪虎鲸”等。

“这样的话，与其称为医务室，不如说这个房间作为病例保管室使用。刚才我正在阅读热带鱼的记录。要不我带你去新馆那边的医务室？”

“新馆……新馆也有医务室？”

“对啊，那边有医疗工具。虽然不是用于人类的设备，但处理伤口这种小事没问题。”

“哦，原来如此。是啊，既然要以水生物作为对象，也需要有相应的设备。既然有新馆，怎么可能还在这么旧的建筑物里设置医务室呢？病例保管室……对了，案发的时候，你说你‘正在重新翻看旧病例’，还让代田桥‘到楼下的医务室来’。这样就合乎道理了。我理解了，我明白了。”

里染相当痛苦地点点头。

“我还没搞明白是怎么回事，是这个房间让你的期待落空了吗？”

“是的，我的期待落空了……我以为这里是你平常使用的医务室，里面除了医疗器具，还放置着各种私人物品，比如深蓝色的 Polo 衫。”

“私人物品？Polo 衫？这条件限定得真严格啊。T 恤呀，除了我身上穿的这件，就没有别的了。”

绿川拉拉自己的衣服。今天的 T 恤是和他名字一样的淡绿色。

“从逻辑上来考虑，情况应该就是这样了……这个房间从很早以前开始就是保管室吗？不是昨天突然改变模样的？”

“当然。自从新馆建好就一直是保管室。你问谁都一样。”

“是吗？这样的话，到底……到底……”

里染在绿川和柚乃的注视下默默不语，接着“啊”地大叫一声。然后对绿川说：“对不起，给你添麻烦了。”

他微微低头，严肃地转过身去。柚乃搞不明白状况，竭尽全力想要跟上他的脚步。

面对这样的里染，绿川仍然毫不在意，他答道：“没关系。”大概是对里染失去了兴趣，声音非常冷淡。

来到走廊，里染向位于深处的搬运口方向走去。

“我说，绿川医生不是凶手吗……”

“不是，我搞错了。我太糊涂了。”

转弯后也有一处楼梯。这里不能通往地下，只能到二楼。

“我没有考虑过手套的问题。真是的，这种事昨天我就应该确认好。这是最糟糕的情况，迄今为止的所有努力都白费了。再次回到原点……”

里染一面上楼，一面说梦话似的懊悔不已。似乎他看了一眼医务室后，发现了重大的错误。

“你说的回到原点，是指嫌疑人仍然还有十一个？”

“是的。”

“仍然没有线索？”

“没有，我举双手投降。”

里染在爬上二楼的地方，真的举起了双手。他的行为虽然像是在开玩笑，但是脸色却阴沉沉的。昨天在同一条走廊里的时候，却是那样的信心十足。

“我一直只是运气好而已，方针也错了。啊，完了，完了完了。最近全是些烦心事。推理错了，空调坏了……”

“在、在这种情况下你还翻旧账啊……总之，你要稳住啊。”

柚乃拼命地撑住里染的胳膊，不让他和墙壁连成一体。

“也不是全都错了嘛。卫生纸的把戏你是说对了的。”

“是对了，但并没有因此就找到凶手啊……不，既然这样，恐怕我还是需要依靠它……”

“是啊，要努力哦！里染同学，加油！”

她把昨天队长给她的鼓励原封不动送给了里染。里染和柚乃当时的反应也完全一样：“就算加油也无济于事啊……”

就在这时，一个声音在他们身后响起：“哎哟，还挽着胳膊啊，真亲热呀。”

长发的驼背男子——津正打算进入资料室。

3　体弱多病的海豚姑娘

资料室是一间萧瑟的屋子，只有放文件的书架和几个瓦楞纸箱，和楼下的医务室很像——不，反过来说，或许只是楼下的医务室与资料室相似。没有窗户，强烈的阳光只能从设置在房间深处的排气扇缝隙里射进来。津站在排气扇的墙边，兴致盎然地盯着里染和柚乃。

“要是约会，就不应该在这里，而是去看水槽更好。”

“所以这不是约会嘛。”

柚乃一否定，津就“好的、好的”笑起来，对里染说：“你找我什么事？”

“有事向你确认。”

“关于案子吗？可以倒是可以，就是请你快一点。现在我正在休息。”

只是名义上的休息吧。按照香织的说法，他喜欢上班溜号。

“你是要抽烟吗？”

里染冷不丁地说道。津一听这话，一下子睁大了他眯缝的眼睛：“……哟，果然是侦探啊。你怎么知道的？”

“因为报社成员说，你给了他们糖吃。我想你可能是烟瘾犯了。而且，你有时不时溜号的习惯，作为休息场所的这个房间还有排气扇。所以我就猜想，你可能是躲在这里吸烟。”

“得与时俱进，整个水族馆都禁烟，搞得我可费劲了。”

他从衣兜里取出烟盒与几粒糖果，把糖果分给两人。那是背面印着猜谜游戏的小包装硬糖，葡萄味的，很孩子气。

“你要确认什么？”

“已经确认好了，这就告辞。”

“你、你等等。”

明明是津自己让里染快点的，现在却又慌忙地拦住他。

“你这也太快了，连个问题都没有。再聊会儿吧，其实我对案子也感兴趣，想破破案。”

“可你也是嫌疑人呐。”

“所以我才想破案嘛。昨天我还悄悄向馆长打听，你是如何破解不在场证明骗局的呢。哎呀，居然是卫生纸，太有趣了。不过，如果再仔细观察现场，我也有信心解开谜团。”

“……你认为凶手是什么样的人？”

津叼住一支烟，用打火机点燃。

“嗯……很明显，他相当不合常理。如果是我，绝对不会在那样的地方杀人。”

他一边呼出白烟，一边展开双臂比画出整个 B 栋。

“出入口有摄像头，外面还有工作人员来回走动。虽然通过值班表可以确定哪个时段没有人进入水槽，但这并不代表百分之百安全。然而凶手却杀害了雨宫，也就是说——”

“也就是说？”

“他对雨宫抱有的杀意达到了相当强烈的程度。割断他的脖子，让鲨鱼吃掉他，不侮辱他就不满意。凶手思维缜密且大胆，兼有强烈的杀意与疯狂。我之所以说卫生纸的把戏有趣，也是出于这个原因。尽管设置巧妙的骗局，但是方法却很孩子气。”

“雨宫先生是一个能激发别人产生如此强烈杀意的人吗？工作人员之间存在什么纠纷吗？比如感情纠葛。”

“这个就不清楚了。虽然他常常跟女性套近乎，但是与其说他是把女性骗到手，不如说他是在戏弄女性而已。这方面应该不会那么招人恨吧。我觉得恐怕还是工作上的问题。”

“可我听说他工作很认真呢。”

“两三个月之前，饲养员们提出要增加一头海豚。负责事务性工作的船见和馆长表示没有余力并拒绝了他们。当时雨宫和他们发生了口角。不过，我躲进了自己的城堡，具体情况不是很清楚。”

“资料室是你的城堡？真是个没价值的城主啊。”

柚乃心想，你自己不也是个活动室的城主，还好意思说别人。

“你的话很有参考价值，非常感谢。”

里染向吞云吐雾享受香烟的溜号大王行了个礼。

就在他们正要离开房间的时候，津突然想起来似的说：“……说到船见，他昨天有些奇怪的举动。是你离开之后的事。”

“对，我猜也是。”

里染点点头，一副对情况了如指掌的样子，离开了烟鬼的城堡。

办公室里有四个人。

水原今天仍然随意地套着一件T恤，坐在桌旁面对电脑。船见正在书架前翻阅文件。看上去和柚乃年纪相仿的打零工的大学生仁科穗波正在操作复印机。她身旁是正在休息的副馆长绫濑，一只手里拿着热气腾腾的纸杯。

“哎呀，这不是昨天的侦探同学和小助手吗？是在约会？”

一而再再而三。刚一推开门，水原就抛出了和代田桥、津同样的话语。柚乃加重语气说：“我说了不是。”但是他们有没有听进去就不知道了。

而里染则默不作声地观察着房间内部，黑色的眼珠从左到右滴溜溜地转。他挠挠下巴，缓缓地说道：“我有件事想问问大家。”

“什么事？”

“关于雨宫。我想听大家说说，他是一个什么样的人。”

“什么样的人……嗯，一个怪人吧。”

不知道是她性子急，还是平常就一直这么认为，水原没有像大矶那样吞吞吐吐，而是当即就作出了回答。

“不过，这倒不是说他特立独行，只是他在饲养员中算是比较独特的类型吧。他不对生物谈感情。”

“不谈感情？”

“我的意思是说，他只是事务性地完成工作，不愿意介入太深。小智常常感叹，说他身上有些让人弄不明白的地方。”

“别再说了。就像是在说死去的人坏话一样……雨宫先生在饲养和训练方面不是都做得很好吗？”

绫濑略带责备地说道。这些人对雨宫的评价，和代田桥基本一致。这个男人很能干，但态度却目中无人。

“我听说他很好色，你们女性职员怎么看？”

“嗯，是的是的。绫濑小姐和他年龄接近，他常常套近乎。”

“没有套近乎，就是半开玩笑地问我要不要一起吃顿饭。”

“哦，前一阵他也问过我……但我拒绝了。”穗波怯怯地举起手说道。

水原夸张地身子后仰，说道：“连穗波也没放过？这人真是不加区分。”

“水原姐，我不是说了请你不要再这么讲话吗？”

“哦，抱歉抱歉……不过，我觉得雨宫先生的真命女神还是小智。”

“小智……是泷野智香吗？”

“是的是的。他们都负责海豚，我看见他们在这方面很聊得来。对吧，船见先生也这么觉得吧？”

“什么？”

水原转头望向书架边的船见，他的背部一颤，说道：“什、什么？是在说雨宫先生？是啊，他好像和泷野小姐关系不错，很不错。嗯。”

语速快、喋喋不休。确实如同津所说，举止可疑。里染用只有柚乃才能听到的音量悄声说：“这人真是简单易懂啊。”

但是，有一件奇怪的事情发生了。

“不过，雨宫先生做事，到底是不是真心的也搞不清楚啊。他邀请绫濑小姐，好像也是在开玩笑。”

船见这么说着，把话题扯到了绫濑身上，就像试图尽快把大家的注意力从自己身上转移开来似的。而绫濑也和船见一样，抬高音量说：“啊？……哦，对，是啊。”

而在此之前，她的对答都很自然。而且她的回答完全就是在重复刚才的内容。

柚乃歪歪脑袋，弄不清她是怎么了。里染看上去也对此产生了疑惑。他眯缝着双眼皮，凝视着绫濑。而绫濑对此也有所察觉，尴尬地低头看着手里的纸杯——

就在这时，柚乃他们身后的门被拉开了。

“我回来了……不错不错，警方终于答应了。”

筋疲力尽地说着这话走进屋的，是鲨鱼饲养员深元。他的平头令人印象深刻。绫濑抬起头，立刻把话题引向他：“真的吗？太好了。这样就可以清理水槽了。”

“对啊，我稍微休息一下就开始干活。把水放了，再把地下的过滤器也打扫打扫。还有马道的地面……哦，清扫用具储物柜里的东西都被收走了是吧？真麻烦啊。水桶也就罢了，拖布可是上个月刚买来的新家伙呀。”深元一边开咖啡机，一边自言自语地抱怨着，接着他总算留意到两个不相关人员的存在，“哎呀？昨天来过的……你们在这干吗？水族馆约会？”

“不是的、不是的。”

“请不要担心，我们这就走。”

里染看来已经习惯了柚乃的否认，他也加了一句。接着他对站在墙边的两个人说：“船见先生，以及绫濑小姐，能单独说几句话吗？”

会计和副馆长对视一眼，疑惑地跟着柚乃他们来到了走廊上。

里染一关上门，就叉起胳膊，与被他叫出来的两个人面对面。船见的额头上渗出了一层薄薄的汗水，绫濑则把头偏向一旁，完全不看里染。

即便在柚乃眼中，这两个人也是明显不正常的。

“我说……你找我们有什么事？”

“绫濑小姐，你昨天在馆长室的时候，从窗户里看到什么了吧？例如走廊上有人经过。”

“嗯，是。昨天我也跟刑警说了，我看见津从资料室返回……”

“在那之前也看到什么了吧？”

里染单刀直入的提问，让她哑口无言：“你、你怎么知道……”

"你看见了吧？嗯，果然如此……船见先生，请你不要逃避。"

一点点向后退缩的船见一听这话便僵住了。同时，柚乃感到里染在戳自己的背心，应该是让自己抓住他。于是柚乃从旁边钻过去，紧紧拽住船见的T恤袖子。

"那么，绫濑小姐，你好像没有把这事告诉警察吧？"

"不、不是。我只是瞥了一眼，不敢肯定自己是不是真的看见了，所以就……"

"不，关于这一点怎么都无所谓。我不是侦探，也不是警察。所以，请你告诉我你看见了什么。"

绫濑的神色中再也没有年轻副馆长的威严。她推了推因为狼狈而歪了的眼镜，窃窃细语般说道："……在看到津之前一点，我、我看见船见猛然从眼前跑过，然后又立刻返回了办公室……"

柚乃感到拽在手中的袖子被一股隐隐的力道往回拉。她心想：我可不能让你跑了！立刻又把它扯了回来。不用说，这个问题人物朝前趔趄两步，不得不站在里染的面前。

"船见先生，绫濑小姐可这样说了哦。真奇怪啊，你不是一直在办公室里吗？"

"不、不、不是。和你想的不一样，这是有原因的。"

"那你讲讲。"

"……我、我把咖啡打翻了。洒在了和泉给我的文件上。"

他用几乎听不见的声音交代道。

"所以我想赶紧把它擦干净，但是房间里既没有毛巾也没有抹布，纸巾不巧也用光了。因此我赶忙跑进卫生间取来了卫生纸。就这样，只是这样而已。所以，我，我和案子完全没有关系……真的！”

船见尽管加强了语气，可里染却依然态度冷淡：“那么，船见先生，你去了卫生间？男卫生间？”

“嗯，对。”

“为什么你没跟警察说？我昨天问的时候，你也没有主动讲。”

“我觉得不值得说，所以没告诉警察……到你发问的时候，我刚刚得知不在场证明失去了意义，而且卫生间还很重要。所以我想，事到如今再说出来，肯定会遭到怀疑。”

“因此你没能说出口。嗯？”

“请、请你相信我！我还有留着咖啡印的文件，卫生纸的筒芯应该也还在垃圾桶里！”

船见抓住里染的双肩，眉毛因为恳求而变了形。听到他说出垃圾桶和筒芯这几个词语，柚乃想起了行驶的汽车中进行的视频通话，还有里染和仙堂的对话。

关于找到卫生纸芯的地点，他猜测说：“估计是在办公室的垃圾桶里。”他在那个时候就已经搞清楚了地点。

案发期间，只有船见一个人一直在办公室。而现在，他本人承认，自己拿走了卫生纸。

“什么地方？……我就是和平常一样从隔间的支架上取了一个。”

“你记得去卫生间的时间吗？”

“大、大概是恰好十点钟的时候吧。我打翻咖啡时，还洒了一些在手表上，我很担心，因此仔细看了一下。当时是差一分十点。所以我估计是这个时间。”

“手表准吗？”

“当然了。这是全体工作人员统一配发的电波表，所以很准。你瞧，绫濑小姐不是也戴着吗？”

确实，船见和绫濑的手腕上都戴着黄色表带的手表。昨天香织也说过，其他职员也戴着同样的手表。

“结果并没有坏。既然经过防水处理，自然不怕咖啡。馆长总是在奇怪的地方小里小气的，真是烦人呐。哈哈哈哈……哈……”

尽管他开玩笑似的大笑，走廊里对于夏天来说太过寒冷的气氛依然没有恢复正常。

“船见先生，我还有最后一个问题。你到卫生间的时候，周围有什么异样吗？”

“啊……没有，没注意到什么。我飞快地进去，然后又飞快地出来了。”

“这样啊。谢谢你！”

里染单方面地结束了提问，把船见和绫濑晾在一旁，向饲养员室走去。船见或许以为自己依旧被怀疑，又一次高声喊道：“不是我！我真的没有干，我会立刻把实情告诉警察的。你能相信我吗？”

“……我非常想相信你。”

船见最后收到的，是里染抛出的这样一句台词。

“我没有掌握任何表明你不是凶手的证据。”

“你一开始就知道卫生纸的筒芯扔在办公室垃圾桶里，对吧？”

“本来应该装在挂钩上的卫生纸不在卫生间里。如果不在，就一定是被人拿走了。”

回到一楼，里染就立刻靠在了饲料准备室的墙上。正如他的座右铭“一天之内最多只能和三个人说话”，看上去他已经非常疲惫，他一边晃脑袋揉肩膀一边解释道：“拿走卫生纸的无论是凶手还是其他人，都需要相应的理由。最为自然的理由，就是打翻了饮料什么的，需要擦拭某件东西。确实，这纸本来就是用来擦东西才生产出来的嘛……我指的是也可以擦饮料。”

他说着说着自己也害臊起来。

“这样一来，这个建筑物中有可能打翻饮料，而且为了把它擦干净，不得不去卫生间取卫生纸的人是谁呢？首先要排除饲养员和打零工的仁科。因为他们的毛巾应该近在眼前。所以剩下的就是《炫声音》的绿川、办事员津和船见。”

“绿川不是《炫声音》，他是兽医……对了，绫濑和水原呢？她们不也是办事员吗？”

“女的怎么会进男卫生间呢？”

“哦，原来如此……”

但是，昨天他说过：并不是进男卫生间的就一定是男人——

不，这也不对。这次他认为，拿走卫生纸需要“相应的理由”。假如绫濑是凶手，把替换掉的卫生纸拿回自己房间的话，一旦被发现，她该作何解释？

“我想把打翻的饮料擦干净”显然不构成女性进入男卫生间的理由。

“嗯，首先说说津，他偷懒的资料室里不可能有水。说到绿川，毛巾或者纸巾，医务室里总该是有的吧，所以他也可以排除。剩下的只有船见。我认为卫生纸的筒芯应该就在这家伙的办公室里。”

“医务室里也没有毛巾和餐巾纸。”

“所以我跟刑警交谈的时候猜对完全是凭运气。”

刚才他自言自语地念叨“运气真好”，原来指的是这个啊。

“尽管医务室事变推翻了推理，但是仙堂简单的反应让我确定了筒芯就在办公室的垃圾桶里。所以，我先去了资料室，确定里面没有水之后，才钻进办公室的。”

在整理得很干净的办公室里，的确没有发现毛巾之类的东西。而且，在场的船见明显有所隐瞒。

“所以你才逼问了他？”

“对，不过我没想到绫濑也会上钩。”

绫濑只是在船见跟她说话的时候明显有所动摇。或许是因为她目击到了船见去卫生间的那一瞬，而船见又隐瞒了这一事实，导致她产生了警惕。

“嗯，原来如此……”

到底是里染啊。尽管他只说对了一半，但是这一推理实在精彩。柚乃细细回味着他的话，点点头，接着说：“……那么，如果船见拿走了卫生纸，会怎样？”

“不会怎样。”

里染又摆出一副束手无策的样子来。

“支架上原来的卫生纸到哪去了这一谜题解开了。和案子无关，是船见拿去擦咖啡了……但是，既然没有证据证明他不是凶手，他的证词也就完全无法采信。”十一名嫌疑人中，船见也赫然在列。

“十点钟的时候，船见应该的确去了卫生间，绫濑也看到了他。但是，也可以认为船见是凶手，他为了处理换掉的卷纸而故意采取了这样的行动。”

“可、可是里染，昨天你不是说了吗？如果是处理卫生纸，卫生间是最不可疑的。”

“所以才故意这样做嘛。一般的凶手是不会把能够放在那里的东西特意带回自己房间的。正因为一般不会这么做，所以反而不会遭到怀疑。或许他打的就是这个如意算盘。”

“要是这样考虑问题，那就没完没了啦！”

“完全是这样。”

里染深切地表示同意，然后无力地把后脑勺紧紧地贴在墙壁上。

“总之那家伙的证词在目前这一时间点派不上任何用场。医务室的推理落空太打击人了……”

“是有人吗？”

他们身旁的门忽然间打开了。一只手拿着脱下的围裙，另一只手拿着淡蓝色的水桶，饲养员主任和泉丰满的身体出现在眼前。

“哎呀，这不是昨天的两位吗？在这种地方约会？”

“不是……这句话接下来还需要说多少遍啊？”

柚乃厌烦地叹了半口气——立刻把另一半咽了下去。

“里、里染……你看，里染……”

“啊？什么事啊……哎呀，血！和泉女士，你的围裙上有血！是雨宫先生的吗？”

“你说话也太直接啦！”

“啊？这个？怎么会呢，当然不是了。你闻闻味儿。”

和泉满不在乎地提起围裙。柚乃把脸凑近围裙，闻到了一股腥味。

“……鱼的血？”

“对呀，昨天警察也犯了同样的错误。这里是饲养生物的地方，当然是这些生物的血了。”

和泉哈哈地大笑起来。也难怪香织叫她“大胆妈”，她的声音确实很大，仿佛世上所有东西她都无所畏惧。从房门的缝隙里往里一瞧，屋子里像厨房一样排列着水管，到处都是叠好的围裙、菜板、装着鱼的泡沫苯乙烯保温容器、水桶及毛巾等。

和泉回到房内，放好围裙和水桶，然后出来说道：“难得今天是星期天，也没有其他人，你们到展示区去享受一下多好……我接下来要去一个特别合适的地方。”

“我都说了这不是约会……你说什么地方特别合适？”

“新馆里的海豚水池……”

“我们就是在约会，我仔细一想，发现这就是约会！”

一听到几天前就开始憧憬的单词，柚乃毫不羞涩地冲了上去。里染在一旁把脸拧成了麻花：“什么时候变成约会的呀？”

新馆是个巨型大厅，它的通道是一个平缓的弧形。这是一栋没有规定参观顺序、可以在各个水槽间自由往来的开放式建筑物。中央是热带鱼的宽阔水槽，色彩缤纷的鱼儿和珊瑚再现了南部海域的模样。在大厅的一端，镶嵌着一个直逼鲨鱼水槽的巨大树脂水槽，那里的显示牌也写着“正在调整”，看不见生物的影子。

来到大厅的内侧，是阶梯状的观众席，中间围着一个表演池。水池的后部通往外部，可以将横滨的海面尽收眼底。附近或许有游艇码头，几艘游艇正在缓缓地破浪前行。

和泉前往的是表演池的后部，有墙壁间隔，所以从观众席看不见。那是等候水池。伴随着犬笛尖锐的声音，两只海豚正在池中游来游去。

靠里高高跃起的是一头黑色海豚。每当它游到尽头再返回时，泷野就从桶里拿出鱼来投给它。它鱼鳍打水的力量很强，眼角有些泛白，远远望去就像一头逆戟鲸。

离他们近一些的地方还有一头海豚，但是游起来显得比黑色的老实一些，个头也要小一圈。它的身体呈白色，光滑的皮肤沐浴着阳光，散发出美丽的光芒。它的搭档是资深饲养员芝浦。海豚时不时从水面探出头来，撒娇似的让芝浦抚摸它的身体。

黑色和白色。力量强大的和老实温顺的。无论哪一头都自由自在随心所欲地愉快戏水。突起的嘴巴极其讨人喜欢，比什么都——

“可爱可爱可爱……”

夏季前半期因为社团活动和比赛导致的疲乏，霎时间烟消云散。面对丸美的偶像们，柚乃无比欢欣雀跃。里染用手遮住额头，忧郁地嘟哝着“真热啊……”，然而柚乃才顾不上他呢。

“它看上去精神不错啊。”

和泉走近芝浦说。

“看来比平时状态好。可能是因为知道自己能回水槽，放心了吧……那两个人在干什么？我刚才在 B 栋也看见他们。”

“据说是在约会。”

“啊？我听说他们是侦探，还以为他们一定是在搜查呢。”

完全答对。被海豚迷住的柚乃眼下哪顾得上搜查啊。

“它就是路菲吧？”

“对呀。路菲快来，跟小姐姐打个招呼。”

哔哔——犬笛节奏短促地吹响了。但是白色海豚没有作出反应，而是继续悠然畅游。

“哎呀……它还是只听泷野的话啊。”

芝浦挠挠秃头，和泉也苦笑起来。

“不管怎么样，它还需要很长时间才能表演。”

“啊……它不参加表演吗？它不是正在训练吗？”

“是在训练。展示区的偶像被警察带走了一头，所以必须让它来补缺。”

展示区的偶像。指的是柠檬鲨吧？

“很遗憾啊。不过，对路菲来说不参加表演更好。它性格温顺，表演对它来说负担太重。”

芝浦关切地注视着正在游泳的路菲，用和它的动作同样缓慢的语速，一个字一个字地说道。

“它是六岁的雌海豚，天生体力就不好。皮肤也很脆弱，小时候血管是透明的，皮肤的颜色看上去粉粉嫩嫩的。”

“哦，所以才起名为路菲[①]啊。”

不知何时来到水边的里染插嘴道。老人满面生辉地说：“哦，你知道呀。”

---

① 《哆啦A梦：大雄的南海大冒险》中有一头粉色海豚也叫路菲。

“当然了，那可是受全国人民欢迎的作品啊。”

“你记得真清楚。那你知道那头海豚的名字吗？”

“卢卡？”

“没那么老。眼角与逆戟鲸相似是它的特征。”

“哦，那就是堤可[①]。”

“不愧是侦探！”

真希望你别在这种无所谓的地方发挥洞察力。

“堤可和路菲都是芝浦先生起的名字。”

和泉说道。堤可是出生于北海的野生海豚，路菲则出生于这家水族馆。

“这孩子的妈妈已经死了，它妈妈是从千叶的水族馆来的。从它祖父那一代开始就在饲养环境中成长，所以这孩子是饲养环境中的第四代了。前一阵江之岛诞生了第五代，引发热议，其实第四代也是相当罕见的。”

“它出生在这里，名字是您起的，也就是说您见证了它的诞生？您以前训练海豚？”

“与其说是训练，不如说是专门负责它的饲养员吧。在三年前泷野来之前，只有雨宫一个人，忙不过来，所以我来帮忙……唉，现在又是泷野一个人了，所以我又被调过来了……”

“你们在聊过去的事情？”

就在场面变得尴尬起来的时候，泷野带着堤可过来了。芝浦搪塞道：“哦，我们在聊路菲……”

但是里染却刨根问底：“关于雨宫先生，我有事想问。”

---

① 《七海的堤可》中有一头虎鲸也叫堤可。

尽管工作状态和平常无异，尽管生物和人类的事情毫无关联，但是饲养员们的脸色都变得阴沉沉的。

“泷野小姐，他是怎样的一个人呢？我听说他工作时不讲情面。”

“有时候确实是这样。”

点头的不是泷野，是和泉。

“他说，以商业风格来相处，海豚也会感到轻松。怎么说好呢，他总是抽身出来，用后退一步的视线来饲养海豚。”

“这是雨宫的优点，这样的视线是必需的，”芝浦这么说着，冲着另一位饲养员笑起来，“尤其是泷野，投入太多热情了。”

“……抱歉。”泷野嗓音嘶哑地道了声歉。

里染继续问：“泷野小姐，听说雨宫先生跟你套过近乎，是真的吗？”

“也不算套近乎吧……他这个人只是在逗我这个师妹玩。他经常跟我恶作剧开玩笑。”

“是性骚扰吗？”

“不是，不是什么性骚扰。就是那种突然吓人一大跳之类的无聊恶作剧……昨天我的犬笛丢了就没找到，估计也是雨宫先生拿走了。如果被找到，那我恐怕就会被严重怀疑了……”

不悦地说完这话，泷野松了口气似的闭上了嘴。堤可在她身后呼吸着，白色水花从它头上的喷气孔冒出来。

“那你们不是恋爱关系？”

“当然不是了。”

强有力的回答。看起来，他们与其说是恋人，不如说是喜欢开玩笑的哥哥和妹妹的关系。但是，泷野脸上的红晕没有逃过柚乃的眼睛——或许她实际上是喜欢雨宫的。

泷野似乎没有注意到柚乃的怀疑，她向柚乃抛出微笑说："刚才你说想跟路菲打招呼对吧？你能蹲在这儿吗？"

"……啊？"

指定的地点紧挨着水边。柚乃一边留意不要落水，一边按照她说的蹲下身来。

"路菲！"泷野叫起来，吹响了犬笛。

白色的海豚潜入水中，依然按照自己的节奏环游水池一圈，来到眼前，从紧贴柚乃的水面探出头来。柚乃与它四目相对。那是双滚圆的、温柔的眼睛。

伴随着"叽——"的高亢鸣叫声，路菲在柚乃的脸颊上印上一个吻。

"哇……"

然后它吞下训练员送上的饵食，宣告任务完成，又开始了游弋，留下柚乃一个人呆呆地回味留在皮肤上的凉意。

可爱，可爱，"太可爱啦……"

柚乃蹲在地上感动得浑身战栗。

"这有什么啊？"

里染在她身边形成了鲜明的对照。

"侦探同学，你讨厌海豚吗？"

"是那个，男朋友被夺走了初吻，能不生气吗？"

"我既不是侦探同学也不是男朋友，我不喜欢海豚。过去，我在东京的某条街上差点就能卖画了。"

"画……？我听不懂你在说什么，总之我喜欢海豚。"

芝浦凝视着水池中的两头海豚说道。

“脑子聪明，还不说谎……这么棒的搭档，打着灯笼也找不着呢。”

“对啊！”

泷野强烈地表示赞同，确实是个充满热情的饲养员。“这可不好说，”里染冷冰冰地开口了，“我不太信任它……”

“不能信任的是你。”

一只健壮的手突如其来地抓住了他的脑袋，而且看上去是越来越使劲。他傲慢的腔调猛然间变成了哀鸣：“疼死我了！”

时隔一日——不，如果算上网络通话，应该是时隔两个小时吧，仙堂和哥哥出现在水池边。水原站在他俩身后，手里拿着一块画板。

“你干什么啊？刑警先生！变傻了怎么办？”

“你已经够傻的了。话说到一半就挂断！”

“那可是事故，事故！……不过，结果不错呀，我的推理完全不对。”

“什么？你又来这套……来，你过来。”

仙堂或许是在意周遭工作人员的目光，他把里染带向水池一端。柚乃好不容易从海豚的刺激中清醒过来，赶紧跟上他俩。哥哥优哉游哉地说：“刚才那个吻，我可是看见了。”柚乃一听这话，连同打电话时的怨气，一起发泄出来，给了哥哥侧腹狠狠一拳。

“怎么回事？你没搞清谁是凶手？”

“我到达这里进行最终确认时发现，我的推理偏离得太远了。对不起，请你们忘记我今天早晨说过的话。”

“见鬼！今天真是诸事不顺！”

“你们也遇到情况了？”

“一去 B 栋，就哭哭啼啼地跑来两个工作人员……”

“哦，船见先生和绫濑小姐吧。他们说实话了？这是因为我刚才刨根问底了。”

“……我虽然不那么喜欢生物，但是一跟你说话，就想去找头海豚安慰自己一下。”

海豚和里染，处于两极的事物。

“不过，这也没什么不好。虽然证词尚不可信，但至少解开了卫生纸之谜……说到卫生纸，哥哥，在凶手使用过的卷纸上有什么发现吗？”

“嗯……哦。据说商品名称是乔伊斯造纸的‘尤利西斯’，关东地区的量贩店基本上都在销售。”

“菜刀呢？”

“你是说作为凶器的菜刀？这也搞不清是哪儿来的，无法成为重要线索。”

“喂，袴田，你别广播情报了……你为什么按着肚子啊？”

“啊？哦，没有什么特殊原因。”

三个人在夏日的阳光和清爽的水声中进行着不清不楚的对话。柚乃再一次把目光投向水池。堤可和路菲时不时地掀起水花，在它们前面，和泉等人围着水原带来的画板。

——那是正在表演的雨宫的照片。

他跨在堤可宽阔的背脊上，正在水面滑行。黑色的潜水服和海豚的皮肤色调协调地融合在一起，纤细却健壮的身体十分漂亮。昨天香织说过，他有“芝浦的瘦削和大矶的肌肉”，确实如此。他高高地抬起戴着黄色手表的左手臂，向观众席绽放笑容。

这一笑容不是代田桥嘴里目中无人的笑，而是天真无邪、孩子般的笑容。

“这是紧赶慢赶做出来的，你们看这样可以吗？”

“嗯，太棒了！摆在哪儿好呢？”

“尽可能放在表演池醒目的位置吧……啊，可要是观众太关注这张照片也不太好吧？”

“这种时候就是要醒目才好呢。雨宫先生高兴就好……而且，堤可和路菲也必需能看清才行。”

四个人感慨万千地交谈着。

不靠谱的小子。性格不合。不讲情面。好色、爱开玩笑、喜欢恶作剧。技术好、具有独特的视角，还有那张照片上的笑容。柚乃觉得自己终于了解了大家对雨宫的看法，在心中描绘出了他的形象。

——无法让人憎恨的男人。

但是，他却遭到了水族馆中某一个人的憎恨并被杀害了。被这个人带着津口中“疯狂”的、绝对的杀意，推进了鲨鱼水槽。这个人就在他们当中，在今天依然以生物作为工作对象的这些人当中。

他到底是谁？嫌疑人的范围仍然那么广。

“……那么，开口处的漏水频率，确实是每五秒一滴，没错吧？”

“嗯，平均值是这样。”

“你看，我没有食言吧，已经又告诉你一条信息了。你赶快回去吧。”

一不留神，仙堂又开始驱赶里染。里染耸耸肩膀，向和泉等人摆摆手，离开了水池。柚乃虽然对海豚依依不舍，但还是跟上他。他却只说了一句话：“到午饭时间了。”

“对呀，肚子饿了。我们找个地方吃饭吧……哦，吃鸡肉三明治吧！”

“我不吃了，我要回活动室，你自己坐电车回去吧。然后，不管是鸡肉三明治还是其他什么东西，吃完之后到学校来一趟！”

“还要去一趟？去倒是可以，可这是为什么呢？”

“有事要办……哦，对了，你把泳衣带着。就是学校指定的那种。”

“泳、泳衣……？”

柚乃还没来得及问，里染就已经快步走进了蓝色的通道。

她有了一种不祥的预感。

4　滑稽的大搜查

午饭之后，柚乃按要求再次前往活动室。到达时，屋子里已经有三个人了。里染、香织，不知为何还有早苗。全体人员正围着短腿桌在啃冰棍。

“嗨！柚乃，你好！”

香织率先举起手来。

“啊，还好……香织，你没事吧？昨天你显得非常疲惫。”

“哦，那是因为我昨天早晨四点起的床。我好好睡了一觉，已经没问题了。”

“四点起……？”

“所以我才说不用担心她。”

里染吃完冰棍，费劲地站起身来，把冰棍棒朝垃圾桶扔去，但是没扔进去。

“你把泳衣带来了？”

“嗯。”

柚乃举起装着泳衣的包。

“好，那我们到外面去，你在这里把泳衣换上。”

“好……喂，等等，我实在是搞不清楚你的用意。”

“到那边我再解释用意。总之你赶紧换上衣服。”

明明是在要求他解释，却又多了一个问号。到那边？那边是哪边啊？而且，“为什么连早苗也在这里？”

“哦，里染跟我联系，我也闲着没事，结果就……”

“联系……？”

结果就联系了早苗？可他前不久还暴跳如雷不许她到这里来呢。完了，越发不明就里。

三个人把烦恼中的柚乃扔在一旁，打算自顾自地离开房间。柚乃向正在关门的里染抛出了最后一个问题，心里期盼至少这个问题能得到答案：“这房间里没安装摄像头之类的东西吧。”

“……你把我当成什么人了？”

“当成进女厕所、偷拍女孩子腿的宅男了。”

“你不要光看人的缺点！”

原来他也知道这是缺点啊。

“行了行了，你赶紧换吧，没时间了。换好以后到活动室大楼的背后来。”

门被无情地关上了。独自一人的柚乃叹了口气，无可奈何地开始换泳衣。

房间里还是跟蒸笼一样，但是比昨天好多了。这是因为增加了两台风扇，从两个方向在送风。一看，每一台风扇上都用马克笔写着“报社”，看来是香织把报社的东西搬来了。

柚乃迅速地换上学校指定的泳衣，又把制服套在外面。她虽然不知道这是要做什么，但是也姑且决定带上浴巾和游泳眼镜以防万一。她走出房间，按照吩咐绕到了建筑物的后面。

活动室大楼的北面，有一小块没有树木的空地，里染等人正在那里等着她。还有一位新成员，在三个人的包围下蹲在地上，看上去像是在干木工活。钉锤枯燥的声音断断续续。

柚乃对他缠在一起的鬈发有印象。那是话剧团团长梶原。

“我说，我换好泳衣了……”

“来了呀。喂，你这边还没弄好？”

“等一下。还差一点……哦，袴田，好久不见。”

梶原抬头看见柚乃，爽朗地打了声招呼。话剧团和乒乓球队都在老体育馆活动，所以经常碰面。

“你好。你这是在干吗？”

“哎呀，我不太清楚，里染让我做的。”

“喂，你停下来了，停下来了！”

“哦，抱歉抱歉。”

在里染的催促下，他再次恢复作业。对合页的光滑程度、整体的强度进行完细致的最终查验后，他把东西交给了里染：“做好了。”

说是做好了，可这东西完全不具备装饰性，一眼就能看出是个简易产品。

在长约七十厘米的细长木条两端，立着金属棍。棍子长约八十厘米。其中一根棍子还安装了合页，合页上连着一道门。这道门上下各装有一条六十厘米左右的、小一号的木条，用再短一点的几根木条支撑。其中一侧最靠边的木条在门关闭的状态下，和更长的棍子正好贴在一起。

——这种犹如栅栏的门，似乎在哪儿见过。

“你果然强大！从我请你来到现在才两个小时，就已经做好了！”

“这种水平的东西，每次公演都要反反复复做很多，小菜一碟！”

奉行道具为上主义的话剧团团长得意扬扬。听到香织也表示“非常感谢”，他害臊地挠挠头发乱蓬蓬的脑袋。

“不客气，不客气，里染帮过我忙嘛。”

帮忙大概是指老体育馆那起案子吧。梶原和案子有很大关系，甚至碰巧还在搜查和指认凶手的现场。

“……不过，我虽然按照你的要求做好了，可还不知道你要拿它来做什么呢。”

“不是什么大事，我想做个实验。”

“实验……”

柚乃鹦鹉学舌一般重复了里染的话。实验。这个栅栏。还有，泳衣——

“不行，你不能做实验！绝对不能做……”

柚乃从三个关键词里推导出了她并不愿意得出的结论。终于搞清状况的柚乃苦苦哀求。

里染丝毫不理会她的态度，发出号令说：“好，走吧！”一行人便出动了。香织拿着家居商店的大纸袋，早苗负责刚刚到手的

DIY 作品。里染则两手空空。

柚乃对轻轻松松挥手致意的好人梶原无力地抛去一个微笑，越过了他，战战兢兢地问里染："……接下来，你打算去哪儿？"

"游泳池。"

"学校的游泳池？"

"对。"

"你说的实验，难道是……"

"实地检验卫生纸不在场证明的骗人把戏究竟如何。不过，估计这也就是暂时的慰藉。"

"啊，果然……"

不祥的预感成为了现实。

"你来扮演尸体，拜托！"

"特意换上泳衣来扮演尸体……真是糟糕透顶！"

"没那么糟糕吧。现在是夏天，穿穿泳衣也没什么要紧的。如果是严寒的冬天，那才是糟糕透顶呢。"

"你糟糕透顶的标准太糟糕透顶……"

柚乃垂头丧气地向前走。

倒霉的一天。

穿过校舍，经过前庭，他们向正门旁边的游泳池走去。

在格状大门紧闭的入口，站着一位身着校服的少女。光艳的长发，还有在黑发映衬下显得更加白皙的美肌，以及让人入迷的湿润双眸。

这位少女——八桥千鹤留意到里染等人，默默地递过来一个透明文件袋，里面只装着一张纸。

“游泳池的使用许可证，可以用到三点钟。过点之后把地方腾给游泳队。”

“哦，你可帮我大忙了，前学生会副主席。”

里染在“副”字上面加了重音。千鹤大和抚子风格的美貌立刻扭曲。

“……既然这样，请你以后别再冷不丁跑来找我要游泳池使用许可证了，我已经不在学生会了。”

六月的体育馆案件，给风之丘的学生们留下了很多冲击。其中一件便是：品行端正、年级成绩排名第三、实力强大的她，主动辞去了学生会副主席的职务，理由是她未能将谋杀防患于未然，需要承担责任。

“我要编个像样的理由，和主席一起去工作人员办公室申请许可，再跟游泳队协调……你也该想想这多麻烦我呀。”

“找、找你帮忙，真是强人所难。对不起啊。”

“我哪有强人所难啊。你很乐意帮我的，对吧？”

柚乃向明显不悦的前副主席表达了歉意，可里染本人却完全没有反省的意思。一听他这么说，千鹤不快地把目光移向别处，说道：“……唉，我是会鼎力相助。不过你这时间也太紧了，以后请你注意一下。本来学校的设施就绝对不能图个人方便随意使用，这也是我的信条……”

“录音笔！”

“赶快进去吧！你爱怎么用就怎么用，反正已经拿到许可证了！”

谜一般的词语。不知为何她的态度为之一变，用力地打开游泳池大门，迅速蹦到一边，招呼柚乃等人进去。然后她咳嗽一声说：“那、那么我就先走一步了。要是弄脏了地方，请打扫干净，三点撤退哦！”

“别啊，你也留下来帮忙！我需要人手。”

“什么？为什么要我来？我可不愿意，我凭什么连这个都要……”

“录音……”

“知道了！知道了！我干还不行吗？”

“……八桥同学感觉好奇怪哦。”

早苗瞟了一眼快要掉眼泪的八桥，嘟囔道。

柚乃十分赞同：“……里染，你对八桥同学做什么了？”

“啊？没有啊，没做什么呀。”

见里染明显故意搪塞，柚乃脑中的问号又多了一个。

踏上短短的台阶，一行人来到泳池边。在游泳课之外，像这样使用学校的游泳池还是头一回。水线统一收在池壁边，水面上什么都没有，二十五米的水面看上去比实际的要宽。阳光洒在平缓的水波上，反射出炫目的光，让人不由得眯起了眼睛。

水和阳光，还有氯味，以及从附近的操场传来的运动队叫喊声、蝉鸣声。

全身上下都切实地体会到了夏天的存在。作为度过八月休息日的方式，这是最妙的——如果不把只有自己身穿泳衣，接下来要扮演尸体，配合谋杀案不在场证明装置的实地检验纳入考虑范围的话。

“你要小心，防范心脏麻痹。”

柚乃接受了里染不吉利的忠告，脱了外衣，只留泳装，慎重地进行了热身，还从头到脚淋了凉水。在此期间，泳池边正在进行“实验”的准备工作。

香织从家居商店的纸袋里取出小型水桶、虹吸管、卷尺、图钉盒、十二卷装的卫生纸等等。品种当然是哥哥告知的乔伊斯造纸的“尤利西斯”。看来是里染通知她买的。梶原制作的简易开口部分被摆放在紧挨着水池的地方。它不够稳定，独立放置会倒，于是早苗和千鹤便在两侧扶着它。

里染独自在屋檐底下的阴凉处避暑，摆弄着秒表。柚乃用毛巾挡在身前，走近他说：“我冲过淋浴了。”

“好，那我们开始吧。”

“……无论从对话还是外观来看，情况都显得极其可疑，你是要干吗？”千鹤白他一眼问道。

“不是做什么可疑的事，就是要让袴田妹子靠在门上，缠上卫生纸再往上面浇水，仅此而已。”

“真是一种狂热的扮演活动啊。”

“不是扮演活动，是实验。接下来要让这家伙充当尸体。”

“尸体爱好者可真是没救！”

里染一点也不在意千鹤越来越怀疑的态度，打个响指说：“好，来吧。凶手在马道上杀害了雨宫，然后散落纸张，从开口处汲水浇在地上。接着，他用卫生纸设置了定时装置。我要搞清楚，缠在上面的纸的长度和溶化时间之间的关系。扮演尸体的是袴田柚乃同学。好，那就麻烦你了。”

“好，好的……”

面对里染这种老师似的语气，柚乃不由得低下头来。香织和早苗也给出了零落的掌声。

“那么首先，我们从三十厘米的长度试起。香织，麻烦你。”

“明白。”

香织用卷尺测量好卷纸的长度后，撕下来缠在了门和栏杆的连接处，最后用图钉固定，然后挥手招呼柚乃过去。

“嗯，我该怎么做？”

“你老老实实靠在门上就行。”

柚乃把毛巾搭在塑料椅上，走入阳光中。哇——香织和早苗叫了起来。

“柚乃，你好漂亮哦！好苗条哦！”

“是啊！真是养眼哦！”

“你们别管我！还有，里染你不许老往这边看！”

“我看你又不是因为想看！”

而这种说法也让人觉得失礼。

“不过，柚乃和学校指定的泳衣，就像阿部洋一的漫画一样！”

“又说这种莫名其妙的话……”

柚乃再次叹气，然后猜测着尸体的样子，靠着门坐在地上。门没有因为她的重量而晃动。

香织用桶打来游泳池的水，再用虹吸管汲取少量，一点点地滴落下来，模仿漏水的情形。“准备好了！”里染竖起大拇指，拿好秒表，像电影导演一样宣告了实验的开始，“第一次。三十厘米。好，开拍！”

同时，香织一边盯着手表，一边开始滴水。间隔和马道上漏水的情况一致，每五秒一滴。

“……虽然事已至此，但我还是想问问，有必要非让我来扮演尸体吗？里染你自己演不就行了？”

柚乃除了倚靠在门上没有别的事情可做，所以发起了牢骚。

“那可不行。不是我自夸，我可不会游泳。”

“这可真不是自夸。”千鹤说道。

“不过，我和受害人——雨宫先生的体重差异很大呢。这样一来结果就不准确了呀。”

“只要知道支撑一公斤体重需要多长的纸，这些纸几秒钟会溶化，就可以据此进行计算了，不成问题的。”

“这样啊。”

——不对，等等！

“……可以算出平均每公斤的数值，意味着里染你知道我的体重？”

柚乃道出了自己的猜测，只听里染极为自然地说：“知道呀。”柚乃顿时脸色煞白。

“你、你、你，怎、怎么、怎么会，连这个都知道……”

“我问了你的好朋友。”

“早苗！！！！是你说的！！！！”

这样一来事情就都串起来了。里染联系早苗原来是为了这个。柚乃瞪着一旁支撑栏杆的好朋友，只见她为难地笑着说：“对不起，对不起。他无论如何都想知道……这有什么关系呢？你的体重又不丢人啰，倒不如说是值得骄傲的呢。你就骄傲吧！”

“吵死了！闭嘴！我要杀了你！打死你！”

“啊，别，柚乃你可别动。你得保持这个姿势哦。”

扑哧。

支撑身体的纸忽然间断开了。门猛然向外打开，柚乃也一起倒下了。

“啊！”

她惨叫一声，就像不知何时亲哥哥曾经喊过的那样，同时以后背入水式掉进了泳池。

冷冰冰的感觉将她整个身体包裹，耳朵嗡嗡作响。久违的上下不分的漂浮感，还有手脚并用的剧烈反抗。仿佛加入了丸美的海豚队伍。太阳刹那间映入眼帘，它的滚圆轮廓在水中挣扎的时候依然映照在眼底。

“柚乃，你不要紧吧？”

她踩到池底，把脸露出水面，就立刻听见了香织的呼唤声。她上气不接下气地答道：“不要紧。”躲在阴凉处的里染一只手拿着秒表，正在自言自语地进行冷静的分析。

“嗯，纸和尸体都顺利落入池中。不过四十秒的时间太短。重量先弄破了纸，是不是量太少呢？下一次增加十厘米。”

“……还要来？”

“当然了。要反复做很多次，才能算出平均值。”

柚乃多想就此沉入水中。真不知道应该为了什么而叹气。

从头至尾一直在观看的千鹤说了一句话，讲述了此时的全部情况：“……什么啊？这是？”

实验在那之后又反复进行。逐渐增多的纸，终于达到了符合实际情况的长度。接下来为了计算纸需要几分钟能溶化，又反复进行了好几次。

柚乃向后落水大概十五次。泳池边定期响起五花八门的惨叫声。

啊！呀！喔！哇！哦！嗷！噢！啊呀！哎呀！喔唷！嗷呜！哇啊！啊哈哈！哇呵呵！

“好了，大概就是这样了。”

等到导演终于满意，时间也马上就要到三点了。

“辛苦你了，袴田妹子。回头我请你吃棒冰和草莓牛奶。”

“太、太、便、便宜了……”

柚乃漂浮在水中无力抱怨这不公平的待遇。整个夏天通过乒乓球队活动锻炼出来的耐力，也终于成了强弩之末。

“那，你，搞，明白，什么了吗？”

“你等等，雨宫的体重是六十八公斤……至少需要一米长的纸，它完全溶化需要八分钟。”

里染重新翻看香织用来做记录的笔记本，在心里计算出了结果。

“一米八分钟？嗯，就是说，要牢固地支撑身体，至少需要一米长的卫生纸，到它溶化，门打开，需要八分钟？”

“对。嗯，基本和设想一致。”

“那么，设置定时装置的时间，比尸体落下早八分钟？不是……十点吗？落水是在十点零七分，所以大概是在九点五十九分？”

“按照一般情况来说就是这样。”

里染含蓄地对香织说。不知情的千鹤和早苗在一旁问道：“什么意思？”他们俩同时耸耸肩说道：“没什么。”

柚乃漂到泳池边，从水里把身体拽出来，随口问道：“还有非一般情况？”

“当然了，要多少有多少。最有可能的是：凶手谨慎地缠绕了多于最低限度的纸。这样的话，从启动装置到尸体落下，会需要更长时间。这种情况下，有可能是十分钟，也有可能是十五分钟。”

搞清楚的只是一个最低限度的数值。无法判定在这之前有不在场证明的人就不是凶手。

“不过，要是纸的用量增加太多，又容易留下证据。”

“……可是，反过来说，时间不可能少于八分钟吧？”

“那么九点五十九分之后有不在场证明的人不就是凶手了？太好了，范围缩小了！嗯……啊，不对。”

香织两眼发光地翻阅着记录有一切信息的笔记本，但是立刻就遗憾地发出了叹息。

里染点点头说：“对，五十九分之后有不在场证明的家伙有几个，但是到五十九分为止不在场证明成立的嫌疑人却一个都没有。而且，即使时间缩短到八分钟以内，想要行凶的话也是可能的。”

“啊？怎么办到？”

“例如，事先打湿缠绕的纸。只需这一个动作，就可以让尸体落下的时间缩短几分钟。凶手是有预谋的，既然万事都做了准备，那么调整时间应该也是得心应手的。”

——八分钟这一最低限度也靠不住。

柚乃和香织对视一眼，用几乎听不见的声音自语道：“……这样的话，实验岂不是毫无意义？”

含氯的水从她头发上滴落。她忽然觉得水滴的冰冷如此没有意义。落入水池多达十五次的辛苦，到底算什么呢？

“有意义呀，”天马说，“我们证明了这一把戏是成立的，而且纸溶化的时间也和预想一致。最低限度的八分钟虽然并非绝对，但是可能性最大，可以作为指针。”

“又是指针？今天早晨也是这样犯的错。”

“所谓指针就是这样嘛……这也算是有进展啊。”

与其说是让柚乃安心，不如说他是在说服自己。柚乃用毛巾擦干身体的时候，他还在阴凉处靠着墙小声地自语。

“不管怎么说，尸体落下之前的时间，延长还好，缩短只会对凶手不利。不太可能。嗯，没问题，可以相信八分钟这一限度。不过嫌疑人依然是十一个……”

对。结果还是没能缩小嫌疑人的范围。

就当是个安慰吧——里染说道。看来他在实验开始之前，就已经明白成果将仅限于确认。

“有希望破案吗？”

“不知道，要是还能找到些线索就好了。”

就在香织表明担忧，里染交叉着胳膊时，千鹤给他们泼了盆冷水：“抱歉打断你们严肃的对话。”

她从放工具的地方把装满水的桶搬过来，放在柚乃等人面前。旁边站着依照命令手拿地板刷的早苗。

“泳池边也好，水里也好，都有没溶化完的卫生纸。拜托你们快点打扫干净好吗？”

“……这是我们的工作？”

“这还用说？是你们弄脏的。”

“可是这张许可证上写着你的名字呀。也就是说，借用者是你，负责人也是你。”

“难道不是你让我借的吗？总之，时间紧迫，请你们赶紧打扫！”

“录……”

“真是没办法，我替你们做吧！”

仅仅一个字，就让千鹤在一瞬间变得顺从无比，手拿水桶冲上前去。只听她凄惨地叹息道：“可恶的里染——！”——果然有蹊跷。

“里、里染，我不了解这是怎么回事，不过还是我们来打扫吧。不应该强迫八桥同学的。”

“没事，让她干点活没关系。”

“这怎么能行……”

里染为什么对她如此严苛呢？柚乃用眼神向香织询问，可她也只是疑惑地歪着脑袋。

“……不知道这是怎么回事。就这样吧，我去帮忙。”

早苗机灵地说道。她抱着地板刷去追赶千鹤。对里染的没正经厌倦透顶的柚乃，也粗鲁地扔下毛巾跟上了早苗。

“不跟你说了，我们也去帮忙。”

“……等等！”

“不等。你要是想回去请便！”

“等等！”

“还让人等！你心眼太坏了，到此为止吧，要不我生气……”

回过头的柚乃惊呆了。让她惊呆的是她的视线捕捉到的里染的眼睛。

他眼中那片漆黑，没有一丝光芒，似乎会将人吸入，把人摧毁。

里染一动不动。但是，唯有充斥于眼眸中的黑暗，在他双眼深处，静静地卷起一圈圈旋涡。

遍布身体的水滴传来的冰冷感触，不知消失在何处。直射后颈窝的灼热阳光、蝉鸣声、运动队的呼喊声，甚至连周围的风景，都全部急速远离。柚乃如同再次跃入水中，在浑浊的底部，被这深沉的、夜的颜色所迷惑。

这种奇妙的感觉一直持续到里染迈出一步，经过自己的身边。猛然间，夏天的暑热和泳衣的潮湿感触又回来了。

“……里，染？”

尽管柚乃张口呼唤，他却没有回应。他快步绕到泳池边，走近正打算开始清扫的前副主席。千鹤抬起头，注意到里染脸上紧迫的神情，疑惑地大声说：“怎、怎么了……”

“八桥，你刚才是拎着水桶吧？”

“是拎着的呀。不是你让我打扫卫生吗？”

“你怎么拎的？”

“啊？……还能怎么拎？就这样平平常常地拎着。”

千鹤抓住水桶的把手，抬起手臂给他看。里染凝视着水桶，然后把右手伸进水中。

“干、干什么？”

他依然没有作答，从水桶里缩回手来，举到腰间，立住不动了。柚乃和香织也走了过去，只见他静静地观察着指尖滴下的水珠。他死死地盯着溅到地面上、直径大约三厘米的水滴印记，眼睛连眨都不眨一下。

“八桥……”过了一会儿，里染冲着千鹤极其简短地说，“干得好！”

“……你在说什么？我搞不明白。”

“搞不明白？不，这下明白了，不会有错。唉，我真是够傻的，居然没注意到这么理所当然的事……对了……对了……一定是这样。”

里染对着桶里摇摇晃晃的水面，多次点头肯定。四位少女神色各异地注视着他。千鹤紧皱眉头，早苗一片茫然，香织一副已经习惯的样子，而柚乃则表情紧绷提心吊胆。

“嗯……里染，你没事吧？”

“当然没事。袴田妹子，你可以先回去换衣服了。我们帮忙打扫卫生。”

他的不正经和坏心眼一转身不见了。他拿过千鹤手中的水桶，弄得她愈发警惕。

“干吗？干吗？最后你还是要帮忙？”

“是啊。为了感谢你让我注意到这件事。香织、野南，你们也来帮忙！”

“一片和谐呀！”

“这还用你说？”

他自顾自地推动进程。“既然这样……”——柚乃尽管尚存疑惑，也还是回到了放置毛巾的阴凉处。

她听见近在咫尺的里染一字一句地说：“四个人——这样一来，还剩四个人。”

5　第二个妹妹

因为没有办法在湿漉漉的泳衣上直接穿衣服，于是柚乃披着毛巾悄悄地穿过了校舍。一回到“不开门的活动室”，她立刻坐在床边叹了口气：“累死了……”

暑假、星期天、没有训练。这真是个万事俱备、名副其实的休息日呀。可是一大早开始就被里染呼来唤去。说到好处，就是可以包场一样地逛水族馆，还有就是见到了可爱的海豚。也就是这些了。反过来，坏处倒是接二连三。首先是摄像头拍到了自己的腿，遭到工作人员取笑，说自己在约会，下午充当尸体，落入泳池多达十五次。还被里染看到了自己穿泳装的模样，被早苗泄露了体重……而且，重要的推理也白费工夫，搜查变成了慰藉，充满不确定，无计可施。

光是逐一数来都觉得愚蠢透顶，柚乃晃晃悠悠倒在了床上。弹簧的轻微反弹传到她的上半身。头发没干，可能会打湿床单，可谁还管这事呀！

“……还说有意义呢，真有意义吗？”

没有说对的拖布与水桶的推理，水族馆里加深谜团的问询，还有刚才进行的、从头至尾都荒谬可笑的实验。

所有的一切都让柚乃觉得徒劳无功，越是这么想，她越没有力气从床上爬起来。虽然她不是里染，但是真想就此罩上毯子睡过去。

——或者，情况也有可能像他说的那样，有所进展？

他最后说：四个人。这样一来，还剩四个人。

如果这个数字指的是嫌疑人的人数，那么搜查将会取得很大进展。仅仅一分钟之前还多达十一名的嫌疑人，一下子减少了七个人。

里染在泳池边的举动明显怪异。上一次破案也是这样，猛然间幡然醒悟，紧跟着就破了案。恐怕他这次也是有所觉察。他自己也夸奖千鹤“干得好”，还谢谢她“让我注意到这件事”。

但是——他注意到的究竟是什么呢？

他询问了拎水桶的方式。难道这极为平常的事情是某种线索吗？

柚乃盯着天花板再次回忆起里染当时的眼睛。圆睁的双眼，让人联想到水底深处。

在这没有一丝光亮的地方，看不出任何东西。

里染总是隐藏核心。欺骗警察，哄骗嫌疑人，对柚乃撒起谎来也是满不在乎。她曾问过里染，到底有几分是当真的，可是也只得到了一个敷衍的回答。他内心在想些什么，有过怎样的心路历程，至少柚乃是完全不知道的。

例如这个房间。他为什么会住在活动室里呢？

“……哎呀，不好！”

柚乃环视房间，回过神来。现在可不是躺在别人床上发呆的时候！

她坐起身，迎着一直没关的电风扇，伸手去摸泳衣的带子。因为坐在泳池边等待的时间远远超过入水时间，本来就脆弱的皮肤被太阳晒得发红，手一碰就火辣辣的。

柚乃想要谨慎地脱下泳装，以免伤到皮肤。可是动作要是太慢，又会出问题。打扫泳池需要多长时间呢？要是不赶紧换好衣服，说不定房间的主人就要开门进来了。

咔嚓咔嚓。

对，就是这种声音。

“……啊？”

不会吧？这个念头冒出来的时候已经晚了。她听到的不是敲门声，而是钥匙转动的声音，接下来的瞬间，门被大大地推开了。来不及阻止，也来不及遮掩，柚乃和来访者大眼瞪小眼。

“……啊？”

再一次听到疑惑的声音，这次是二重奏。一个是柚乃发出的，还有一个是对方的。打开门的人，不是里染，也不是香织，不是早苗，更不是梶原和千鹤。

这是柚乃从未见过的人——一位身穿海军服的小个子少女。

她的校服颜色浓过深蓝接近黑色，袖口和衣襟上镶着红色线条。这是昨天刚刚才见过的、绯天学院的校服。她纤细的胳膊上挂着沉重的纸袋和塑料袋。

少女的黑发紧挨左耳束在一起，从肩膀上垂到身前。橡皮筋上挂着音符样式的大装饰物，金丝部分在阳光的照射下反射出亮晶晶的光芒。

在她留有稚气的容貌中，只有略显成熟的顾盼生辉的双眼皮眼睛，给人留下格外深刻的印象。

和校服一样，她的眼睛也让柚乃觉得眼熟。

“……嗯，请问你是谁？”

在短暂的尴尬之后，柚乃向少女询问道。对方说：“我更想知道你究竟是谁，为什么会在这个房间里，摆出这么刺激的……”

然后她猛然意识到什么，进入房间关上了门。她这么做，应该是为了不让外面的人看见柚乃泳衣脱到一半的上身。要是可以，柚乃希望她本人也出去。

总之，柚乃趁眼下的工夫赶紧换衣服。少女面红耳赤，站在门口注视着她。

“唉呀，抱歉。太丢人了。”

“没有没有，没这回事。你很漂亮，很好看。嗯，如果需要，我来帮你?”

“啊，不用，没问题。抱歉……”

这是什么对话啊？算什么情况啊？柚乃一边穿衣服一边接着问：“你是，里染的……熟人?”

“里染，里染天马？住在这个房间的，没用的家伙?”

“是的，就是那个里染。”

不仅知道他住在这里，而且还掌握他的生活状态，果然是熟人。

“这么说，你也认识他咯？……会不会是那小子让你这么做的?”

少女指着柚乃刚脱下的泳衣说道。

“哦……是的，算是这种情况吧。啊，不过情况很复杂。”

少女没有理会柚乃的解释。她把袋子往地上一扔，低下头去，浑身颤抖。充满怨恨的诅咒从她嘴里传出：“这个、这个小子，有了香织还不够，还招惹这么漂亮的女生，而且居然让人家穿学校泳衣……啊，太卑劣了，难以原谅！所作所为如同畜生一般的人，怎么才能收拾你啊……”

“我说，你没事吧?”

“啊？哦，当然没事。”

少女抬起她的笑脸。

“原来你们是熟人啊，家兄承蒙你照顾了。对了，这件泳衣，我叠起来如何?”

"啊，不用，我自己来……啊？你刚才说'家兄'？"

就在这时，外面响起了敲门声。接着是里染的声音："袴田妹子，你好了吗？"柚乃连忙把泳衣塞进包，回答说："请进。"门开了，屋主归来，和少女碰了个面对面。

"哎哟，你来了呀。"

里染并没有流露出惊讶的神色。

"嗯，里染，这位是……"

"自己人，别在意。"

"我是他妹妹。"

少女终于进行了自我介绍。她对柚乃和气地低下头，束在一起的头发招人喜爱地摇晃着："我是里染镜华，请多关照！"

"这姑娘，是你妹妹？里染的妹妹？不像啊。"

早苗问道，一点也不客气。

"啊？是吗？"香织说，"我觉得还挺像的。镜华和天马眼睛一模一样。"

"嗯，外貌是这样，可是镜华彬彬有礼，一看就是正经人。"

"不许那么委婉地说我坏话。"

躺在床上的里染皱起眉头。四名少女围住短腿桌，座无虚席，所以他被赶到了固定位置——床铺上。人口密度上升，作为紧急措施打开了久闭的窗户，屋子里的空气舒爽起来。

"再说了，这家伙可没有看上去那么一本正经。心眼最坏最恶毒。"

"才没有呢，镜华很可爱，所以才会原谅你呢。"

香织的补充微妙地晚了半拍。同时，她倒了一杯可尔必思递给镜华。镜华依然礼貌地接过，说道：“非常感谢！”然后对里染说：“请你不要对跟我第一次见面的人说这些无凭无据的话。我会踢你的。”

她狠狠地瞪着里染。柚乃嘴里噙着可尔必思，在心里念叨——

确实有别于正经人。

里染镜华。里染天马的妹妹。

她认识里染不久，就听说他有个妹妹。他有“父亲母亲、一个妹妹”，在距离风之丘一站远的地方生活。但是，她并不知道这位亲妹妹出入哥哥的住处。

不，一般说来，妹妹来找哥哥，是天经地义的事情……

“哥哥才是最坏最恶毒的。虽说是在学校里，可是你居然带了三个女生到房间里来。两个还不够，还让这么活泼的女生也来侍奉你，而且让其中一位做出那么令人羞耻的……我虽然很高兴，可是这是不对的，是不道德的，该死的禽兽！”

“你在说什么啊？”

镜华的视线迅速扫过柚乃和早苗。如果告诉别人，刚才她还是个日本传统风格十足的美少女，一定会让人大跌眼镜。

“又不是我带来的。是她们自己随便跑来的！”

“你给她们钱了？”

“为什么你的想法总是这么肮脏呢？不是这样的……啊？床单怎么湿漉漉的？”

“镜、镜华，这是绯天学院的校服吧？”

柚乃为了避免暴露弄湿床单的事，慌慌忙忙把话题扯到镜华身上。

“嗯，我上初三。我课外活动刚结束，正好要回家。”

“你在绯天上学呀。真厉害，聪明人啊！”

柚乃说完立刻意识到，里染的妹妹，脑瓜子当然聪明了。

“我可没那么聪明……那种学校，纪律严明，只剩无趣了。”

她用手摆弄着红色围巾，凑近身边的柚乃说：“说起衣服，袴田柚乃同学……对吧？你为什么在这种地方脱泳衣啊？我听说这是家兄要求的。”

“啊，这个，这是因为……”

“是乒乓球训练吧？”

分完食物的香织立刻救场道。

“训练？穿着泳衣训练？前面不会还有‘晚间’这个修饰语吧？”

“现在可是大白天哦。这是一种必杀技的练习方法。逆着水流划动毛巾，可以让击出的球急速旋转。这是天马想出来的，对吧？”

“嗯，过去，《网球王子》中海堂师哥就做过这种练习。”

里染躺着深深地表示赞同。镜华怀疑地盯着柚乃。柚乃觉得自己纤细的手臂成了她推理的线索，不由得把手臂藏到身后。

“……总觉得很诡异。不过，就这样吧。要说起来，柚乃穿着学校泳衣，让我想起了阿部洋一的漫画哦。”

表示理解后，镜华说出了和她哥哥一样的话。果然是兄妹。

“总之，袴田同学和野南同学也要十分小心。家兄真的是人性恶心眼坏。我是一直看过来的。”

“你真是多管闲事。还有，不要叫用‘家兄’这种词语，这种角色编排太恶心了。”

“这、这可不是角色编排！”

“知道了知道了。行，就这样。”

里染坐起身，给自己倒上可尔必思，再从冰箱里取出制冰盘，熟练地放入两三块冰。冰块和杯壁碰撞，音色如同风铃。

“不管是你说我坏话，还是叫我‘家兄’，我都原谅。我现在心情特别好，感觉堵在脑子里的东西没了。”

“要说习惯性用法，是‘堵在嗓子眼的东西没了’。你说的都是些什么呀……”

妹妹已经无语，柚乃则听懂了他的意思。说成“堵在脑子里的东西”是对的。里染果然在泳池边发现了什么决定性的东西。

“……对了，你今天来干什么？”

听哥哥这么问，镜华喝了一口可尔必思——就像在喝热茶似的，把茶杯放在掌心里——拿起放在身边的纸袋。

“这个，又寄到家里来了。全都是寄给兄长的。”

从张开的袋口里，露出电商的包装盒。眼下房间四处也散落着同样的盒子。

“哦，原来如此。抱歉抱歉。唉呀，黑猫快递的办公室我倒是打电话通知过了，但是其他公司我还没说。”

里染嘴里说些怪话，接过了口袋。他的心情看上去比堵在脑子里的东西没了的时候还要高兴得多。

“这是母亲大人让我带来的，据说是筑前煮。”

“哦，太好啦。”

半透明的盒子里装着竹笋和胡萝卜。无论是对哥哥的称呼，还是慰问品的菜单，都体现出里染家是家风非常传统的家庭。这么说起来，他今天早晨在车里吃的早饭是红小豆糯米饭团子。

“这也是母亲大人给的。这个月的生活费。”

她最后拿出的是一个信封。里染的脸放射出最灿烂的光芒。他飞也似的扑过去取，镜华却立刻缩回手去。

“我再提醒你一次，这是生活费哦。不要花在无聊的事情上。”

“知道！没问题。我现在手头很宽裕。”

“真的……？”

稚嫩的面孔又因为疑虑而扭曲了。从对话来看，她似乎并不知道里染从事的副业。“净说些好听的。”镜华嘴里抱怨着，但还是把信封递给了他。

“因为你住在这种地方，所以请你一定好好生活。母亲大人也很担心。她怕你没有收拾东西，又怕空调坏了像桑拿房，冰箱里是不是只有豆酱和果酱，等等……”

“啊……嗯，没问题。目前。”

母亲的洞察力强得让人背脊发凉，连里染都不由得畏缩起来。香织也带着几分敬畏地说：“果然强大……”

镜华环视乱七八糟的房间，说：“就这种惨状来看，很难认为你没问题……你依然有这种没节操的爱好啊。”

“你这种人凭什么说我的爱好没节操啊？”

“啊？不过只是像兄长这样低俗的人理解不了我爱好的崇高而已。”

“我也能理解哦。最近我开始认为向日葵小姐不错。”

“要说起来那的确很精彩。不过，主题进入缓慢，和我追求的东西有差距。还是需要有姬子和千歌音那样别有意趣的地方才好。”

“你那才叫低俗呢！”

让人摸不着头脑的对话持续了一会儿，在旁边当听众的柚乃和早苗一边表示累了，肚子饿了，一边咀嚼着配茶的点心寒天果冻。

过了一会儿，镜华下结论说：“还是和兄长无法相互理解啊。”说完站起身来。

“那么，我已经办完事了，这就告辞……哦，对了对了，新曲子很快就要写好了，完成了还要麻烦你哦。”

“什么——？”

“香织，下次再一起玩哦。”

“嗯，我很期待哟。”

“袴田同学和野南同学，回头见！袴田同学，为了替哥哥道歉，泳衣我来洗吧。”

“不用，没关系。我会在家里洗……”

和大家分别道别后，里染天马的妹妹离开了房间。到最后柚乃都没搞明白她到底是彬彬有礼还是没正经，又或两者皆有？彬彬有礼，却不正经。

“镜华还是这么有趣。”

香织手拿可尔必思，心满意足地说。

“香织，你以前就认识她？”

“已经认识好多年了。那时候我们经常三个人一起玩。对吧？”

不知何时返回床铺的里染说了声“忘了”，翻过身冲着墙。

“哎呀，感觉信息量好大哟……”

这是早苗的感想。确实，这一短暂的拜访使得里染家的背景清楚了很多。

在绯天上学的妹妹、传统的家风、洞察力强大的母亲。生活费看来也还是由父母提供。最后的“新曲子”又是什么呢？还有很多谜团啊——

等等！

“抱歉，我去趟卫生间。”

柚乃假装去活动室大楼的卫生间，离开了房间。

这是个机会，她心想。

她在四周寻找，好不容易才看见那个穿行于校舍与校舍之间的黑衣身影。她忘记了泳池边的疲劳，拼命追赶。穿过前庭，进入通往正门的坡道，来到声音能够传达到的距离。

“镜华！请你等等！”

小小的人影回过头来，站住了。树木的叶片织成网状的树荫，洒在柏油路面上。两位少女终于面对面。

“袴田同学？怎么了？……啊，是不是要把泳衣给我？”

“不，不是的。”

“那么，是为了交换邮箱地址？对呀，比起泳衣，我们更需要的是深入了解对方。”

“不是，这个回头再说……我是有事想问你。”

柚乃调整好呼吸继续说。

“——你哥哥住在那个房间，是为了什么呀？”

最大的谜团就是这个。

住在学校的社团活动室。明明家就在距离学校一站远的地方，还有家人，可是不管是空调坏了还是冰箱里只装着豆酱和果酱，他也硬撑着不回家。而关键是家里人却容许他这样做，甚至还给他生活费。

这样的状况明显不合情理。

以前向里染和香织询问的时候，他们总是一句“情况很复杂”就把柚乃打发了。复杂，到底是什么复杂？里染的家庭是个什么情况呀？

真想知道。

真的很想了解一直隐瞒真心的他，即使只是一点点。

“……哦，当然，如果是不能说出口的事情，就算了。”

“你不知道吗？”

镜华吃惊地瞪大了眼睛。这种反应对于柚乃来说也非常意外。

“你可以自由出入他房间，而且还玩起了学校泳装表演，我还以为家兄早就告诉你了呢。”

“呃，嗯，其实我还不知道。另外，那也不是表演。”

总之，柚乃凑近一步。

“你能告诉我吗？”

“其实没什么可特别告诉你的。原因很简单，因为他没有其他地方可以住。”

“……啊？”

风从夏季的炎热中挤出一条缝，吹动起来。雨水的气味从两人之间穿过。冰冷在游过泳的身体上复苏。

树叶在头顶喧闹起来。

“可、可是，怎么会没有住的地方呢？里染不是正正经经有个家吗……”

“哦，这事你也还不知道呢。家兄不能回家。不，准确说，应该是他不回家。”

“为什么？”

镜华的音符发饰闪闪发光，依然面带纯真的微笑，说道：“因为家父断绝了和家兄的父子关系。”

第五章　过多的嫌疑人和过少的线索

1　疯狂家族实录

因为敲了两三次门也没有人回应，所以柚乃用配好的钥匙开了锁。拉开房门的手臂，被夏季防晒服的长袖子包裹着。

气温已经和入秋时节相似。天空覆盖着一层薄云，削弱了太阳的威慑力。八月六日上午，舒适得仿佛前些日子都只是虚幻。

活动室里又恢复了适宜的温度。屋主的生活节奏也顺势恢复了常态，毛毯下依然传来睡眠中的呼吸声。柚乃用电水壶烧好水，冲好两人份的速溶咖啡，当她打开自己带来的切片面包包装袋时，吵醒了他。

“……现在几点？”

“十一点。”

“十一点……你这么早在干吗？”

“准备早饭。还有，十一点已经不早了，是上午了。你这里只有豆酱和果酱，给你做个果酱三明治如何？”

“我可不想一大早起来就吃甜东西。”

“那我涂上豆酱？”

“没有可选项啊……”

里染慢吞吞地从被窝里爬出来，坐到短腿桌前面。尽管嘬着咖啡，他依然一副没睡醒的样子。后脑勺上还翘着几根头发。

柚乃把刚做好的早饭——面包夹草莓酱放在盘子里递给他。“你应该把边儿掰掉呀，”里染一边抱怨，一边开始吃，然后突然想起来似的说，“……嗯，要说啊，你是来干什么的？来给我做早饭的？”

“当然不是了。”

“我想也不是……那你是来干吗的？”

“这个嘛……”

柚乃欲言又止，不知该如何开口。

“昨天，话说到一半大家就散了，还有说漏的，嗯，算是吧。”

“说漏的？”

“断、断……”

“断？”

“呃，嗯，就是……”

还是别问了。柚乃低下头，对着自己的马克杯吹了一口气。热气荡开，黑色的液体表面泛起波纹。

——里染，你父亲真的和你断绝父子关系了？——

这种话，面对本人实在难以开口。

断绝（duan jue）①根据罪行依法处罚。②斥责。③断绝主仆、父子、师徒关系，并驱逐。(《广辞苑》)

这是现在这个年代几乎已经提不到的词语。断绝关系并驱逐。里染的父亲断绝了和他的关系。而且，根据“准确说，应该是他不回家”这句话，恐怕他自己也希望和父亲断绝关系。可以认为，他和其他家人看来关系正常，但是与父亲却彻底诀别。

为什么会这样？昨天，柚乃从镜华口中了解情况后，想要进一步追问。但是没成功。因为风刮得越来越大，还飘来了积雨云。

她说，要是下雷阵雨可就麻烦了，于是快步下坡离去（尽管如此，她也没忘记和柚乃兴高采烈地交换邮箱地址）。回到活动室之后，香织和早苗已经开始准备回家。雨是在柚乃快要到家之前下起来的。虽然雨势立刻就减小了，但是一直淅淅沥沥下到半夜。

多亏这样，今天才如此凉快。但是，傍晚突如其来的暴雨，不仅让柚乃第二次成为落汤鸡，还留下了疑问带来的芥蒂，以及思考的时间。

——没有住的地方，所以栖身于活动室。

要说惊愕，确实惊愕。要说理所当然，这原因也确实理所当然。最初听闻他有家而不归时，柚乃或许已经在内心某个地方觉察到了这个答案。因此，虽然他明显违反校规，柚乃也从未想过要去揭发他，跟他交涉侦探事宜的时候，也在潜意识中避免拿他住在活动室这一最大的弱点进行谈判。

反过来，她直戳他的生活态度——坚决反对父母却又依赖父母这种啃老族似的态度，答应为他提供用于独立生活的费用才达成了一致。

但是，现在回忆起来，在当时的交涉——六月末体育馆案件的侦破过程中，柚乃第一次请求他协助时，还是存在分歧的。

柚乃当时问道：“你父母并不同意你住在这里吧？”可回答

这一问题的不是里染，而是香织。而且香织的台词是："通常都不会同意吧。"这只是对通常情况的论断。当柚乃自顾自地判断他父母一定没有同意，而继续责备他的时候，里染似乎已经难以忍耐而站起了身。接着，就在他正要开口的时候，听见柚乃"付钱"的提议，才闭上了嘴。

当时，里染并不是要否定柚乃的提议。柚乃以他随心所欲、恣意妄为离家出走作为前提在推进话题，恐怕是这一点让他怒火中烧。

此外，还有"依赖父母"这一部分。柚乃责备他说这种事情处理得不够彻底。确实不够彻底，但是，当父亲与儿子断绝关系，而母亲和妹妹却悄悄违背父亲意志时，情况又该另当别论了。对于里染来说，柚乃的行为触及了他的家庭最为核心、最不愿意让人触及的地方，所以他从心底感到厌烦吧？

当天插科打诨漫画版的谈判，突然显现出完全相反的侧面。柚乃在被窝里抱着脑袋度过了这个万事俱备的休息日最后的时间。她真厌恶自己。

幸亏，他本人似乎因为得到了十万日元生活费而谅解了一切，完全不介意。但是柚乃仍然想要道歉。她抱着这样的想法，连续两天一大早就去拜访里染。然而——

"'断'什么？断裂？断断续续？断桥相会？"

"……是断案。我要说的是水族馆断案。搜查进展如何？"

"哦，这事啊。"

尽管连面包都买好了跑来，可还是没能迈出最后一步。柚乃觉得她不能够迈出这一步。于是她就询问了另一件她在意的事。

"你昨天在泳池边的时候，好像发现了什么。"

“嗯。唉，要说发现，确实有所发现。但是接下去又钻进了死胡同……”

他把视线移开，又喝了一口咖啡。他的口吻和昨天判若两人，含含糊糊。

这时候，门外传来了轻轻的敲门声。咚，咚咚咚咚——这独特的节奏，是香织到来的暗号。

进来吧！——一听里染的声音，门外响起了吃惊的尖叫：“啊，又不是星期天，天马你居然上午就起床了！简直令人难以置信！”

“你这家伙连自言自语都这么吵！”

里染听见开锁的声音，这么说道。柚乃苦笑道，这真符合香织的风格。

但是，来的不止她一个。

门一开，她发现香织身后还站着一个高个子男性。里染的喉咙都被面包噎住了，可是这人却视而不见地说了声“打扰了”，便脱掉皮鞋进屋了。

这是仙堂警部。

2　对经验丰富的人来说也相当重口味的尸体

“我要去报社，顺路到你这来看一眼。结果偶然在校舍前面遇上仙堂警部了。”

“校舍前面……发生什么案子了？”

“因为有人报警说，有个傻瓜未经允许住在学校里。”

仙堂挖苦道。他是第二次到这里来。第一次是体育馆的案子破案后的第二天。头一次是和柚乃哥哥一起来的，作为里染破案的代价，他们谈妥，会对里染住在学校里这件事睁一只眼闭一只眼。

“比上次还乱呢。你也收拾收拾啊。”

“是啊！里染，你看，叫你收拾呢！”

“收拾得挺好的。只是东西多而已。”

里染把自己的意见坚持到底。然后他问仙堂：“你来找我有什么事吗？”

“嗯……唉，也不是什么大事。”

仙堂看上去比昨天还要疲惫。眼袋也出来了，和头发的颜色十分相称的灰色西装也皱巴巴的。他接过柚乃新泡的咖啡，说了声“谢谢”。而道谢的声音也无精打采。

“我和保土之谷警署的白户警官联系了空调的事，他可热心了。据说三点左右他会和工作人员一起来。”

“哦，是吗？明白！终于可以告别灼热地狱了！”

“现在也没那么热吧？”

“据说午后会超过三十度呢！”

听柚乃这么说，仙堂补充道。天气预报确实说，下午的气温堪比盛夏。刚得知这消息的里染，腻烦地低下头：“太糟糕了……”

“再找个地方避暑不就行了？”

“对啊，天马，去水族馆吧！这回把我也带去！”

“你不是正要去报社吗？”

“我说需要追加采访就可以了。”

“这下我能体会仓町的辛苦了……那么刑警先生，你找我就这事？”里染抬起头来，警部咽了一口应该还很烫的咖啡，缓缓地把手挪到胸口，拿出一沓照片和几个塑料袋。

“这是今天早晨送来的验尸报告。”

“……嘿，还劳烦你特地跑一趟送来呀，真是出人意料。我还以为你讨厌我呢。”

“我非常讨厌你。你的洞察力果然敏锐！”

里染又遭到了挖苦。

“但是，比起这个，破案才是第一位的。再说你好像也有了新想法，我听一听也不会有什么损失。”

他表情痛苦的话说明，哥哥他们的调查处于停滞状态。

“对了，我也有话想问呢。B 栋后院各个房间里放置的东西，都检查了吗？”

“当然，案件发生后都查了一遍。”

“哦，是这样啊。真是的，如果我先问过你，也就不会发生医务室事变了……算了吧。办公室里真的没有任何用于擦拭的毛巾、抹布之类的东西？”

“办公室？嗯，确实没有。办公室一类的房间结构都很简单，没有任何饲养员可以用上的东西。”

“原来如此。太好了。谢谢！”

船见曾说“办公室里没有用于擦拭的东西”，看来这一证词得到了证实。仙堂尚不理解里染的用意，把那沓照片扔在了短腿桌上。

“你看，这是尸体的照片和发现的遗留物品。你要是想看，我就让你看看。”

“我不想看。”

“我命令你看！按流程你也该看了！”

“我可不愿意看从鲨鱼肚子里……哇、哇、哇……”

仙堂不管三七二十一，把照片在他面前铺开。里染呻吟着，把视线落在上面。香织从他身后瞅了一眼，就立刻脸色苍白地趴下了。仙堂安慰说：“这尸体可是相当重口味的哦，女孩子最好别看。”

“这种东西，男的也最好别看！”

“你是电子游戏一代，应该很适应咯。你不玩打僵尸一类的游戏吗?”

“我可不玩。我不会玩需要操作技术的游戏，我没有反射神经。”

香织没理会他们的对话，唤了声“柚乃”，把脑袋埋在她胸口。柚乃抚摸着她的脑袋，抑制不住想看可怕东西的欲望，朝最边上的照片望去。

肤色惨白，和昨天在照片上看到的健康肌肤没有一点相似之处。粗细和手腕完全一致的手表，指针停在了十点零七分——就是他落入水槽的时间。

“这一半是从鲨鱼胃里找到的上半身。原形得以保存，真是出人意料。这是留在水槽里的下半身。”

仙堂开始解说。

她把目光移向塑料袋里的遗留物品。被水彻底泡涨的笔记本和附带的小钢笔。刚刚见过的、表带剪得整整齐齐的、水族馆统一配发的电波手表。还有系着细绳的两支犬笛。

其中一支的细绳是红色的。

“明确了两点，一是被害人在落水之前就已经死亡，另一点是，死因在于他脖子上的伤口。但是其他情况不明，有严重的裂伤。”

“照这个样子看，确实如此啊。这边是遗留物品？我看犬笛有两支。”

“训练用的犬笛——其中一个是泷野智香的吧？”

柚乃想起了昨天泷野说过的话——“估计是雨宫先生拿走了。”她的猜测是正确的。

“可能是像项链似的挂在脖子上，收在了衣服内侧。听说与身体缠在了一起。”

“……啊？这也是在鲨鱼肚子里发现的？”

“哦，当然了。不过笔记本是在裤兜里找到的。”

说了“不过”，也一点没让人觉得好受。柚乃越来越恶心，为了寻求安慰，与香织拥抱在一起。

“笔记本上有所发现吗？就像上一起案子那样。”

“没有，墨水全化了，哪还看得出文字啊。”

里染皱着眉头，把照片和遗留物品都确认了一遍。仙堂凑近他说：“怎么样，有什么发现吗？”

“没有啊，只是觉得恶心而已。”

这个诚实的回答实在是过于诚实。

“你怎么看待泷野的犬笛？说说你的意见。”

“不清楚啊。到底是像泷野所说，雨宫本人恶作剧偷走的，还是凶手为了嫁祸于泷野，而偷拿了故意放在尸体上？这不好判断啊。”

“……我真是白跑一趟啊。”

仙堂和刚才的柚乃一样，对着咖啡深深地叹了一口气。

“不过我也没抱什么期待。”

“你说这话我可真没想到。我们倒是有所进展呢。”

“你说得就跟我们没有进展似的。”

“有进展？”

“……现在，袴田正在搜查总部做实验。卫生纸……”

“那个呀，底限是八分钟。”

扑哧——仙堂把咖啡喷了出来。

“你调查过了？”

“在泳池调查过了……不过，不管前进多少步，依然看不见终点。”

搜查有所进展，可以缩小嫌疑人的范围，但是接下来却是死胡同，搞不清凶手的真实身份。

里染把胳膊放在短腿桌上，撑着脑袋，说：“我都快腻了。嫌疑人太多……或者说，线索太少。”

他一边说，一边喝干了马克杯里剩下的咖啡。

咖啡已经不冒热气。

3 演出时间之前的演出时间

“结果，我为什么又来了呢？”

一个小时之后，他隔着亚克力与水蛇面面相觑。

“这不是挺好吗？又这么凉快。”

“再说了，不到这里来，也不能查案呀。”

“就算在这里，也没法查啊……”

里染把视线从水槽移向四周。通道上人满为患。小学生的欢叫声、幼儿的哭泣声、阿姨们高亢的谈话声，再加上中学生的笑声。各种喧闹声交织在一起，把令人联想到深海的气氛搞成了平浅的海水浴场。

——B栋依然封闭，但是从今天开始，营业已经恢复正常。

从仙堂口里得知这个消息的柚乃等人（主要是香织）如坐针毡，以协助调查为由，软硬兼施地拽着里染的手钻进了警署的车，眼下已经再一次来到了丸美水族馆。

谋杀和事故同时发生之后恢复营业，恐怕很难吸引参观者——与他们这种想法相反，众多游客在入口排着队，费了半天劲才找到车位。进不了B栋，导致A栋比平常还要拥挤。

“真是吵死人了，找个地方休息休息吧。”

“柚乃快看，海鳝！海鳝！”

“啊？在哪儿？管道里？啊，真有呢！太可爱了！”

“我可以回去了吧……哟！”

“哎呀，侦探先生，今天你也来了。”

从人群中挤过来两个人，向他打招呼。那是今天依然身着黄色Polo衫的和泉和西之洲馆长。

“我不是侦探。恭喜你们恢复营业！”

“啊，谢谢、谢谢。大家真的很捧场啊……”

“捧得过了火，人太多。有什么地方可以休息一下吗？”

“我们接下来去表演池，你们今天也来吗？”

“去、去、去呀！”

大声回答和泉这一提议的，是海豚刺激尚未完全消退的柚乃。听说能够补上前两天未能如愿的海豚采访，香织也喜形于色。

“按照原计划，恢复营业还早着呢，”走在展示着贝壳标本、连接新馆的通道中，西之洲开始说明情况，“或许是误以为水族馆就此不再开放，本地有很多人打来电话，表示这样会令人倍感冷清的，要求恢复营业。于是，我们就逼迫警方，让他们同意我们今天开始营业。”

他眺望着新馆大厅的盛况。或许是忙于应对案件，他的面容显得比两天前憔悴，胡须也长短不一，而表情却充满自豪。

汇聚一堂、跨越各个年龄段的本地居民，到底是因为看了新闻觉得好奇而来，还是为了其他原因呢？

昨天还空着的水槽前，现在已经聚集了很多人，毫不亚于柠檬鲨还在的时候。水槽沐浴在从天井注入的自然光下，可爱的白色海豚——路菲正在游弋。看来是昨天就从水池搬到了这里。它时而如同挥手一般摆鳍，掀起一阵喝彩声，时而视而不见正对着它的相机，游到远处，带来欢笑。

横滨丸美水族馆。

建于横滨港一端的小规模水族馆。亮点少，经营困难，横滨导览地图上连个“丸”字都见不到。但是所有人都曾经去过，它已经深深地扎根于市民的记忆中。就是这样一家水族馆。

“不容小视，丸美远超预期。”

香织突然小声地吟出一句宣传文字来。

表演似乎这就要开始，人们接连不断地拥向表演池的观众席。他们绕到背后的准备水池，与正在游泳的堤可再次相见。和昨天一样，在水池边上看到了芝浦的身影。不过不知为何，连津也在那里靠墙而立。

“可爱、可爱、好可爱……”

第一次看见活生生的堤可，香织的反应和柚乃一模一样。她忙不迭地咔嚓咔嚓拍照片。恰好云朵散开，气温开始升高，里染和昨天同样地说了一声：“真热啊。”

“哟，是侦探呀。今天有两个女孩陪呀？”

“我都说了，不是这么回事。”柚乃对此进行了惯性的否定，然后说，“接下来就是表演了吧？”

“对，你们可以看看。不过，我当然不上场咯。上场的是……”

芝浦冲写着“候场室”的门伸伸下巴。身穿红色潜水服的泷野恰好从里面出来。

“抱歉啊，芝浦先生，今天又麻烦你帮忙。”

“没关系、没关系，就这么点小事……话说回来，你一个人真的没问题吗？”

“嗯。我必须让雨宫哥看到我已经可以胜任。而且……我不是一个人，是和堤可两个人一起。”

泷野看看正在悠然自得破浪而行的搭档。虽然这黑色的海豚应该是听不见声音的，但是它还是“叽——”地叫了一声。

“对，万一有事，我们还在旁边呢。”

和泉拍拍胸脯。研修生大矶和打零工的仁科也从旁边的台阶上走下来，简洁地汇报说：“音响没问题。”水原出现在柚乃等人身后，对泷野竖起了大拇指，说：“我按说好的，把它装饰在舞台上了。”

“抱歉，又麻烦您……”

“没事没事。那你就加油哦……咦？津，你在这里呀，还不赶快去工作！”

“我看完表演马上回去。”

“又来劲了……”

原本由雨宫和泷野搭档的表演，现在只有师妹一人来负责了。工作人员为了它的成功而全体出动。香织十分兴奋，握着泷野的手，与她约定说：“我绝对要把它登在报纸上！你要加油哦！”

最后，馆长看了一眼手表喃喃道：“快要到时间了。”

“你看到观众席了吗？全都坐满啦！大家都很支持你哟，加油！”

“……好。”

泷野点点头，用犬笛招呼堤可说“走吧”，朝正面表演池的方向走去。观众席非常热闹，声浪一层盖过一层。

柚乃看见，就在她穿过通往正面大门的那一瞬，还有一个人单独向她道了声“加油”。

那是紧靠大门边站立的沉默寡言、短发的研修生大矶。泷野回应他道“嗯”，脸上和昨天一样，泛起微红。

大矶在鼓励泷野的那一瞬间，握住了她的手，然后立刻又抽回手来。大门向内凹陷，从旁边看过去是一个死角。这是只有站在边上的柚乃等人才能看见的交流。

“……里染，你刚刚看见没有？”

“啊？什么？”

“大矶和泷野握着手……泷野真正的男朋友是大矶！”

“哦，是吗？倒也是，他们俩年龄也很接近。”

“‘是吗’……你就不能表现得更吃惊一些吗？真是一点都看

不出来呀。大矶本人说自己认真得刻板呢。”

“我觉得他没有自己说得那么刻板。”

里染望着大矶说。他注视着堤可游向表演池，然后面无表情地回到了屋里。

“真正认真刻板的人才不会这么说自己呢。”

“……是这样吗？”

“你们俩，快点走，要开始了！”

早就摆好相机做好战斗准备的香织招呼他们道。和泉和西之洲、津等人也正要绕到正面去。里染沿着墙边的背阴处慢吞吞地迈开腿。

“水族馆真是个奇怪的地方啊。”

他注视着工作人员的背影，突然从嘴里吐出这样一句不可思议的话来。

表演池是围在观众席当中的半圆水池。水面比地面高出大概一米，可以透过亚克力看到水中的情况。在这个半圆的中心，是驯兽师站立的舞台。四周的墙壁设计成海浪般凹凸不平，和它背后真正的大海、天空一起，营造出一个具有统一感的蓝色世界。

只有观众席上方才有屋顶，阳光洒在水池上。天气预报很准，气温确实如同盛夏。

大约三百名参观者，把观众席坐得满满当当。

说是座位，其实只是细长的塑料板。大家各自找地方，随意入座。有与柚乃年龄相仿的高中生、肩并肩的情侣，还有手拿导览手册、温馨交谈的老年夫妇。最为显眼的是亲子游的观众。一个三岁左右的小男孩发现了座位后方的商店，缠着父母要买爆米花，而比他小的婴儿在母亲的怀里突然哭了起来。再看靠边的座位上，还有一名爱好者模样的男子默默地架起了照相机。柚乃看见和泉和芝浦也站在池边，他们应该是准备着应对突发情况的。

轻快的音乐从扩音器中流淌而出。泷野一出现在舞台上，便受到了观众的鼓掌欢迎。柚乃他们好不容易在最后面找到了空位坐下来。

“大家好！感谢大家今天来到横滨丸美水族馆！”

泷野的声音响了起来。她戴着耳麦，腰间挂着装有饲料的小袋子。舞台一端放着水桶和黄色的球，另一端是一个画架，上面摆放着一块平板。

那是昨天见过的雨宫的照片。最后，它被放在了最为显眼的地方。

“接下来，给大家介绍一下我的搭档、想和大家一起玩耍的——堤可！”

开场白之后，尖锐的犬笛声响起。堤可立刻从水中出现，反复跳跃着跟大家打招呼。孩子们的欢呼声一下子变得更高。

“堤可在四年前来到丸美，是一头雌性海豚。它有着旺盛的好奇心，体格很大，是个非常健康的孩子！”

配合泷野的解说，堤可这次紧靠着观众席在空中翻了个筋斗。它不逊色于鲨鱼的巨大身体画了一个圆，在入水的同时溅起大片水花。最前面的初中生模样的少女被淋成了落汤鸡，她们望着彼此哈哈大笑。

“哇，太厉害啦！太厉害啦！不要发报道了，两个版面全用照片！”

香织大叫着不该从报社记者嘴里说出的话，举着相机疯狂拍照。里染则为了些无关紧要的事情费脑筋："是雌海豚呀。哦，原作里面也是生了小宝宝的。不对，那是虎鲸吧。"然而坐在这两个人中间的柚乃完全顾不上思考该对他们俩说什么，她已经入迷地沉醉于驯兽师和海豚的表演中了。

和着节奏恰到好处的伴奏音乐，堤可一个接一个地表演它的才艺。它如同在水面奔跑似的连续跳跃，再扎个猛子入水，接着又蹦到大约四米的高度。它把抛进水池的球顶在嘴尖，然后用尾鳍将它踢回舞台。其间的仰泳和可爱的叫声也迷住了观众。泷野还用夸张的姿态手势，给孩子们简明易懂地讲解了海豚的生活习性。

"——那么，接下来我们将挑战难度稍高的技巧。这也是我第一次给大家表演。我和堤可期待大家的支持！"

表演进入中段之后，她宣布道。在一旁等候的和泉露出了惊讶的神色。或许她的行为和计划不同。

泷野对搭档吹响了犬笛，自己也入水了。观众们注视着这一瞬间。堤可在水池里绕着大圈来到她身边，深深潜入水中，似乎要把她托举起来——

哇！

猛然间，表演池被今天最高亢的欢呼声所包围。

堤可将泷野驼在背上，快速地游动起来。

和泉摆动她粗壮的手臂尽情拍手，号召全体观众鼓掌。身着红色潜水服的泷野笑容满面地高高举起手臂。

这是和照片上的雨宫相同的技巧。

"气氛真是热烈！"

柚乃听见身后响起每天都在家听到的嗓音。哥哥和仙堂正站着观看表演。

“刑警先生也来看表演呀，真闲啊。”

“你才是呢。说是搜查，却光顾着玩……据说这场表演会当作雨宫的悼念仪式，所以我们才来看看。”

“还挂着照片呢。”

仙堂看了一眼舞台上里染指给他的那张照片，皱起了眉头：“真是难以理解。”

“我理解你的心情。不过，这里的一切都是以生物为中心运转的。”

两个人的交谈让人摸不着头脑。柚乃和哥哥面面相觑，歪了歪脑袋。只有香织一人完全无视周围的一切，继续按动快门。不知道她的存储卡容量还够不够。

堤可把它的搭档送到舞台上，咽下饲料，再次潜入水中。泷野精彩地完成高难度动作，精神上一放松，便显得有点喘不过气来。面对这样的师妹，照片上雨宫的笑容似乎在嘲笑她：“你还差得远哟。”

柚乃猛地想到——这个笑容和某人很像。

紧凑的漂亮身体。从容的笑脸。目中无人的性格。就在不久前，她还和这样一位少女战斗过。

“……我怎么觉得雨宫和忍切有点像呢。”

“别在这种时候提她的名字呀！”

她喃喃自语，里染却立刻有了反应。“这种时候”——难道他也很开心？

“不过，我觉得确实有点相像。这种从容的地方。”

“从容……那家伙还是没有变吗？”

“还是没有变？”

“我是说她的女王姿态。”

“哦……嗯，是有点这种感觉噢……”

大概是到休息时间了，泷野让堤可自由地游弋，自己开始介绍起海豚的语言来。柚乃一边听，一边给里染讲起热身赛时的插曲。

忍切特意从京都赶来给佐川队长发挑战书。得到师妹们的崇拜，还有魔鬼一般的实力。尽管如此，她却时而偷工减料，时而得意扬扬地掐时间，一副极其看不起人的态度。但柚乃却认为她是为了激怒佐川队长而故意为之。

“她就是个混蛋。”

“不、不至于吧……里染同学，你也没资格说别人吧。”

不对——

“你很了解忍切？你和她之间有什么关联吗？”

“……”

柚乃把两天前的问题又翻了出来。但是他没有回答，不理睬柚乃，开始摆弄起手机来。这种摆脱问题的方式也太低级了。

难道他们曾经是一对……？

在舞台那边，堤可再次展示它的跳跃，赢得一阵喝彩。身后的哥哥也漫不经心地叫了一声：“呵！”柚乃也为堤可送上掌声，但是心里却留下了疙瘩。

就在这时。

“……等等！”

里染站起身来。

因为他在最后一排，所以没有一个人注意到。泷野也没有留意到他，和堤可继续表演。只有紧挨在他身边的柚乃看见了——

圆睁的双目深处那黑色的瞳仁。

“……里染、同学？”

“等等！等等！等等……”

在雷鸣般的欢声之中，他安静地思考着。视线直愣愣地朝向雨宫的照片。哥哥讶异地注视着他，香织也终于把目光从取景窗移开，说了句：“你怎么了？”

“对呀……对呀。所以，也就是说……不，没有任何证据……不，等等……等等……”

“里染，你怎么了？”

“天马？喂，天马？”

“我说，里染？总之你先坐下，这样太显眼了。”

“是拖布。”

“啊？”

“是拖布！”

柚乃的努力完全是白费工夫，这声喊叫使得所有观众都向他看过来。泷野也吃了一惊，和泉和馆长等人僵住了。正返场挑战踢球项目的堤可也错过了抛给它的皮球。

突如其来的大喊之后，是尴尬的沉默。

但是，里染对此完全不介意，他说道：“三个人……不，还有两个人。”

然后离席飞奔而去。

“喂，喂！里染！”

柚乃和香织慌慌忙忙去追他。刑警们也跟在后面，还伴着仙堂警部的怒吼：“这家伙到底在干什么？！”

里染出了表演池后横穿新馆大厅，直奔A栋而去。珊瑚礁和热带鱼、小海马，还有路菲白色的身影，一个接一个掠过他们奔跑中的视野。几乎所有的游客都集中在表演池，所以馆里静悄悄的，又恢复了蓝色深海的气氛。柚乃等人在幽暗中穿行，里染则从头到尾动作敏捷地寻找着什么。

“大矶先生！”

就在他回到入口附近时，终于发现了一直寻找的人，停下了脚步。这位青年刚才在水池边露出了令人意想不到的一面。他现在正和代田桥一起，经过大水槽前。今天，他们仍然右手拿着水桶。

“……什么事啊？”

“啊？你今天又来了？真是的，本来就忙，还来添麻烦……”

“我有，一个，请求。”

里染没有理睬代田桥的埋怨，只对大矶说道。他缺乏体力，还跑了这么一段，所以捂着胸口，似乎这就要倒下。柚乃追上他说：“没问题吧？”他只伸出一只手掌来，看来是说自己没事。

“请求？”

“对——和我握握手。”

里染这么说着，把冲柚乃伸出的手，直接转向大矶面前。大矶一副丝毫也没有理解的模样，但还是把没有拿水桶的那只手伸了出来。

里染的纤细胳膊，和是他两倍以上的、肌肉粗壮的胳膊连在了一起。

“谢谢你。请你继续努力工作。代我向她问好。”

握完手，他立刻把这两人赶走了。大矶的脸红到了耳根子，代田桥也撇着嘴说了句“真是闹不明白”，向走廊深处走去。

柚乃她们也没闹明白。

“……刚才的握手，有什么特殊意义吗？”

以大水槽里的鱼儿为背景，仙堂问道。

“当然了。你看他，不是脸都红了吗？这样他就成胡萝卜了。”

“啊？”

“我是在开玩笑。没问题，有意义。具有重大意义。”

里染露出心满意足的表情来。

“那么，我先回一趟房间，因为要安装空调嘛。哥哥，你能再把那个叫羽取的人喊来吗？”

“什么？”

“除了这个，还有其他几件事需要你帮忙。哎，这事吾妻先生也可以做，回头再说吧……嗯，这里几点闭馆？香织，你知道不？”

“五点。”

“好，那就五点半集合。刑警先生，请你务必召集全体人员哦。哦，顺便也联系一下报社的家伙们……”

“我说，你等等！”

这次轮到柚乃伸出手掌了。

“看这气氛，似乎你已经知道谁是凶手了。你不会是真的……”

“知道了！”

“你说什么？”仙堂警部大叫一声，一步跨到里染身边，“真、真、真的？你不会又说自己是在撒谎吧？”

“不会，是真的。在此之前都是假设，但是这次完全以事实为基础，不会有错。”

“你别废话了。快说，是谁干的？”

“我都说了我已经知道了，你不用着急！总之，我现在要回房间去，而且我还必须换上校服。”

“校服……？”

“对，你看过刚才的表演，应该能明白吧？这种事情，必须要美观。”

里染甩开仙堂抓住他肩膀的手，散步似的晃晃悠悠走向入口。

“你、你等等呀。你怎么知道凶手是谁的？”

他听哥哥这么问，回过头来。

在水槽微明的灯光照耀下，他的笑容颇具神秘感。

“是拖布，哥哥。是拖布、水桶和其他几个线索……还有老套的逻辑问题。”

第六章　黄色拖布和蓝色水桶

1　接下来是破案篇

闭馆之后的水族馆，一片寂静。

就在大约三十分钟前还充盈着热闹无比的欢声笑语，就像没有存在过似的，全都消失了。只听得后院里的机器在低声轰鸣。聚集在这里——B 栋小展示厅里的工作人员们彼此也没有交谈，只是默默地注视着眼前如同幽灵般来回的水母。

他们按照刑警的指示分别坐在从会议室搬来的两排椅子上。来回摇晃身体、坐立不安的和泉，以及生气似的叉着胳膊的代田桥。老老实实的大矶沉默不语，顺利完成表演的泷野大概是有些疲惫，面露倦色。年长的芝浦坐在最边上，单薄的身体显得更加瘦小。

依然眉头不展、一副为难样的船见，和神经质般时不时推推镜架的副馆长绫濑。拨弄卷发发梢的水原，以及双眸湿润、似乎这就要哭出来的、打零工的仁科穗波。还有盯着水槽一动不动的绿川。坐在他旁边的津，正面无表情地把葡萄味硬糖扔进嘴里。在一旁多出来的椅子上，坐着馆长西之洲和负责鲨鱼的深元，如同附送的赠品。

还有几名闭馆之后依然留在馆内的特殊人员，站在一旁盯着这些工作人员的侧脸。他们是连续三天来到水族馆的柚乃、手里紧握笔记本的香织，还有后来与她汇合的报社成员仓町和池。后面是哥哥和仙堂，以及矶子警署的搜查人员们。为了便于随时移动，刑警们没有坐在椅子上，而是保持站立不动的姿势。

尽管各自想法不同，但是工作人员们都神色紧张。仙堂只提供了一条极为暧昧的信息："顾问说要总结一下搜查情况。"即将上演的会是什么呢——这样的疑惑将小小的展示厅包围。柚乃一边关注他们的情况，一边回忆起表演中里染和仙堂的对话。

仙堂望着雨宫的悼念照片，这么说道："真是难以理解。"而如今身处这样一个空间，柚乃似乎明白了这句话的意思。

集中了多人力量得以重生的海豚表演。泷野干劲十足地表示："必须让雨宫看到我已经可以胜任。"但是，这里存在一个不和谐音。

因为，在场的他们，是为数不多的嫌疑人。工作人员中必然有一个人是杀害雨宫的凶手——因为，正当海豚表演在雨宫笑容的守护下达到高潮时，凶手或许也正暗自窃笑。

里染说过，一切都是以生物为中心，所以无可奈何。在此之前，他还指出，水族馆是个奇怪的地方。

即使展馆被封锁，饲养员也会来喂食，如果海豚运动不足，会让它们在水池里玩耍。如果来此观看生物的游客多起来，还会举行表演。充满杀意的"人类的情况"，在这个水族馆中总是被隐藏，被驱逐。

为了不说谎的生物们，人们在说谎。

直到前一刻还令柚乃喜爱的水族馆，突然改变了风景。这种感觉，和昨天从镜华那里了解情况时一样。水的流动让心情无法平静，夜晚一般的蓝色灯光也让人感到恐怖。

大海不仅美丽，还深不可测，令人害怕。

尽管是炎夏，柚乃却起了一身鸡皮疙瘩。她搓搓胳膊，不知道这寒意因何而起。或许是源于水族馆的杀意，又或许来自于灿烂阳光下猜准这一点的里染。

依然如此。柚乃看不见他眼中的景色，不懂他的内心。

他，找到了吗？

他找寻到那个隐藏着杀意的地点了吗？

“五点半了。”

坐在眼前的芝浦看看手表说。

与此同时，里染天马出现在鲨鱼水槽旁的通道中。

和上次一样，他身穿正装。深蓝色的西装夹克，系在脖子上的深绿色领带，衣襟上的校徽和淡墨色的长裤，还有皮鞋。他规规矩矩地穿着风之丘的校服。不过，这一次他带的东西比上回多。胳膊上挂着一个蓝色水桶，上面写着“用于打扫地面”，手持一把黄色手柄的拖布，另外一只手则推着带轮子的白板。

“请让路。”

他向坐在最边上的柚乃身后发出指示。就在柚乃打算把椅子拉回香织这边的时候，另一位顶着满头鬈发的人从通道里跑了过来。那是矶子警署的吾妻。

他来到里染身边，呼哧呼哧喘着气汇报道：“我调查过了，有问题。”

“是吗？谢谢。”

里染淡淡地回应，然后径直走向水母水槽的正面。吾妻站在哥哥身边，气息已经恢复了平静。

里染把白板摆在容易看见的地方，再把水桶和拖布搁在地上，拍手说道："好了，各位工作辛苦了。我想大家应该都很疲惫了，所以我会赶紧说完——我已经知道杀害雨宫先生的凶手是谁了。"

他的话才开始五秒钟，就引发了工作人员异口同声的惊叫。

"你、你知道是谁干的了？真的？"

"怎么可能呢？"

馆长喊叫道，而津的鼻子里则发出一声冷笑。

"真的，津先生，我真的知道了。不仅是凶手的真面目，凶手是怎么杀害他的，在现场采取了什么样的行动，又是如何逃跑的，我全都已经了如指掌。"

"……看来你还真是胸有成竹。就我所调查到的情况而言，没有任何能找到凶手的线索，眼下连警察也束手无策……"

"您说得对。线索不仅数量有限，而且非常细小，但是，我找到了凶手。我接下来就要对此进行解释。一个个、扎扎实实地解释下去。如果有不同意见，请随意发表。"

里染的话听起来确实信心十足，就像他知道不可能存在反对意见似的。津不情愿地跷起二郎腿，摆出一副"那我就听你说说看"的姿态来。

"其他各位没问题了吧？那我就开始了。"

里染一使劲，猛地把白板翻了个面。

写在背面的，是B栋后院的示意图和十一位嫌疑人的姓名。在其上方，是用粗黑字体写下的讲座题目。

他从衣兜里取出马克笔，用笔尖上的套子敲击着题目，念道："——'是谁杀害了雨宫茂？'"

解谜就此开始。

“首先，我从最根本的地方开始。八月四日九点五十分，雨宫先生手拿文件从这道‘A’门进入鲨鱼水槽。然后，在十点零七分，他突然落入鲨鱼水槽中，当时脖子上负伤。报社成员不到一分钟就进入了现场，但是那里一个人也没有，马道上是一片血海和纸张，而且有脚印从那里延伸出去。没错吧？”

香织等报社成员一起点头。

“之后，警方也介入调查。他们发现裹在毛巾里的凶器放在马道最靠里的地方，沾有血迹的拖布藏在储物柜里。雨宫在落水时已经死亡，现场的惨状很不自然。菜刀在距离很远的地方，还有沾血的拖布。而且最关键的，是离开现场的、仅有的一行脚印。这一切事实表明，雨宫先生一定是被人杀害的。你觉得怎么样？”

被问到的是仙堂。他也默默地点点头。

“那么，很清楚，这起案件是谋杀案。接下来我们来思考一下，是谁杀的？B栋的所有出入口都处于摄像头的监控之下。在九点五十分到十点零七分之间，出入B栋的只有馆长和报社成员。但是，他们在B栋停留的时间太短，不足以实施犯罪行为，而且还有录音笔的记录。因此，这四个人从一开始就可以排除在外。

“……如此一来，只有这一时间段位于B栋的人才有实施犯罪的可能性。吾妻警官，你怎么看？”

“是的。摄像机里除了馆长他们以外，没有拍到其他人出入，所以无疑……”

“总之，我们很可疑，对吧？”

代田桥打断了吾妻刑警的话。

“说这种让人心里不舒服的话！”

“我不是想让人心里不舒服，我只是按照顺序展开推理而已。不过，确实如你所说，嫌疑犯就是当时位于B栋的这十一个人——也就是说，凶手是你们其中的一个。”

里染用笔尖敲敲这十一个人的名字，不带感情地说道。

嫌疑犯的心情依然紧张。

“那么我们把范围进一步缩小。是你们其中哪一个人干的呢？十点零七分，没有嫌疑犯缺少不在场证明。这样一来，这起案件就成了不可能的犯罪。但幸运的事，我揭穿了凶手不在场证明的把戏。”

里染简洁地向不了解情况的人介绍了凶手的把戏。工作人员刚听到“卫生纸”这个词的时候，都面露疑惑，但随着他的进一步解释，也就表示了赞同。

“……所以，凶手是有可能在十点零七分之前离开现场的。要说到这一点表明了什么，首先，当然是十点零七分的不在场证明失去了意义，另一点便是没有人协助凶手。如果有能够提供不在场证明的共犯，也就不需要特意安排这种把戏了。”

里染再一次用力敲击嫌疑人的姓名。

“不是共同作案。这样的话，就是单独作案。在这一时间点，我把可能性限定为十一分之一。是你们其中的某一个人，单独杀害了雨宫先生。”

是的，这部分也是柚乃所了解的。概率是十一分之一。但是，问题在这之后。

“在问题已经明确的前提下，我们来思考一下凶手的行动。雨宫先生一个人走进了大门。也就是说，凶手在那之前就位于饲养员工作区，或者，他是在那之后进入的。总之，他们在水槽碰面，然后凶手伺机将他杀害。在那之后，他设置好骗人装置，离开饲养员工作区，把卫生纸藏起来……在饲养员工作区发现了带血的拖布和水桶。这些东西究竟是什么呢？”

“这些东西是什么？你昨天不是说了吗？在进入马道的时候……”

“不是的，哥哥。那只有一半说对了，还有一半说错了。现在请你忘记我说的话。”

里染立刻拒绝了哥哥的帮助。

“这回，我们把进入时的情况暂且放到一边，先来考虑一下离开时的情况。从这里开始会变得有些难度，请大家认真听。”

他叮嘱一句，摆弄着马克笔继续往下说。

“凶手把纸扔在马道上，并洒上水。首先用纸将入口附近的排水口堵上，然后淋上水，制造出发洪水的状态。水来自于鲨鱼水槽。要汲取鲨鱼水槽里的水，只能使用马道的开口。这一点深元先生应该非常清楚，对吧？”

“对，因为其他地方距离水面太远。”

剃板寸头的鲨鱼负责人回答。

“也就是说，为了淹没马道的地面，首先要进入内部，撒上纸，再把从开口处汲取的水大量地淋在上面，除此之外别无他法。凶手无疑也是采用的这种方法……接着，在浸湿的纸上留下脚印。”

里染为了让大家对“脚印”这个词语印象深刻，实际地在白板周围转悠起来。

“在犯罪搜查中，脚印往往会成为重要线索。让我们模仿先例，来思考思考这行奇怪的脚印。”

脚印，留在浸湿泡涨的纸上。一行，如同在雪原上行走后一样。

“脚印只有一行，朝向马道入口处，和亚麻地面的鲜血脚印连在一起。脚印、橡胶长靴的鞋底也都粘着纸纤维。这意味着什么呢？”

“意味着什么……不就是表明凶手从这里逃出去吗？”

“不对，刑警先生。这种想法太肤浅了，再深入一些！”

仙堂也被里染否定了。倒霉的县警搭档。

“大家听清楚了吗？我想说的是，在淋完水之后，凶手只需要离开现场一次，所有的一切在那个时间点应该就全部结束了。

“凶手只离开一次这一点，大家立刻就能明白。因为，如果他还回来过，纸上将会留下其他脚印。‘所有的一切应该就全部结束’。我们是根据带血的脚印判断出来的。脚印上有鲜血和浸湿的纸。也就是说，脚印的主人应该刚刚才从纸上经过。但是，就像我刚才说的一样，留在纸上的脚印只有一行。要连起来的话，只会是这行脚印。而且，我再重复一遍，本应踩踏在湿纸上的足迹，沾满了鲜血。”

里染加快了他绕场的脚步。

“也就是说，凶手撒上纸，淋上水，并从上面踩过逃跑那一刻，现场应该流淌着大量鲜血。因此，凶手在纸上留下脚印逃跑的那一刻，谋杀已经完成，之后他再也没有回到过现场。这一点是很明确的。”

“哦……对啊。但是……”

“而且，还有一个证据。凶手是固定开口处的小门来设置骗人把戏的。这样一来，就必然不能从开口处汲水了。也就是说，在地上淋水，比设置骗人把戏的时间早。这证明，在马道被水浸泡的时候，尸体还在桥上。”

“喂，等等，你慢点。”

仙堂第二声呼喊，终于成功地让里染停了下来。

“抱歉，不容易懂是吧？”

“不是，你说反了，是太容易懂了。在有一行脚印离开案发现场的那一刻，凶手就逃跑了——这一点谁都能看明白。”

“我只是在明确推理的依据而已。而且，刚才我的那番话，想要说的还有一点，这一点更重要。”

“……是什么？”

“就是说，如果某样东西沾有鲜血和浸湿的纸，就能断定，它一定被带进过谋杀现场。”

里染回到原来的位置站定。

“请大家回忆一下最初的议题。我当时问过，拖布和水桶是什么？拖布和水桶上都附着有鲜血和纸纤维。也就是说，这两件东西被带进过谋杀现场，而且被踩着浸湿的纸离开的凶手一并带走了。我想不出还有其他什么。”

“我全部赞同。但是，再多思考一下……”

“我有不同意见。”

一位工作人员举起了手。津提出了第一个不同意见：“水桶姑且不说，拖布不一定是这样吧。鲜血、纸，都一直堆到了马道的入口处，对吧？那么，例如，把拖布从储物柜取出后先放在马道入口处，再将其浸泡入口附近的鲜血，又放回去。这样的话，不用把拖布带进现场，也可以沾上鲜血和纸。”

里染则反驳道：“这是不可能的。我做了实验。如果只是在拖布和水桶底部沾上鲜血的话，这种方法确实可行。但是，想要连纸纤维都附着上，那就需要相当使劲地按压它。这样一来，纸上就会留下破损的痕迹。向坂同学拍摄的入口处地上的照片上，除了脚印之外，并没有使劲按压某种东西留下的痕迹。至于实验的精准度，袴田妹子应该可以保证。”

里染用手指向柚乃等人。柚乃答道：“没错。”她终于明白了昨天早晨用拖布打扫卫生的实验具有什么样的意义。

但是，里染叫香织为“向坂同学”，而在这种时候柚乃却依然是“袴田妹子”。

“……这样的话，我认可。”

津痛快地撤回了异议。

仙堂立刻接着往下说：“喂……嗯，想说什么来着……哦，拖布和水桶是被带进现场的，这一点再多思考一下也是能明白的吧。”

“但是，刚才不就出现了不同意见吗？”

“这倒也是。但是……”

“我不是说了吗？我只是一边明确依据一边讲述而已……那么，这样一来问题就更加清楚了。”

里染略微回敬仙堂，回到白板前微微一笑，说道：“拖布和水桶。重要的是这两件东西。”

2 血和水和另一样东西

里染一开始就指出，拖布和水桶，尤其是拖布，是掌握关键的线索。实际上他昨天在车里就根据这两样东西锁定了嫌疑犯，而且还指出，他有一个核心部分尚未提及。

不过，他的推理最终因为医务室事变而白费工夫……还是说，这推理还有生还希望？

柚乃咽了口唾沫，等着里染往下说。作为背景，水母漂浮在没有重力的世界里。

“为什么要把拖布和水桶带进现场呢？带水桶是为了汲水和藏匿卫生纸。拖布是用来伪装成清洁工、掩饰水桶……这是我在刑警先生面前进行的推理。但是，现在我把行凶之前的话题暂且搁置一旁，先从行凶之后开始说起。”

他弯下腰，把拖布和水桶拿在两手之中。

“凶手拿着拖布和水桶离开马道之后，好像是用墙边的水管略微清洗了带血的拖布，让水流到排水口，然后把拖布和水桶放回了清扫工具储物柜。接着，他再次返回，把橡胶长靴放回架子，把手套扔进准备水槽，并从这个‘B’出口逃离，去藏匿卫生纸。你觉得如何，刑警先生？”

他指着饲养员工作区挨着卫生间的那道门，又一次询问仙堂。仙堂也干脆地认可了这一点。

“但是，那根水管坏了，不出水。他是怎么洗拖布的呢？”

“用水桶里的水呗。”

“是的，哥哥，他用了水桶。凶手似乎打了满满一桶水，设置好骗人装置，然后就直接把水桶带走了。这一点，残留在脚印左侧的水滴可以证明。”

里染蹲下来，从水桶里取出一个五百毫升装的水瓶子。和上次一样，他还是带着瓶子。

他拧开盖子，但是没有喝，而是直接倒了大约一半的水在空桶里。他把水桶拎起来，几秒钟之后，水滴开始啪嗒啪嗒地从桶底滴落在通道的地毯上。

“如同你们所看见的这样，清扫工具储物柜里的水桶有裂缝。尽管没大到一装上水就立刻漏光的地步，但是会一滴一滴地渗出来。这应该是以深元先生为代表的、曾在饲养员工作区里工作过的各位都很清楚的情况。”

饲养员们相互看看，点点头。吾妻在一旁补充道：“本来滴落的水和鲨鱼水槽的水也是相同的，因为也检出了血液。”

“正是这样。所以，能够断定这些水滴是从水桶里漏出来的，也因此才知道水桶里本来是有水的。

“那么，我们把话说回来。凶手用水桶里的水清洗了拖布上的血液。证明这一点的有以下情况：排水口残留有血迹和纸纤维，而且检出了鲨鱼水槽中水的成分；水池里散落着清洗拖布后甩干时留下的水滴；水桶内壁也产生了血液反应。

“但是——这样一来，就出现了一个奇怪的事实。”

“奇怪的事实？”

绫濑问道。里染没有回答她，而是放下了手里的水桶，又拿起拖布放进桶里，确认了一件理所当然的事：“……用水桶清洗拖布的时候，是这样洗吧？

“一般说来，任何人都会这么做。还可以倾斜水桶，把水淋在拖布上。但是，这样的话水桶内壁就不会沾上血，所以这种方法这次不成立。我认为凶手一定是这样清洗拖布的。”

他一边说，一边在水桶里摇晃拖布。仙堂警部一脸不满地说：“这不是明摆着的吗？”

“是啊，这是明摆着的。那么我们再进一步思考这一明摆着的事实。凶手把拖布浸泡在水桶中清洗上面附着的血液——他是在什么地方实施这一行为的呢？”

“在什么地方?”

哥哥在柚乃身后翻看他的笔记本。

“什么地方，不是在水管边吗……哎呀，等等，水滴里混杂着血液，所以……”

“不愧是哥哥呀。是的，在这里，我们回顾一下水滴的事实。从水桶里漏出的水滴，顺着脚印延续到水管边，在水倾倒之后就不再出现。每一处水滴都检出了鲨鱼水槽的成分，而且从半途中开始，还混杂着微量血液。听清了吗?从半途中开始，这是我的得意之处。

“从水滴中检出血液，意味着作为水源的水桶中，存在无法彻底稀释的大量血液。而且，这一情况不是刚离开马道时出现的，而是从半途中——从这个脚印突然转弯的中间地带开始的。”

里染取下马克笔的笔帽，在示意图中饲养员工作区里标记的脚印中段，也就是水管和马道的中间位置标上了红印。

“也就是说，拖布浸泡在水桶中，是在这一地点。”

仙堂挽着胳膊说。

里染迅速摇摇头说:“然而——在这里多加一个记号，就会产生奇妙的事实。”

“你说什么?”

里染配合着水母的节奏，缓缓地把笔向下移动——

他在示意图中的水管旁，又画下一个红色的小长方形。

“……啊!”

仙堂脸上的皱纹瞬间消失，已然是目瞪口呆。

“请大家看清了。在水管旁边，留着这样一块正方形的血迹，同样附着有纸纤维。这无疑是拖布在地板上留下的印迹。在附着有血液的其他物证当中，不存在能够留下这种痕迹的东西。”

里染从水桶里抽出拖布使劲按压在毯子上。就像他说的那样，留下了一块四方形的印迹，虽然不是血迹，而是水印。

“但是，如同我刚才证明过的那样，拖布浸泡在水桶里时，应该是在这一中间位置。当然，如果拖布浸泡在水中，达到了致使水中混杂大量血液，甚至连水滴中也混杂血液的程度，则附着于拖布上的血液应该已基本清洗干净。是的，正像拖布在储物柜中被发现时的那种状态。所以，请大家注意，如果拖布上的血液在中间点已经清洗干净的话，水管旁边是不可能留下血迹的！”

随着他语气的加强，工作人员当中响起一片惊叹声。和泉向前探出身子，穗波的脸色则变得苍白。

“这明显是矛盾的。这是怎么一回事呢？水管旁边的血迹，无疑是拖布留下的。也就是说，当凶手到达水管时，拖布上还留着血液……那么，水滴中的血又是怎么来的呢？凶手在这一中间位置，究竟清洗了什么东西上附着的血液呢？”

说到这里，里染停顿了片刻。他拿过水瓶子，喝了一口水。

所有人都默不作声，入神地倾听侦探的解说。

他的喉咙蠕动了两三下，把水瓶子放在地上，接着说道：“……我第一次仔细观察饲养员工作区的时候，看见拖布的血迹，感到有些疑惑。用水桶清洗拖布，再把水倒掉。在这种符合常理的行为中，把尚未清洗的拖布放在水管旁，有什么意义呢？把水桶放在清洗台或是地上，再把拖布插进去，这样就可以了。为什么在此之前要把拖布放在地上一次呢？

“我设想，凶手恐怕除了拖布之外还带着某样东西，而且他需要用两只手来清洗它。尽管这只是一个假设，但是当我阅读从哥哥那里借来的笔记时，发现水滴检出血液是从半途中开始的，这让我恍然大悟。”

柚乃想起来了。两天前，里染在揭穿骗局后，在现场来回走动。他观察水管，然后重新阅读笔记，嘴里清楚地说着：“水滴。水。血。血迹。”

“除了拖布，凶手还携带某样东西，并且用水桶里的水清洗了它。后来清洗拖布，或许是为了掩饰这一血液。不过理由我们先搁置一旁。先来想想，这‘拖布之外的某样东西’是什么？

“在饲养员工作区中，无论是一楼还是二楼，都没有发现其他存在血液反应的东西。也就是说，没有需要清洗血迹的东西。既然没有留在现场，那就一定是被凶手带走了。

“为什么要带走呢？因为，这东西对凶手来说一定十分重要，如果留下就会遭到怀疑。或者是，如果把它弄丢，会遭到怀疑。对于凶手来说必不可缺，重要到带入杀人现场，而且有可能留下大量血液的东西会是什么呢？”

里染扫视工作人员，拉拉夹克的衣襟，说道：

“我考虑到了衣服。”

原来如此，衣服满足刚才列举的所有条件。附着大量血液不足为奇，而如果因此就把它留在现场逃走的话，又会被立刻锁定。而最令人怀疑的，就是逃跑时光着身子。

这么一想，柚乃也终于明白了两天前里染紧紧抓住不放的东西所具有的意义。黄色 Polo 衫。更衣室。工作人员的样子。

“我们假设凶手的衣袖或是裤子上沾上了血液。他离开马道后发现了这一点，于是慌慌忙忙地把水桶放在地上，把水淋在弄脏的部分进行清洗。也可以认为他是把衣服整件脱下来放进水桶里清洗的。这时候，没有把拖布放在地上确实有些不自然，但是，如果凶手决定伪装成在水管处清洗拖布的样子，小心地不把血迹留在奇怪的地方，这种假设也是有可能成立的。

“但是，如果浸泡在水里，衣服必然会湿。在雨宫先生落入水槽之后，聚集在马道上的各位，没有一个人衣服上留下了浸湿的痕迹或是水印。连头发湿乎乎的人都没有。对吧，报社？”

面对又一次的确认，红色镜框的少女、混血儿般面孔的副社长、孩子气的少年点点头。

“各位当中，存在能够遮掩湿衣服的人吗？所有人都打扮随意，没穿外套，没系领带，恐怕是无法掩盖打湿的地方的。这样一来，凶手从现场逃离后，就需要在某个地方换衣服。而办事员们身穿的衬衫种类各异，而且 B 栋中本来就没有替换的衬衫……但是，如果是饲养员，如果是把带有标志的黄色 Polo 衫当作制服穿着的饲养员，情况就不同了。”

对，如果是饲养员，就有可能更换服装。回答过这一问题的西之洲本人也不由得“啊……”地轻呼一声。

“饲养员的话，如果换上更衣室里备用的 Polo 衫，当时姑且可以混过去。”

“你的意思是说，当时在更衣室的家伙很可疑？”

芝浦脸色铁青地问。

“不是。确有可能性，但不是绝对的。有水原小姐和泷野小姐在走廊里盯着，女更衣室恐怕不行，但是男更衣室，在你离开之后确实存在潜入的机会。因为，芝浦先生，你不是十点刚过就离开了嘛。”

“这、这倒是……哎呀，这下就没事了。”

老人松了口气，放松了肩膀。尽管他的嫌疑并没有得到洗刷。

“总之，我认为应该调查更衣室，因此就拜托刑警调查了男女两个更衣室。”

“要说的话，我们是被迫进行调查的呢。”

“结果，两边都没发现问题。没有任何地方存在清洗雨宫先生血液的痕迹。”

“你别不搭理我呀……”

仙堂叹了口气，在另一个意义层面上放松了肩膀。

“也就是说，凶手没在更衣室换衣服。存放衣服的地方还有一楼的仓库，但是摄像头证明没有人进入那里，饲养员因此被排除了嫌疑。”

“嗯……那么，所有人员都被排除在外了吗？”

仓町困惑地歪着脑袋问。

“是的，除了一个人。”

“……一个人？”

工作人员中一阵低声吵嚷。

“能够更换湿衣服的人。也就是说，拥有替换衣服的人。那么办事员呢？刚才我说了，办事员应该没有可以更换的衣服。但是，如果这个人有自己单独的办公室，而且带入了大量私人物品，又会如何呢？这些物品中，或许也有替换的衣服。”

“单独的办公室……你是说馆长和绫濑小姐？可是房间里没有衣服呀……”

水原说道。

但里染否认道："馆长室里没有衣服，我通过报社了解过了。这样一来，能够放置私人物品的房间就只剩一个了——绿川医生的医务室。"

就在他的名字出现的那一瞬间，全场哗然。所有人的目光，落在从刚才开始就纹丝不动的帅气医生身上——但是，这一波澜立刻又变成了困惑。

里染又一次拍手，大声说："大家都知道吧，在那间医务室里，别说是衬衫了，根本就没有私人物品。我这番以凶手衣服上附着有血液作为依据进行的逻辑推理，看一眼医务室，就彻底被推翻了。"

"什、什么？居然是错误的推理啊？"

"真是的，刑警先生，请说'一种可能性被推翻了'。"

仙堂空欢喜一场，更加沮丧了。柚乃则体会到了解开疑问的兴奋。因为医务室事变而"跑偏的推理"，原来是以这样的思考作为依据啊。凶手应该更换过衣服这一假设，从拖布中得到的"凶手存在于办事员中"的指针，还有更衣室的调查结果。他依据这些找到了绿川。

但是——

"但是，结局错了就是错了。因此，更换服装的可能性也完全消除，凶手衣服上附着有血液这一原点也就分崩离析了……那么，沾上血液的这样东西究竟会是什么呢？"

他再一次重复了题目。

"我在医务室中，重新梳理了一遍拖布之外'需要清洗痕迹的东西'。尽管水桶出现了血液反应，但是不能用水桶来清洗水桶啊。会是橡胶长靴吗？不对，橡胶长靴除了靴底，没有出现血液反应，而靴底又依然附着有血迹，并没有清洗过。再说本来在水管之后依然还存在带血的脚印。那么，到底是什么呢？

“——我终于发现了，是手套。”

里染一边说，一边从胸口掏出了橡胶手套。

“手套漂浮在准备水槽中，所有部位都出现了血液反应。我一心以为，手套以沾满血的状态被扔掉，然后水槽里的水洗掉了血迹……然而并不一定是这样。因为，即使手套是在血迹被清洗后扔进水槽，也一样会有血液反应。

“凶手清洗了手套。离开马道后，在中间地点暂时放下水桶，把手套浸入水中洗掉血迹。接着，在逃跑途中把它扔进水槽。这么一想，细节就都吻合了。还有一件东西，并没有被带走，而是当场扔掉了。而且，这样的话，就无法依靠这条线索找到凶手了，搜查就彻底回到了原点。”

他又停了下来。把手套戴在两只手上，开始踱步，时而握拳时而松开。

手套的话，确实合情合理说得过去，观众的心也回到了原点。和泉往前探出的身子又陷入椅背，仙堂按着太阳穴说道：“又是白费工夫呀……”

但是，他们倦怠下来的紧张神经，随着里染的一声“然而”，立刻又绷紧了。

“昨天下午我遇到一件事。我们在学校游泳池进行了有关骗人把戏的实验。实验本身没有太大意义，不过，我当时看见了某人拎着满满一桶水的样子。”

就是那一刻，八桥千鹤拎着水桶，里染神色骤变。

“我进而留意到——人们拎水桶的时候，通常用手握着把手这部分！”

他实际地用戴着手套的左手拎起了放在地上的水桶。水滴再次从底部漏出。

“……这不是理所当然的吗？”

大矶客气地说。

“是的，这是理所当然，我连这一点都没有注意到，太愚蠢了。”

“哎，你快说，握住把手怎么了？”

仙堂催促道。里染把水桶伸到工作人员面前，说：“我们假设凶手像这样拎着水桶。戴着手套的手——对，应该是左手。因为水滴是落在脚印左侧的——左手握着把手，从马道走过来。接着，在中间位置，清洗了手套上的血。怎么样，刑警先生，不觉得奇怪吗？”

“……？”

“当然奇怪了，水桶的把手上，完全没有附着血液！”

——啊！

叫声从各处响起。

“显然很奇怪嘛。如果用带血的手套拎水桶，把手上不可能没有血。然而，除了内壁和底部，水桶其他部分都没有血液反应。是凶手没有戴手套吗？不是，把手上没有检出嫌疑人的指纹，却明确地发现了橡胶手套握过的痕迹。凶手无疑是戴着手套拎水桶的。

“也就是说，把水桶带出马道的时候，手套上是没有血的。因此，在中间地点清洗手套也就成为了不可能的事。”

里染缩回左胳膊，又把右胳膊伸了出来，说道：

“……那么，沾上血的会不会是右手呢？不会的，这也是不可能的。既然左手已经被水桶占用，凶手的右手应该就是拿着拖布的，就像这样。”

他用空着的右手抓住了拖布的黄色手柄。

“这一点，从水管右侧留有拖布放置的印迹就可以明确。而且，拖布的手柄上也没有检出任何血液。手套在离开马道的时候，确实没有沾上血液。”

“……我有异议。”

津再次举起手来。他最初的游刃有余已经消失，现在表情严肃，把眼前的少年当作对等的存在来看待。

“携带水桶，不一定是用手拎，也可以挎在胳膊上。”

他连说话方式都有了变化。

“凶手除了拖布和水桶，不是还带着卫生卷纸吗？他可以拿着拖布，再用空着的手指勾着卫生纸。还可以一只手拿拖布，一只手拿卷纸，然后把水桶挂在左胳膊上，就像这样。”

他站起来，走到里染面前，接过拖布和水桶，实际展示了携带方法。右手拿着拖布，左手拿着替代卫生纸的水瓶子，再把胳膊穿过水桶把手。刑警们摆好了架势，时刻准备对付这名嫌疑人，但是他除此之外没有其他行动，只是静静地观察里染的反应。

“这样的话，血不会沾到水桶上。把手上橡胶手套的痕迹，或许是凶手清洗血迹后改变携带方式导致的……怎么样？”

“津先生，你也相当厉害呀。不过，我也立刻考虑到了这一可能性。而且，已经否定了它。”

“……为、为什么？”

“是因为水滴。如果这样拿水桶，它的位置会抬高很多。”

的确，因为不是用手拎水桶，而是把它挂在弯曲的手臂上，所以津挎着的水桶位置要高得多，距离地面大约有一米。

“如果水从这样的高度滴落，落在地面后形成的水印，直径会接近三厘米，我实际确认过。”

“啊！”

这次喊叫的只有柚乃和香织。两个人面面相觑。

那是在泳池边的实验结束后。里染把手伸进千鹤拎着的水桶，蘸上水，从大约及腰的位置滴落，并凝视着它。水滴落在地上溅开，留下直径接近三厘米的水印。

“可是，现场照片中水滴的直径都是大约一厘米。一定是从距离地面更近的地方滴落的。这意味着，水桶底部应该也在这个位置。凶手并没有把胳膊穿过水桶把手，而是用手牢牢拎着的。”

水桶吧嗒一下从津的手臂上滑落。桶里的少量水在地毯上洇开。估计他没想到连水滴的大小也会被当作线索吧。他把拖布和水瓶子还给里染，茫然自失地回到座位上。

里染把水桶摆正，取下手套，重新开始他的讲述：“那么，水桶的把手和拖布的手柄上没有附着血液，证明清洗手套上血液的可能性彻底消除了。带血的某样东西，既不是拖布、水桶，也不是鞋子、手套。那它究竟是什么呢？

“是马道深处的菜刀？不可能啊。即便把它拿到外部清洗过，也无法投回那一狭长通道深处。而且，它外面还裹着毛巾，就算是大联盟的投手也办不到。

“那卫生纸又如何呢？也不可能。即使纸上附着大量血液，这世上也不会有人用水去清洗它。因为它会整个都湿透的。如果卷纸表面附着上血液，等到去卫生间的时候把那部分揪下来冲走就可以了……这样一来，它究竟是什么呢？”

他再次提出这个不知已经重复了多少遍的疑问。

“现场发现的物证全都不是。既然这样，沾上血的一定是凶手随身携带的、属于自己的东西，并且被他带离了现场。这件东西是什么呢？说到底，已经手持水桶、拖布还有卫生纸的他，还拿得了其他东西吗？装在水桶里了？这不可能，因为离开的时候水桶里有水。

“如果带血的这件东西一开始就放在水中，水滴应该也会从一开始就混杂血液。但事实并非如此。

“那它会是放在衣兜里吗？附着的血液多到混杂在水滴里的东西，会是能放进衣兜的大小吗？笔记本？手机？钱包？香烟？无论这其中哪一个都不可能沾上太多血。就算是沾上了，清洗后也仍然有可能留下痕迹。

“说起来，为什么凶手会在中间地点清洗东西呢？如果从一开始就注意到了血的存在，他可以立刻用桶里的水把它洗干净。既然是他走到半途中才发现的，为什么在那之前没有注意到呢？明明附着着大量血液。很奇怪。

“说到奇怪，还有一个更加本质性的问题。为什么凶手会把这件东西特意带进谋杀现场呢？不能把它放在外面吗？”

“……”

他一个接一个地提出了疑问，越问越不明白。观众们只能默不作声地听着。

里染又咽下一口矿泉水，然后说：“我们来总结一下到现在为止的所有条件。

“凶手拿着的某件东西是：1. 具有足以附着大量血液的面积；2. 凶手连进入谋杀现场都会携带的日常随身物品；3. 即使被水打湿，也不会留下引人注目的痕迹；4. 不需要特地拿在手中的东西，或者是柔软到可以放进衣兜的物品；5. 离开现场稍有时间间隔才留意到上面沾血的东西……就是这些。”

“……哪有这么方便的东西呀？”

水原苦笑着询问掰着手指头计数的里染。

“有。后院之中，唯有一件这样的东西。我给大家看看。”

他表情平静地回答道，接着再次把手伸进夹克的前胸。

不仅是和泉，现在全体人员都往前探出身子，专注地盯着他的手。将要出现的是什么？等待大家的答案又是什么？柚乃也咽下一口唾沫。

——他拿出的答案，是一件不起眼的、日常生活中的工具。是任何人都会随意放置、琐碎到无聊的一件东西。但是，正因为如此，才令他们惊愕无比。

“啊……”

迄今为止一句话都没说的绿川，也低声喊道。

他那双除了生物之外，对任何东西都提不起兴趣的眼睛，死死地盯着里染手中展开的、那件凶手携带的物品——饲养员别在腰间的毛巾。

3　十一分之四

“如果是毛巾，就都合乎逻辑了。”

在喧闹声消失之后，里染平静地说。

“凶手在腰间习惯性地别着毛巾，并在这种情况下实施了犯罪行为。然后，在谋杀瞬间，或是在设置骗局的时候，他靠近尸体，使得毛巾附着上了血液。然而，毛巾的位置或许不是在身体正侧面，而是略靠背部，所以凶手在并未发现血迹的情况下，带着装着水的水桶、拖布和卫生纸离开了现场……他发现血迹，是在这一中间地点。”

笔尖指向了刚才的红圆点。

“他为什么会在这里发现呢？请大家回忆一下。这个地点正好在水管旁边，而水管旁边有一面大镜子。凶手在逃跑途中，忽然看见了这面镜子，发现了自己毛巾的异样。”

“啊——”哥哥轻声低吟。对啊，水管左侧的确有一面镜子。

“凶手意识到‘糟了’，于是立刻把水桶放在地上，拽住毛巾一头，把它从皮带上抽出来，放进水里。接着，他把水桶拎到水管台子上，再将拖布和卫生纸放在旁边，便开始两只手咯吱咯吱使劲搓洗。或许他是右手拿着毛巾一端，左手搓洗的吧，手套就是这时候沾上血的。尽管这些血迹在清洗完毛巾后，立刻用水冲掉了。

“洗净血迹，使劲拧干，接着就进入了伪装程序。正好拖布上还带血，凶手把拖布略微蘸水，假装只清洗过拖布，然后把桶里的水倒掉了……打来这桶水，估计原本是为了清洗手套内侧的指纹。因为，只是扔在准备水槽里的话，指纹能否彻底消失，凶手心里没底，而且水龙头坏了，也出不来水。可是意外情况却导致水里混杂了血液，如果当时清洗翻了面的手套，又有可能把血沾到自己手上。所以，他就把水倒掉了。

“那么，洗净血迹，倒掉水，就再也没什么可怕的东西了。

凶手带着水桶、拖布和卫生纸——这时候水桶里已经空了，所以他可能换成了津先生所说的携带方式——然后，他先把水桶等东西放回储物柜，接着换好鞋，把橡胶长靴放回架子。因为原本用来清洗橡胶手套的水被污染而且倒掉，所以他没有办法，只好把手套翻了个面，在前往出口的半路上扔进了准备水槽。然后，从‘B’门离开，去藏匿卫生纸……”

最后，笔尖在饲养员通道旁边、卫生间附近的那扇门上敲了两次。大厅里除了这嗒嗒声，一片寂静。

毛巾。

观众的脑海都被这张白布条所覆盖。毛巾确实满足了所有条件。尤其是工作人员日常携带、即使被水打湿也不显眼这两点，起到了决定性作用。刚才里染谈到的凶手的行动，也从头至尾都合情合理。

但是，这意味着：“……那么，凶手是腰间别着毛巾的人？”

难以启齿的预想，从并非工作人员的仓町口中吐出。

“就是这么回事。”

“……腰间别着毛巾工作的，只有饲养员吧？那么，也就是说……”

“哎，等等、等等。关于这一点，我们再考虑考虑。”

里染自己表示事实如此，但是推理却展开得很慎重。

“就像仓町刚才所说的那样，既然携带毛巾，那就不是办事员，而是饲养员。但是，真的是这样吗？就不存在工作人员携带毛巾的情况吗？”

他把画有示意图、写着嫌疑人姓名的白板往前拉近。

“我们假设案发时，某位办事员携带毛巾，并在杀人后清洗了带血的毛巾。然而，警察在调查携带物品时，并没有拿着毛巾的办事员。也就是说，他把毛巾藏了起来。

“他有藏匿的机会吗？十点零七分案件发生，全体人员集中在后院的时候，每个人都处于两人一组或三人一组的状态。而且，由于报社的尽心尽力，办事员们此后一直被控制在会议室里。”

“不是报社，是小仓同学的尽心尽力。”

香织小声订正说。

“这意味着，办事员藏匿毛巾的机会，仅存于可以单独行动的十点零七分之前。会藏在哪里呢？我们来一个个地验证吧。

“首先是饲养员工作区。办事员本来不需要携带毛巾，所以，即使把毛巾扔在现场逃跑也不会令人生疑。架子上有好几条毛巾，混在里面，处理起来很简单——但是，饲养员工作区的毛巾，有没有出现血液反应呢？哥哥，如何？”

“……除了水桶和拖布，没有找到发生血液反应的物品。包括一楼和二楼在内。”

哥哥一边翻看笔记，一边严肃地回答。

“只有一件，毛巾的话，包裹菜刀的、雨宫先生自己的那一条附着有血液……”

“原来如此。确实是有这么一条毛巾。凶手是借用了雨宫先生自己的毛巾吗？”

“不，那不可能。”说话的是仙堂。

“你刚才也说了，雨宫的毛巾包裹着菜刀，扔在马道的最深处。无法从外面送达到那儿去，起重机也没有使用记录。”

“那么，饲养员工作区里就没有藏匿地点了。”

占据B栋中央的一楼和二楼空间，都各自画上了小叉。

“那卫生间怎么样？凶手行凶之后，去了卫生间。他有可能把毛巾藏在卫生间里了。但是……”

“卫生间里没有毛巾吧？”

“袴田妹子，确实如此，连垃圾桶都进行了翻找，但是无论男卫生间还是女卫生间，都没有毛巾的影子。就算是冲进了马桶，也会造成堵塞吧？所以否定这一推理。”

尽管里染若无其事地宣告自己翻找了女卫生间的垃圾桶。不过很幸运，没有任何人产生反应。总之，藏匿地点不是卫生间。

“这样的话，会是在哪里呢？……这里的重点，是刑警们的细致搜查。刑警先生，你今天早晨是不是这样说过‘办事员的房间结构都很简单，没有任何饲养员用的东西’？”

“……啊！”

仙堂没有回答，而是大叫一声。柚乃不由得抬头仰望大厅蓝色的天空。

——就是这个。不仅通过船见的证词进行了确认，他在前两天的实验中注意到了毛巾，为了确认它不在办事员的办公室里，才去找仙堂要报告的。

“的确，B栋里饲养员以外的人员使用的房间，结构都很简单。资料室、会议室、馆长室、办公室、展示工作室……还有医务室。

“资料室和医务室里只有文件。会议室、展示工作室里就是些桌椅、打印机一类的。馆长室里只有一套待客家具和办公桌、架子。唯一东西多的是办公室，但是据说，那天办公室里‘没有可以用来擦拭的东西’。对吧，船见先生？”

“啊，哦……”

船见惊讶地点点头。

“办公室里没有毛巾，从报社的照片也能看出来。就像警察所调查的那样，办事员的房间里一条毛巾也没有。”

他一边说，一边把刚才连续列举出的房间全都打上了叉。

“那一楼的设备间、仓库、搬运口，地下的过滤水槽等地点又如何呢？办事员有可能在谋杀之后把毛巾藏匿在这些地方吗？”

“不可能。”不愧是吾妻。

“这四个地方都安装有监控摄像头。没拍到有人去地下或是进入房间。”

“我想也是。那么我们来一点点地缩小范围。”

他把一楼西侧的走廊和搬运口打上叉。

剩下的是二楼的男子更衣室、女子更衣室、饲养员室，以及一楼的饲料准备室。

“最后剩下的只有饲养员日常使用的房间。办事员要藏匿毛巾，只能潜入这四个房间里的某一个……但是，当天，在案发的时间段，这四个房间情况如何呢？

“女更衣室里，泷野小姐九点五十分就在了。在雨宫先生进入饲养员工作区之前，你在楼梯前转弯进入了房间，对吧，泷野小姐？”

“嗯……是的。”

回答的泷野还是一副筋疲力尽的样子。

“你为了寻找犬笛，快到十点的时候离开房间，但在展示工作室前被水原小姐叫住，在走廊里说话。在这期间，没有人进入更衣室。对吧？”

“是，是的。”

“也就是说，除了泷野小姐，其他人在物理层面上看来，都无法进入女子更衣室。”

二楼最左侧的女子更衣室也画上了叉。

“我们接下来到一楼的饲料准备室去看看吧。大矶先生一直在那里。十点零三分之后，芝浦先生也在。也就是说，这里也是无法潜入的。”

饲料准备室也排除了。

“那么，剩下的就只有二楼的两个房间了。一个是男子更衣室，一个是饲养员室。更衣室里有芝浦先生，而饲养员室里有和泉女士。但是，他们俩都在十点零三分左右就离开了房间。”

“既然十点零三分以后没有人在房间里，那就有可能潜入了。”

仙堂自言自语地说道，然而里染的回答是：“果真如此吗？”

“刑警先生，我刚才是以办事员潜入作为前提来讲述的。办事员可以进入这两个房间吗？”

“……你是说更衣室的门可以上锁吗？不过，饲养员室是任何人都……”

“我指的不是这个。我们再更简单地确认一下事实……芝浦先生、和泉女士，你们从房间里出来的时候，在走廊里碰面了吧？”

胖乎乎的中年主任和瘦精精的老饲养员相互看看，点点头。

“在那之后，和泉女士立刻走进了隔壁的办公室。当时，船见先生、津先生和绫濑小姐三个人已经在办公室里了。据津先生说，时间是十点零三分，对吧？”

“嗯，是的。”

“我只要看过一次时间，就不会搞错。”

和泉再次点头，而津的态度则很傲慢。

“确实厉害啊……那么，芝浦先生在下楼下到一半的时候，遇到了仁科小姐，接着去了饲料准备室，在值班表上填写了时间。值班表的时间也是十点零三分，仁科小姐和芝浦先生一同被摄像头拍下来的时间，也是十点零三分。没错吧？”

这次芝浦、穗波，以及大矶，甚至还要负责安保摄像头的吾妻也都点了点头。

“这些情况告诉我们两件事。第一，和泉女士和芝浦先生从房间里出来，碰上的时候大概是十点零三分。即便多少有些误差，也不可能早过十点零二分。第二，在这个时间点，船见先生、津先生和绫濑小姐在办公室里。”

“……应该没错。但是有何意义呢？”

哥哥和上司同时疑惑地歪歪脑袋。

“这样的话——办事员就不可能进入男子更衣室和饲养员室了。”

“为、为什么……哦，原来如此！”

哥哥用手指描摹着笔记本的某一页，发现了什么，挺直了身板。

“是的，哥哥。请大家思考一下办事员们的不在场证明。首先是绿川医生。他十点以前就在医务室和代田桥先生谈话了，无法在十点零三分以后去藏匿毛巾。下一位是水原小姐。刚才也说过，她从快到十点的时候开始，就一直和泷野小姐在一起，也无法去藏匿毛巾。还有最后三位，船见先生、津先生和绫濑小姐。

和泉女士离开房间时，也就是芝浦先生离开房间时，他们三个人一起在办公室里。他们同样不可能独自去藏匿毛巾。

“因此，无论是男子更衣室还是饲养员室，都不可能藏匿毛巾。”

他又画下两个叉，所有的房间最终全都被排除了。

“那实际情况会是怎样呢？凶手趁着案件引发的混乱，藏在B栋外面了？不对，窗户外面什么都没有。而且，也没有一个工作人员在混乱的情况下离开后院。也就是说，办事员藏匿毛巾，是绝对不可能的事。

“即：没有一位办事员拿着毛巾！如果不是办事员，那就只剩下饲养员了。”

他说完这话，再次拿着红笔靠近白板。这次靠近的不是示意图，而是嫌疑人的姓名。接着，他用竖线，画掉了十一个人中的五位。

——绫濑唯子。船见隆弘。津藤次郎。水原历。绿川光彦。

嫌疑人的数量，变成了六名。

假如用水桶清洗了拖布上的血液，水滴和水管旁的血迹就产生了矛盾。除了拖布之外，凶手应该还携带着某件沾有血液的东西。

不是衣服，也不是发现的物证。那么，它是什么呢？凶手极为平常地把它带进现场，而且即使打湿也不显眼的东西是什么呢？——毛巾。

办事员带着毛巾的假设，也是无论如何都不成立的。这样的话，能够携带毛巾的人，即能够清洗带血毛巾的人，也就是凶手，无疑就在饲养员当中。

拿出证据，驳斥不同论点，获得观众的认可，一步步稳扎稳打地进行推理。而且目前，他的思索终于结出了果实。

如同杂技一般的逻辑，带来了某种冲击。被排除嫌疑的人放下了胸口的一块大石头，剩下的人则依然不安。观众们被一种诡异的气氛所包围。只有里染一人，再次喝了口瓶子里的水。把水瓶子从嘴边移开后，他悠然说道："哎呀，说了很长时间了。

"不过，这样一来，总算是设法减少了将近一半的嫌疑人呐。问题在于下面的……"

"那个，那个，打断一下。"

一只细胳膊小手举起来。那是仁科穗波。她或许是有些紧张，声调略高。

"我，我与其说是饲养员，不如说是个打零工的……也要被算作嫌疑人吗？"

"对，当然了。你不是也在腰间别着毛巾吗？不过，你那个算是抹布之类的吧。不管怎么样，既然腰间别着相当于毛巾的东西，你就很可疑哦。"

"怎么能这样啊……"

"那么，接下来才是问题。"

里染对真的快要哭出来的穗波不理不睬，继续往下说——虽然这么说很对不住她，但是问题确实还在后面呢。毕竟还有六个嫌疑人。

里染在泳池边的时候说还有"四个人"。按目前的状态，能够轻而易举再去掉两个人吗？

"是的，嫌疑人现在还有六个。但是，非常容易就能再去掉两个人。”

“……”

柚乃差点从椅子上滑下来。难道他会读心术？还是说只是偶然？

“就像我刚才证明的那样，办事员中没有凶手。因此，船见先生的证词就变得有效了。”

“啊……”

这是今天第几次感到吃惊了？

对呀，已经证明船见不是凶手了。昨天还陷在无路可走的困境之中，而今天情况却发生了很大变化。

“在快到十点的时候，船见先生把咖啡洒在了财务记录的文件上。办公室里没有能用于擦拭的东西，所以他在十点整的时候去了卫生间，从男卫生间的隔间里取来了一卷卫生纸擦咖啡。就在他刚把卷筒芯扔掉的时候，津先生回来了。”

“你、你别说出来呀！”

“你又把咖啡打翻了？你也真是太不小心了！”

船见发出一声惨叫，和泉则五分怒气五分玩笑地责备了他。就像是夫妇俩在说对口相声似的。

“他去卫生间时，恰好被绫濑小姐看见了。这是完全可以相信的……这样一来，大家注意了，我们再次确认一遍，船见去了男卫生间，把隔间支架上一个快要用完的卷纸拿走了。在十点整的时候，对吧？”

“嗯，对，我敢肯定。”

“然而，各位，我们调查卫生间的时候，凶手使用过的卷纸还挂在支架上呢。也就是说，这意味着什么？小孩子也明白。

来，袴田妹子，你来说说。”

“我是小孩子的代表吗？”

居然被如此轻看！她身旁浑身上下全是儿童用品的池同学顿感愤愤不平：“为什么不是我！”柚乃不理他，思考后回答：“嗯，两卷卫生纸都曾经挂在支架上。船见先生取走的是普通的卫生纸，而后来发现的却和其他的品种不同……也就是说，哦，对呀，凶手藏匿卫生纸，是在船见先生去过卫生间之后。”

“虽然暴露了你的思考过程，但是答案很正确！”

“太好了！”

柚乃就像乒乓球赛中得分时那样，抓住了校服的前胸……说不定，让自己显得孩子气的就是这种行为？

“就像刚才袴田妹子说的那样，凶手进入卫生间藏匿卫生纸，明显是在船见先生离开卫生间之后。因为，如果在那之前纸已经被替换掉，船见拿到的就应该是带有血迹、没有分割线的卫生纸。而且，我再说一遍，船见进入卫生间的时间是整十点。”

“没错，我看过表。”

船见举起手腕，展示了他黄色表带的手表。

“因此，凶手进入卫生间是在十点之后。也就是说，从十点之前开始就有不在场证明的饲养员，可以排除。”

“十点之前开始就有不在场证明的人是……泷野小姐和代田桥先生！”

哥哥紧紧抓住笔记本喊道。

“是的。泷野从不到十点的时候开始，就一直在和水原小姐说话。而代田桥先生也一样，从不到十点开始，就和绿川医生一起待在医务室。这两位也不可能是凶手。”

他画下两条新的红色竖线。

——泷野智香。代田桥干夫。

里染在笔尖上套上笔帽，大声宣布："这样一来，嫌疑人就只剩四个了。"

4 黄色拖布的逻辑

写在白板上的十一个姓名，已经被画掉一半以上，还剩四个。

和泉崇子。芝浦德郎。大矶快。仁科穗波。

"凶手一定是在这四个人当中。"

在游动如幻象的水母背景中，里染道破了现实。

"这四个人都携带毛巾。没有人作证说，在十点零三分之前见到过和泉女士，她存在行凶可能。芝浦先生也一样。大矶先生在一楼，但是从东侧楼梯、饲养员工作区的楼梯都可以到达二楼，且不会被摄像头拍到。打扫走廊的仁科小姐，九点五十分到十点零三分之间没有被任何人看见过，也没被摄像头拍到……这四个人都有可能是凶手。"

就连这四个人本人，也都没有进行任何反驳。

"然而，"里染凝视着四人的姓名接着说道，"仅仅凭借目前掌握的线索，要想在这当中进一步寻找可能性，已经办不到了。没进死胡同，可是确实缺乏线索。要完全破案，嫌疑人还是略多了些。对，大概多了三个人。

"要在这四个人当中找出真凶，必须要有新线索。除了拖布、水桶、不在场证明、卫生纸，还需要一条线索——

“到了今天，我才终于找到了这条线索。就在泷野小姐的海豚表演进入高潮的时候。”

在海豚表演达到高潮时，里染突然站起来大喊一声。

他找到了呀？柚乃、刑警、工作人员，全都屏住呼吸，等待下文。

“……听说，在水族馆工作的各位，都是按照细化到分钟的日程安排行动的，是这样吧？”

他像聊天一样说道。

“尤其是这家水族馆规模小，工作人员少。每个人都忙得团团转。不过，这当中似乎有一位总在开小差。”

“那不是开小差，是休息。”

津苦笑道。

“总之，馆长为这些工作人员统一配发了一件东西……黄色表带的手表。”

除了穗波，所有工作人员都向自己的手腕看去。每一个人都戴着这样一块手表。

“手表有什么问题吗？”代田桥瞪着眼说。

“我欣赏海豚表演的舞台时，忽然想到，一般说来，在进行剧烈运动的时候，会把手表摘掉。但是，也有很多人不在意，所以会戴着手表运动。甚至还有家伙，在乒乓球比赛中也看着手表炫耀似的计时。照片上的雨宫先生也是戴着手表进行表演的。”

“……这家伙不在意呗。那又怎么样呢……”

“那又怎么样？那是很奇怪的。为什么这么说呢？这是因为，船见先生说过，配发的手表应该是经过防水加工的。”

“……啊呀！”

新的一轮吵嚷再次席卷工作人员。柚乃那受到冲击的脑海里，朦朦胧胧地浮现出昨天表演时的景象来。

他们聊到忍切，她回忆起比赛时她在计时。然后，里染就立刻站起身来。他凝视雨宫的照片，口中连呼："等等、等等——"照片中的雨宫，骑在海豚上，高高举起左臂。在他举起的手腕上，就是那只黄色表带的手表。

"在水池里进行海豚表演，会戴着没有经过防水加工的手表吗？就算是不在意，也有点异常。是雨宫的手表单独进行了防水处理吗？他买了和配发的外表相同的手表？又或者把配发的手表拿到表店单独进行了加工？这些行为，性格傲慢的他是有可能做得出来的……然而如果是这样，就会出现更奇怪的事实。

"在鲨鱼胃里发现的他的手表，停留在落入水槽时的十点零七分。"

里染环视观众，讲给他们听。

"如果经过了防水加工，那就不应该在落水瞬间坏掉。为什么会发生这种情况呢？他使用的仍然是没有经过防水加工、极为普通的手表？还是说，因为鲨鱼吞噬他时带来的冲击，超过了防水加工的极限？……我很在意这一点，所以重新看了一遍他临死前拍摄的照片。就是这张。"

这次，他把手伸进前胸的右侧口袋里。他取出来的，是香织拍摄的、雨宫斜倚在饲养员室墙上的那张照片。

拥有紧致的手臂的优雅男子。像模特一样交叉双腿，正在拨弄左手腕上过长的那一截表带。

过长的——

"然后，这就是实际上套在尸体手腕上的手表。"

里染伸出左胳膊，用右手挽起夹克的长袖。

那是一只表带长度毫厘不差的手表，恰到好处地贴合在纤细的手腕上。这和柚乃今天在活动室看到的手表一模一样。

“……这是怎么回事？”

仙堂用嘶哑的嗓音问道。

“各位请看，最后的线索就是这只手表。在临死前，他的手表表带长出一截。但是，佩戴在尸体手腕上的表，表带却没有多余的部分，跟手腕的粗细完全一致。一眼就能看出，这是两只不同的手表。也就是说，尸体上的手表被人调包了。

“防水加工的矛盾，也印证了这一点。凶手从尸体的手腕上摘下经过了防水加工的手表，换成没有加工过的手表。手表在落入水槽的那一刻停止转动，应该就是因为这个。”

柚乃一边听他的解释，一边在模糊的记忆中搜寻。里染听她谈及忍切之后，立刻摆弄他的手机。里面应该储存着香织拍摄的大量照片——也记录着雨宫临死前的模样。

“那么，为什么要调包呢？凶手替换手表的原因是什么？——我认为，是因为手表坏了。对，是的，从一百年前开始故事情节就是这样展开的。在行凶的瞬间，雨宫先生的手表坏了。对于不能暴露不在场证明把戏的凶手来说，落水和手表停止转动之间的时间差是令人恐惧的。他会不会为了掩饰这一点，把手表调了包呢？

“这是有可能的。但是，说到底，这只是我的假设，没有证据。有证据吗？有证据可以证明，手表在凶手和雨宫搏斗的过程中损坏了？”

他当时用手机确认照片的情况，还起身观察了雨宫演出中的照片，然后的确是大吼了一声："找到证据了——是拖布！"

记忆和现实混淆在一起。他手中又一次紧握黄色手柄的拖布。

"就是这一把拖布，告诉我了一切。

"昨天，深元先生在办公室里抱怨道：'拖布是上个月刚刚进的新品，就被警察拿走了。'"

"哦，对。我是这么说过……"深元说道。

"上个月刚进的新品。但是，很奇怪呀，刑警检查拖布的时候，发现手柄接口处的螺丝是松的。"

"啊呀！"哥哥兴奋地翻看他的笔记本。

"的、的确是松的。这里写着呐。松的，摇摇晃晃……"

"明明是新的，接口处却开始坏了。也就是说，这把拖布的接口处，就在最近遭到过强烈的撞击。拖布的接口处遭到强烈撞击，会是在什么时候呢？例如……"

"打人的时候。"

仙堂警部双眼圆睁，在哥哥身边说道。

"用拖布打人的时候……"

"对。恐怕凶手在行凶之前，用拖布击打了雨宫先生，手表在那个时候坏了。这样一来，把拖布带进犯罪现场的真正目的也就明了了。它是用来让雨宫先生昏厥的。"

和水桶一样。

水桶除了汲水，还可以用来藏东西。

拖布也不只是用来擦拭脏东西的，有时候还会成为行凶时的钝器。

"好，凶手采取的一切行动，就这样被我全部掌握了。"

里染两手一摊，继续讲解：

“首先，凶手在九点五十分后，偷偷从‘A’门进入工作区。在水槽视野死角的架子旁戴上手套，换好橡胶长靴，从清洁用品储物柜里取出水桶和拖布，并把菜刀和卫生纸藏在水桶中。接着，他不慌不忙靠近站在鲨鱼水槽前的雨宫先生。恐怕他提前告诉雨宫先生，自己发现上个月的饲养记录有问题，想私下沟通。凶手找了个借口，说自己需要打扫卫生，诱导雨宫先生进入马道。只要走上这座桥，后面的事情就很简单了。利用这条狭窄的通道袭击别人，再合适不过。他趁雨宫先生翻阅日志，找准时机，双手握住拖布手柄，狠狠地敲击头部。”

他还真的举起拖布挥舞了一下，尽管没什么气势。

“第一下没击中。或许是雨宫立刻用左手挡了一下，或是在向后退却的时候撞了一下，总之，手表在这时被弄坏了。凶手立刻对惊呆在原地的雨宫先生发起了第二次袭击——这一次他成功地打昏了雨宫先生。

“然而，尽管他的昏厥令人满意，但是损坏的手表却让凶手焦头烂额。警察看到这只手表，很有可能会认定这就是行凶的时间。但是这和落水就有了将近十分钟的时间差，有可能因此导致不在场证明的骗局被识破。

“幸亏，手表和自己佩戴的一样，是统一配发的。只是指针不转动了而已，看上去并不显眼。警察检查携带物品时没有注意到它的异常，就清楚地证明了这一点——凶手迅速作出决断，把手表调了包。

“凶手或许并未留意到两只手表的细微差异。关注表带的长度、追究拖布的秘密——这些情况通常大家都考虑不到。

“接着，下一项是纸和水。他把带来的文件分散地撒在各处，用水桶从开口处打来水，淋在马道上。是的，既然我们了解到雨宫已经昏厥，那么这个工作应该是在杀害他之前进行的。实际上本来在杀人后采取这样的行为就是很奇怪的。这么说是因为，如果脖子上已经流出了鲜血，鲨鱼就有可能嗅到血腥味，用水桶从水槽里汲水就会变得太过危险。

“水淋完了。最后，凶手打来满满一桶水，准备回头洗手套，接下来终于要行凶杀人了。因为雨宫先生已经处于昏厥状态，所以轻而易举就能办到。或许他是躺在地上的，所以脖子流出的血很容易和水混合在一起。血海就是这样形成的。因为菜刀已经完成了任务，所以凶手就用雨宫先生的毛巾将它裹起来，放到了靠里的地方。淋水的时候，为了避免打湿卫生纸，凶手应该把卫生纸放到了安全的地方。这时候，他应该顺便把淋水时放置到安全位置的卫生纸取了回来。

“接下来就是最后一项——伪装不在场证明。他在开口处上卷了长约一米的卫生纸，再用图钉固定住，把尸体靠在上面。落水是在大约八分钟之后。凶手左手拎着水桶，右手拿着拖布和卫生纸。还不能忘了，要把拖布使劲在血海里按压一番，让击打雨宫先生时留下的血迹不要那么明显……接着，他拿着东西不紧不慢地离开了现场。这时候，他在入口附近干净的纸上留下了脚印。开口处附近的纸之所以弄脏了，当然是因为昏厥的雨宫先生当时倒在那里。”

里染言语流畅地对凶手的行动进行了解说，依然语气轻松。

“凶手离开马道之后的行动，我刚才已经说过了。他在中间地点发现自己的毛巾上沾染了血迹，于是连忙清洗，并利用拖布上的血液进行了掩饰。为了掩饰血迹而染上的鲜血，又被用在下一个掩饰工作中，真是挺有意思的。他处理完证物，从‘B’门离开。他没有把毛巾留在现场，当然是因为，如果这样做，警方将会得到启示，留意到凶手是饲养员。顺便说一下，步幅大小不一也是凶手故意为之，是为了避免脚印暴露身高。可以说，凶手实在是万分谨慎。

“他进入卫生间之时，几乎和回到走廊的船见擦肩而过。说不定，凶手当时正透过门缝窥视他折返呢。男卫生间从外部来看形成死角，凶手一看，发现隔间的卫生纸支架是空着的。他便正好把自己手中的纸卷挂了上去。当时，他还慎而又慎地把留有自己指纹的外层卫生纸撕下来，扔到马桶里冲掉了。

“……整个犯罪行为到此全部结束。接下来只需要制造不在场证明。

“因为他并不需要擦掉留在案发现场的指纹，所以整个过程大概十分钟也就结束了。他紧跟在雨宫先生身后进入饲养员工作区，九点五十五分将其杀害，五十九分离开现场，十点零一分进入卫生间。情况基本就是这样了。”

如何杀害，采取了怎样的行动，如何逃跑。

他就像最初宣布的那样，把所有的一切都暴露在青天白日之下。里染说完话，再次喝了一口水。这回，他把塑料瓶子里的水一饮而尽。

就在观众们呆若木鸡之时，声音又响起：“那么各位，我前前后后讲了这么多，其实都是画蛇添足。真正的问题这才开始。”

他用指腹点点仍然留在白板上的嫌疑人姓名，说道：

“手表被调了包，是显而易见的事实。这告诉我们些什么呢？我一鼓作气讲完吧。

“首先讲第一点。调包后的手表，也就是套在尸体手腕上的表，应该是凶手自己的东西。因为，如果他从某个地方拿来一块配发的新手表，而表带却是剪好的，这就很奇怪了。也就是说，凶手是配发手表的对象。

“接着是第二点。表带剪好的手表，恰好套在雨宫先生纤细的手腕上。这说明，这只手表真正的主人——凶手，也应该是和我、雨宫先生一样手腕纤细的人。如果他比我们的手腕粗，就戴不了这只表。”

凶手是配发手表的对象，而且手腕纤细。

“首先，根据第一个条件，打零工的仁科穗波小姐可以被排除。她戴在手腕上的，是米老鼠的手表。作为打零工的身份，她不可能获得统一配发的电波表。既然她没有配发品，也就无法调包。”

“哦，要说起来的话……”香织说道，“对了，报社成员和穗波一起上楼的时候，她手腕上戴着的是孩子气十足的米老鼠手表。”

仁科穗波的名字也被画掉了。还剩下三人。

“接着再看第二个条件。我这么说对女士很不礼貌，但是，和泉女士的手腕真的很粗哦，恐怕是戴不上这只手表的。排除。”

被人戏称为“大胆妈”的胖乎乎女子。在演出达到高潮时，这位主任挥舞她的粗手腕一个劲地鼓掌。

和泉崇子的名字也被画去了。还剩下两人。

“而且，最后我又与大矶先生握了手，用的是左手。就在那一瞬间，我已经确认，他的手腕也戴不上这只手表。”

右手拎着水桶，用空着的左手与他握手的大矶。里染纤细的手腕和比他粗上一倍还多的粗壮手腕，连接在一起。

大矶快的名字上也画上了一条竖线。里染把马克笔放回衣兜。

已经不需要再接着讲下去了。将姓名逐个画去的十条竖线，让唯一的事实浮出水面。

“他是饲养员，腰间别着毛巾。行凶之后，可以换成其他毛巾。他的胳膊纤细，而且，他单薄无力，如果不用拖布击打，是无法和雨宫先生对抗的。他的不在场证明要到十点零三分之后才能成立，在此之前，他做了些什么并不清楚。同时，他所在的房间，紧挨着饲养员通道的‘A’门。案发现场照片中的他，一直挽着胳膊遮挡手腕。警察叫他问话时，他使劲握住左手腕。昨天，离开B栋仓库的他，说不定是刚刚领完新手表。他的不在场证明也极不自然，理由是去取忘记的笔记本。此外，最为关键的一点是，他是有着四十年工龄的专家，对于漏水的位置、损坏的管道等水族馆的各种情况比谁都清楚。”

“你不必再说了。”

“……不用说了吗？我还有证据呢。检出雨宫先生血液的毛巾……”

“就在饲料准备室里面？我知道你会说这个。刚开始的时候，我听到刑警对你说‘有问题’了……够了，不用再说了。”

他全然不顾从所有方向投向他的视线，只是专注地、用他温和的双眼，凝视着里染——或者，他是在凝视里染身后那些飘来荡去的海洋生物。

“今天是水族馆重新开放的第一天，泷野小姐和其他人都已经很疲惫了。我们快点结束，让他们休息吧。”

名字留到最后的嫌疑人——芝浦德郎露出无力的笑容，苍老的眼角更是皱纹密布。

“暑假里游客多……明天也会从一大早开始就忙忙碌碌。”

5 那是不可言说的约定

女播音员的声音响起，电车滑进旁边的一号站台。

这是下行列车，因此在这个时间下车的乘客很少。柚乃无意识地注视着电车在眼前迅速关闭车门，又再次迅速启动。或许是因为这里处于工业区附近，下一个站台停靠的是货车和炼油厂的集装箱。在暗夜里浮现而出、没有人的车辆，升腾起不安的情绪。她立刻把视线拉回到二号站台。

天终于黑了，现在是晚上八点。返回横滨，再回到自己家里，已经快九点了。好不容易获得的两天假期即将落下帷幕，过得一点都不像暑假。

“不过，还算是搞定了一件事。”

香织忽然自言自语地说道。

“是啊。案子刚发生的时候，真是不知道接下来会怎样呢。幸亏天马来了。”

“他一开始也不愿意来呢……”

柚乃苦笑道，脑海里浮现出赖在床上半死不活的侦探。

JR 根岸站的月台，只剩下柚乃和香织了。仓町和池同学先走一步，留下一句不知哪国总理曾说过的“真是太感动了”。柚乃她们本想等着里染，可他却说“我还有点公事呢，你们先回去”，就把她们赶走了。

“会是什么事呀？里染说的公事。”

“哦。会不会是拿着得到的十万日元到横滨的动漫城大买特买去啦？”

“……不会吧，让两个女孩子自己走夜路回去，他不至于吧……”

恐怕至于。

“我觉得能破案简直是奇迹……”

“为什么？”

“他在破案过程中动不动就说自己没办法了，而且本来他就是个不中用的人。”

“是吗？”

“是呀。做完实验他也不收拾，一直睡到中午。还用警察的车偷懒……哦，对了，还用手机拍我的腿！”

“啊？不会吧？你是说里染？难以置信呀！”

“真的，真的！虽然他是在争取时间，可是这也太……”

“天马居然对三次元世界的女孩子感兴趣！”

“不是说这个！”

柚乃不由得大叫一声，引得坐在一旁的两位工薪阶层转过头来看。柚乃不禁脸红，避开别人的视线。

香织羞涩地说：“不过，我还是相信的。”

“……相信什么？相信里染是个正常人？”

“不，不是这个……是相信他有能力破案。”

——相信天马。

这么说来，体育馆案子的时候，她也这么说过。尽管天马的推理一度走偏，但她还是毅然决然地回答："里染是没有问题的。"

"不管怎么说，我们也是十年的交情啊。"

"十年……"

青梅竹马，和他的妹妹也关系亲密，还了解房间的秘密——对于隐藏其下更深层次的秘密，应该也是清楚的。虽然不能询问他本人，但是问问她们总是可以的吧。

"我说，香织。"

柚乃紧握双手，开口向红眼镜少女问道。

"我听说，里、里染同学的父亲和他断绝了关系。这件事……"

还没等她说完，香织就猛然用力抓住了她的双肩。衣衫里被晒伤的肌肤窜过一阵钝痛。

她与香织四目相对。

香织总是挂在脸上的轻松笑容消失了，双眼流露出面临紧急关头一般的战栗眼神。和她表示相信里染时眼神同样严肃，甚至比那时还要严肃。

"柚、柚乃，谁告诉你的？谁？"

"嗯，那个，镜华跟我说的……"

二号站台响起了弹奏钢琴的电子音。

"镜华……原来如此。她只了解表面情况……"

男性播音员的声音——电车、即将、进入、二号站台。

"柚乃，这件事你没对天马说吧？没说吧？"

"没有，没有。"

请退到、黄线、以外。

“绝对不能说哦！不能在他面前提这事！也不要对别人说。好吗？”

“好……”

柚乃只能点头。

“……谢谢！”

香织终于把手从柚乃肩膀上挪开。柚乃往后退了一步。

她试图张口说什么，但是没能发出声音，也想不出该说什么。香织注视着胸前的照相机，默不作声。

她发现自己的心跳正在加快。

她感觉两人之间一步之遥的距离，似乎遥远得无法触及。持续的悸动难以平静，与最后那句突兀的“谢谢”，在心中掀起波澜。

——我触及了禁忌。

他的内心，是不能触碰的。

电车的轰鸣声由远及近，像是要撕裂沉默与困惑。

寂静的尾声

在警车的后座上，芝浦德郎深深地吸了一口气。他让整个肺部充满空气，再缓缓地吐出。反复的深呼吸之后，他觉察到了自己的安定感。

双手上套着手铐。听说这会让人十分疼痛，但是他只是感到手腕受到些拘束，并不太疼。最近，手铐戴起来的舒适度——不，被套上手铐的舒适度——看来已经得到了改善。要不然，就是自己的手腕实在太过纤细。

真没想到，这瘦削的手腕竟然成了决定性因素……尽管发生在自己身上，可他仍然觉得这真是件可笑的事。他费尽心机，试图保全自己，却未能如愿。即便计划万无一失，也总会发生出人意料的情况。弄坏的手表、毛巾上沾染的血液，以及那个突然出现的奇怪少年。

杀人，和水中的生物完全一样。即使凭借他积累了四十年的经验和知识，也无法顺利完成。

“……呵呵。”

自嘲般的笑声从他嘴里发出。在一旁看守的刑警不解地扫了他一眼。

要说起来，警察虽然让他坐在车上，却总也不开车。他真希望能早点离开停车场。长时间眺望丸美水族馆在灯光照耀下的模样，他还真有些悲从中来。

谜团解开之后，工作人员一片哑然。他不清楚大家是何种心情。或许他们内心恐惧地认定，他是个残酷的男人。或许因为上当受骗而深感失望。或许对他造成的麻烦愤愤不平……又或者，对他怀有同情与怜悯。

再也不能来这家水族馆了，这令他难过不已。他和家里人关系疏远，并无留恋，唯有工作单位让他放心不下。谁会替代他来照顾淡水鱼呢？本来就人手不足，真是对不住啊。他曾宣称，这社会，养老金根本靠不住，我得工作到七十岁！

“……嗯？”

有人在哒哒地敲刑警座位的窗户。刑警默默地打开车门，似乎打算下车。

再看驾驶座，原本坐在那里的刑警不知何时也不见了踪影。

怎么回事？

可以这样吗？这下就只剩我一个人咯！再说了，他们下车做什么——

“你好。”

刑警一下车，就有人利索地在他身旁的座位上坐了下来。那是就在一个小时之前，把自己揪出来的那个人。端正的五官，带着倦意的双眼皮。他到底还是忍受不了这炎热，已经脱下了西装外套，衬衫袖子也挽了起来。

“哎呀，我费尽周折总算是走到了这一步啊，”里染天马把门一关，唉声叹气地说道，“对这一刻的到来，我一直翘首企盼啊……哦，你可别想逃走哦。刑警们还在车外哟。”

“我才不会逃跑呢。”

“原来如此。”

他一只手捏着一沓票子，另一只手用指尖在上面弹了弹，说道：“这是丸美水族馆的免费入场券，据说够我用一百年。”

“哟，馆长给你的？多好呀。”

“才不好呢。这种东西，我拿着也用不上。我连续来了三天，已经腻了。”

“别这么说啊，再带女朋友来玩嘛。”

“我都说了，那不是我女……阿嚏！”

里染突然打了个喷嚏。

“哎呀，失礼了。真奇怪啊，是不是有人在车站月台上说些破坏我名誉的坏话呀。”

真不知道他在说些什么。

“……我说，你找我，有事？”

“谈不上有事。就是想请你听我说说话。你听着就行。我仅仅是想满足一下自己而已。”

“满足自己？”

“我没有掌握丝毫确凿的证据，这些只是我想出来的。嗯，就是随便说说。”

“我没听懂，你要说什么？”

“是关于这一犯罪行为的动机。”

咔嚓——手铐的锁扣发出一声响动。或许是因为用了点力气，手腕感到一阵疼痛。

“在我第一次进入现场，看见凶器位于比开口处更为靠里的地方时，觉得很奇怪。”

里染开始讲述。这轻言细语的口气，使得一个小时之前的口若悬河仿佛从来没有发生过。

"明明不需要把凶器故意放在那么靠里的地方嘛。这简直就是在强调，这是一起谋杀案。像这样重新思索一遍，我发现还存在几个诡异的地方。

"首先是脚印。浸湿的纸上只有一行离开的脚印。任何人都会认为，这是凶手逃离时留下的。还有拖布上的鲜血。我很难理解，为什么只对它进行简单的清洗，就像故意把血留下一样。马道上的血海，要归罪于自杀也是说不通的。"

带血的脚印。血海。带血的拖布。

"接着，是刚才提到的凶器。自杀的话，是不可能特意用毛巾把凶器裹起来放在距离很远的地方的。所有的一切都是谋杀的证据。可是，这难道不奇怪吗？有预谋的杀人，凶手通常会把谋杀伪装成自杀，而不会强调是谋杀。这一次，就算脚印和不在场证明的伪装有关，是不得已而为之，可凶器被扔在靠里的位置，我只能认为是故意的。"

"既然要杀，杀得华丽丽的不是更好吗？反正也能查出来是谋杀。我这些行为只是心血来潮，心血来潮。"

"这么想的话，拖布又很奇怪了。"

里染没有回应芝浦的话，继续说：

"如果拖布是为了袭击雨宫先生而带进去的，那么在他昏厥过去之后，拖布的任务也就已经完成了。在撒纸和泼水的时候，应该已经靠在一旁放着了。如果这样，拖布上附着有大量纸纤维又成了一个奇怪的事实。如果不在纸上按压的话，是不会附着上纤维的。然而，在撒纸之前，已经不需要再使用拖布了。"

"你在解谜的时候不是说过吗？那是用来掩饰击打雨宫时留

下的血……”

“对。但是，我觉得还有一个目的。那就是，为了强调它沾满了鲜血和纸纤维，是从现场带出的东西。如果这是在马道之外的地方发现的，也是构成谋杀的证据。在你放进水桶里的时候，只进行简单清洗，按照这个思路也是能想通的。”

芝浦不让对方察觉地咬牙切齿。拖布。从头至尾，都怪那唯一的一把、黄色拖布——

“在水族馆这种地方杀人，充斥着各种不正常。青天白日下，在摄像头把守出入口的环境中，在水槽上方行凶。特意在尸体上设置机械式的定时装置，让他落入水中。而且，凶手似乎还一再强调这是一起谋杀案。

“选择在马道上行凶，恐怕是因为这里易于把尸体推入水槽吧。但是，为什么必须让尸体落入水槽呢？还有，为什么必须强调这是起谋杀案呢？如果尸体被鲨鱼吞掉，警方断定这是谋杀案，对凶手有什么好处呢？”

少年在面无表情地讲述。芝浦充满恐惧地凝视着他的侧脸。

完了。暴露了。

“……案件发生之后，鲨鱼立刻被卡车运走，送去解剖了。于是，柠檬鲨从丸美水族馆消失了。解剖鲨鱼，是为了取出它胃里的尸体进行尸检。进行尸检，是因为警方判断这一事件是起谋杀案。得以作出这一判断，是因为现场发现了好几个谋杀证据。这就是你的目的。”

“别再说了，别再说下去了……”

“你的目的不仅在于杀人，还在于处理鲨鱼。没错吧？”

他说完这话，转过脸凝视芝浦，用他大而黑的眼睛。

"就算是碍事，也不能像杀人一样轻而易举地杀死鲨鱼。毕竟它有着将近三米长的巨大身体。这是最先进的水槽，即便想在水里做手脚，它也会立刻发现异常响起警报。想在晚上暗中潜入，又有摄像头和警卫室所以无法实施。

"单独的个人是无法处理它的。既然这样，就必须依赖某种组织的力量。我觉得你选择警察是正确的，他们会毫无疑问地把它杀死。更何况这是为了调查谋杀案。"

芝浦再次深深叹息，而这次的意味却与上回不同。

"但是，你处理掉鲨鱼的想法为何如此强烈呢？鲨鱼从丸美消失，会发生什么样的变化呢？……已经发生了唯一一个巨大变化。"

"……"

"海豚路菲，从表演池回到了水槽。"

"你连这一点都看穿了？"

路菲。那头白色的雌性海豚。生来就体弱，工作人员中也有人反对它参与表演——

"那是好久以前的事了，所以我也忘记了。《南海大冒险》里的路菲，不仅仅是一头海豚，还是能够运用心理感应的时光巡逻队一员。这里的路菲，看来也并非毫无意义的存在。"

"至少对于我来说，它不是。因为我亲身经历了它的出生。羸弱却可爱……让它去表演，只会缩短它的寿命。"

他想，如果没有雨宫，泷野独自一人是无法同时操控两头海豚的。如果受欢迎的柠檬鲨没有了，路菲或许会被送回水槽。

"但是，坏事还是不能做的啊。"

"是啊。破坏了大海的和平，是会惹人鱼公主生气的哦。你知道《人鱼的旋律》吗？哦，对了，这里面也有粉色海豚呢。”

里染开玩笑似的说。这男人，不知道他到底有几分是当真的。

“我……我无论如何都想救它。我比谁都了解它。”

在不安的驱使下，芝浦的语气变得粗暴起来：

“雨宫、馆长他们只知道吸引客流，根本不听我劝。我只想守护着路菲，让它在清静的地方生活，无论做出多大的牺牲。所以，所以我才……”

“呵，原来如此。和海豚的友情，多美好的故事啊。”

里染的言辞中不带一丝情感。

他转身望着窗外，说：

“对了，路菲是人工饲养的第四代了吧？”

“……嗯？”

“人工饲养的第四代，在日本就相当稀少。这意味着，如果路菲产子，将会诞生人工饲养的第五代。”

“你，你说什么……”

“如果它产子，就可以得到和江之岛水族馆同样稀有的海豚。这将引人注目，也会有很多游客慕名而来……要说起来，前一阵你提出要再养一头海豚，结果被拒绝了，对吧？现在丸美只有雌海豚，还需要等待一段时间才会引进雄海豚。为此，必须尽量让路菲活得久一点。”

“不、不是……”

得到稀有的海豚。别这么说呀。引人注目。请不要陈述这些理由。请不要讲述肮脏的动机。

因为人类的情况与动物并无关系——

“我们假设路菲能够顺利怀孕。在目前雨宫先生已经不在的情况下，会由谁来负责照顾它呢？是独自一人还无法顺利应付表演的泷野，还是与它长期打交道、‘比谁都了解它’的熟练饲养员？当人工饲养的第五代海豚诞生之时，作为饲养员扬名的人会是谁？”

“你住口！”

芝浦终于叫出声来。他甚至忘记自己已是拘禁之身，逼近里染：“不是……不是这样的！”

他从喉咙里挤出颤抖的声音。

“并不是这样。我真的是想守护它，别无他求……”

“原来如此啊。”

里染附和道。只是语气冷淡的寥寥几字，听不出他是同意还是反对。这令芝浦极为恐惧。

嘶哑的嗓音再次喊道：“请相信我！”

“我办不到。”

他把手伸向车门。

“我无法相信你，即使相信也没有意义。我一开始不就说过吗？我只是想要你听我说说而已，至于你的答案如何，与我无关。”

“……”

“昨天你说过，海豚不会说谎，是个特别棒的搭档。果真如此吗？既然这话出自你口，我同样无法相信。我这么说是因为，如同你所知道的一样……”

他直接下了车。就在他用力关上车门的那一瞬间，回过头来。

他的脸上浮现出了笑容：

“人是会说谎的。”